NOOIT MEER SLAPEN

Willem Frederik Hermans

Nooit meer slapen

ROMAN

2008
DE BEZIGE BIJ
AMSTERDAM

Copyright © 1966 Erven Willem Frederik Hermans
Eerste druk februari 1966
Dertigste druk november 2008
Omslagontwerp Brigitte Slangen
Vormgeving binnenwerk Adriaan de Jonge
Foto auteur Jutka Rona
Druk Claussen & Bosse, Leck
ISBN 978 90 234 3564 8
NUR 301

www.debezigebij.nl
www.willemfrederikhermans.nl

I do not know what I may appear to the world, but to myself I seem to have been only like a boy playing on the sea-shore, and diverting myself in now and then finding a smoother pebble or a prettier shell than ordinary, whilst the great ocean of truth lay all undiscovered before me.

SIR ISAAC NEWTON

I

De portier is een invalide.

Op het eikehouten bureautje waaraan hij zit, staat alleen een telefoon, en door een goedkope zonnebril staart hij roerloos voor zich uit. Zijn linkeroorschelp moet afgescheurd zijn bij de ontploffing die hem verminkt heeft, of is misschien verbrand toen hij neerstortte met een vliegtuig. Wat er van het oor is overgebleven lijkt op een slecht uitgevallen navel en biedt de haak van de bril geen houvast.

–Professor Nummedal, please. Ik heb een afspraak met hem.

–Goodday, sir. Ik weet niet of professor Nummedal binnen is.

Zijn Engels klinkt langzaam of het Duits was. Hij zwijgt verder en verroert zich niet.

–Ik heb gisteren een afspraak gemaakt met de secretaresse van professor Nummedal, voor vandaag half elf.

Onwillekeurig kijk ik op mijn polshorloge dat ik gisteren bij aankomst in Oslo gelijk gezet heb op Noorse zomertijd. Half elf.

Nu pas zie ik dat boven het hoofd van de portier een elektrische klok hangt die ook op half elf staat.

Alsof ik de verminkte man zelfs geen schim van een vermoeden geven wil dat ik hem bedrieg, haal ik de brief te voorschijn die professor Sibbelee mij in Amsterdam gegeven heeft en zeg:

—De datum was trouwens al eerder vastgesteld.

Het is een brief van Nummedal aan Sibbelee, waarin deze dag, vrijdag 15 juni, als mogelijke datum voor een ontmoeting wordt genoemd. *Ik wens uw leerling een voorspoedige reis naar Oslo.* Ondertekend: *Ørnulf Nummedal.*

Ik houd de portier de opengevouwen brief voor, van mij uit gezien ondersteboven. Maar zijn hoofd beweegt hij niet, wel zijn handen.

Aan zijn linkerhand zitten geen vingers en aan de rechterhand heeft hij niet meer dan een enkele nagelloze stomp overgehouden en de duim. De duim is volkomen onbeschadigd, met een goed onderhouden schone nagel. Het lijkt bijna of het zijn eigen duim niet is. Zelfs geen vinger overgehouden om een trouwring aan te dragen.

Zijn polshorloge is afgesloten met een metalen dekseltje, dat hij op zijn duimnagel laat openspringen. Onder het dekseltje zit geen glas.

De portier voelt met de nagelloze stomp aan de wijzers en zegt:

– Het is mogelijk dat professor Nummedal op zijn kamer is. Twee trappen naar boven en dan de tweede deur rechts.

Met open mond steek ik de brief weer in mijn zak.

– Thank you.

Ik weet niet waarvoor ik hem eigenlijk bedankt heb. Hij deed verdomme of ik de eerste de beste was, op goed geluk hier naar binnen gelopen, zonder een afspraak te hebben gemaakt.

Maar ik bedwing mijn woede. Ik ben bereid evenveel medelijden met hem te hebben als zijn chef klaarblijkelijk heeft, die hem immers handhaaft hoewel hij tot zulk eenvoudig werk als het ontvangen van een bezoeker niet behoorlijk in staat is. Als hij tegenover iedereen die hier zijn moet zich gedraagt of je, wat hem betreft, kan doodvallen.

Ondertussen heb ik de treden van de trappen geteld: allebei achtentwintig treden en tussen de twee trappen in acht stappen. Van de laatste trap tot de tweede deur rechts is het vijftien stappen.

Ik klop aan. In de kamer roept iemand een woord dat ik niet versta. Ik open de deur, met gesloten, maar mummelende mond repeterend wat ik zeggen moet. Are you professor Nummedal... Have I the pleasure... I am...

...Where are you, professor Nummedal?

De kamer is een zaal van eikehout. Mijn ogen zoeken de professor en vinden hem in de verste hoek achter een bureau. Ik loop tussen twee tafels door die met half opgerolde kaartbladen zijn bedekt. Naast de kleine grijze figuur die achter het bureau zit, staat het witte vlak van een tekentafel rechtop.

– Are you professor Nummedal?
– Yes?

Hij doet een niet helemaal gemeende poging op te staan.

Schuin van boven valt zonlicht over zijn brilleglazen die ondoorzichtig van dikte zijn. Hij brengt zijn hand aan de bril en slaat een andere bril die er scharnierend aan vastzit, naar boven. Vier ronde spiegeltjes zijn nu op mij gericht.

Ik loop door tot de rand van het bureau en vertel in het Engels dat ik gisteren zijn secretaresse had opgebeld en dat zij mij gezegd heeft vandaag om deze tijd hier te komen.

– Mijn secretaresse?

Zijn Engels is alleen met grote moeite te onderscheiden van Noors dat ik niet versta en zijn stem is zo oud als alleen een stem kan zijn die alles al es heeft gezegd:

– Ik herinner mij niet dat mijn secretaresse met mij over u gesproken heeft, maar misschien is zij van plan geweest dat te doen. Where does you come from?

– Uit Nederland. Ik ben die student van professor Sibbelee. Ik ga naar Finnmark met uw leerlingen Arne Jordal en Qvigstad.

Mijn hand is naar mijn binnenzak gegaan en brengt de brief die Nummedal aan Sibbelee geschreven heeft, weer te voorschijn.

Ik neem waar dat ik de brief openvouw, zoals ik voor de portier gedaan heb.

—Well, well. You is a Nedherlander, you is...

Ik lach om hem de bevestiging te geven en ook om hem te doen begrijpen hoe het mij getroffen heeft dat hij het woord Nederlander bijna goed uitspreekt.

—Nederlanders! gaat hij verder in het Engels, dat zijn slimme lui. Heel slimme lui. Kunt u mij volgen? Of wilt u misschien liever dat wij Duits spreken?

—Dat... dat is mij hetzelfde, zeg ik in het Engels.

—Nederlanders, antwoordt hij in het Duits, dat zijn bijzonder intelligente lieden, die kennen alle talen. Professor Sibbelee schrijft mij brieven in een mengsel van Noors, Deens en Zweeds. Wij noemen dat Skandinavisch. Neemt u een stoel. In het Engels zeg ik:

—Dank u.

Maar hij blijft Duits spreken.

—Ik ken professor Sibbelee al vele jaren. Wanneer zal ik hem het eerst ontmoet hebben? Dat moet nog voor de oorlog geweest zijn, op het congres in Tokio. Ja. Het jaar waarin ik mijn, ik mag wel zeggen inmiddels klassiek geworden inzichten heb voorgedragen over de milonietzone in Värmland en de voortzetting daarvan in Noorwegen. Vielleicht kennen Sie die kleine Arbeit!

Hij zwijgt een tel, maar niet lang genoeg om me tot de bekentenis te dwingen dat ik genoemd werkstukje niet ken. Opgeruimd vervolgt hij zijn verhaal.

– Sibbelee is toen met mij daarover in debat getreden. Het is er warmpjes toegegaan. In geen enkel opzicht kon hij zich bij mijn opvattingen aansluiten. Stelt u zich voor! Wat een toestand! Sibbelee is dertig jaar jonger dan ik en hij was toen nog heel, heel erg jong. Geestdrift van de jeugd!

Nummedal barst in lachen uit. Zelfs als hij lacht lopen de rimpels in zijn veel te ruime gezichtshuid nog voornamelijk verticaal.

Ik lach terug, maar het bevalt mij niet dat hij deze herinnering aan de man die me bij hem aanbevolen heeft, ophaalt.

Ziet hij wat ik denk?

– Das sind jetzt natürlich alles alte Sachen!

Sibbelee is op den duur wel tot andere gedachten gekomen. Hij heeft toen zelfs nog een poosje hier op mijn instituut gewerkt. Al slaat u mij dood, ik zou niet precies meer weten wat voor onderzoekingen hij gedaan heeft. Een mens kan niet alles onthouden. In elk geval is hij hier een hele tijd geweest. Veel resultaten heeft het niet opgeleverd, voor zover ik weet.

Sibbelee af door een valluik. Ik voel hoe het bankroet van mijn leermeester mij besmet. Zou ik niet beter afscheid kunnen nemen? Maar de luchtfoto's?

—Ik ben vierentachtig jaar, zegt Nummedal. Ik heb heel wat wetenschappelijk werk voor niets zien doen. Magazijnen vol verzamelingen, waar niemand meer naar omkijkt, tot ze op een dag uit plaatsgebrek worden weggesmeten. Theorieën heb ik zien gaan en komen als de wilde ganzen en de zwaluwen. Heeft u ooit gebraden leeuwerik gegeten? Trouwens, er is hier in Oslo een restaurant waar je gravlaks krijgen kunt. Heeft u daar wel eens van gehoord? Een soort zalm, niet als gerookte zalm, enigszins toch wel zo, maar fijner, subtieler. Rauwe zalm, die eerst begraven wordt en later weer opgegraven. Zijn stem is tegelijkertijd subtieler geworden, onhoorbaar zelfs. Als een draperie hangt zijn hals in zijn te wijde boord en op ogenblikken dat zijn mond zich peinzend spitst, lijkt het of de huidplooien, door geen kin onderbroken, zich over zijn hele gezicht voortzetten.

Stilte.

Op zijn bureau liggen papieren en twee grote stenen. Een paar porseleinen schaaltjes zijn gevuld met kleinere stukjes steen en sigarenas bovendien. Dwars over de papieren een leesglas ter grootte van een koekepan.

– Professor Sibbelee heeft mij nog gevraagd u vooral hartelijk te groeten uit zijn naam.
 – Dank u, dank u.

Nieuwe stilte.

De hand van mijn tong zoekt in een diepe zwarte zak naar de woorden die het gesprek op het spoor kunnen brengen van de reden waarom ik hiernaartoe gekomen ben. Geen tactvolle benadering wil mij te binnen schieten. Dan maar een wilde sprong.

–Is het u, is het u gelukt de luchtfoto's voor mij te bemachtigen?

–Luchtfoto's? Hoezo? Luchtfoto's? Natuurlijk hebben wij hier luchtfoto's. Maar ik weet niet of iemand ze op het ogenblik in gebruik heeft. Er zijn zoveel luchtfoto's.

Hij begrijpt helemaal niet wat ik bedoel! Is hij soms vergeten wat hij Sibbelee beloofd heeft? Dat hij me luchtfoto's geven zou van het terrein dat ik onderzoeken wil? Ik voel aankomen dat het verduidelijken van mijn vraag nog minder resultaat zal opleveren, maar ik weet geen ander middel. Ik kan hier toch niet weggaan zonder alles te hebben geprobeerd.

–Ja, professor, de luchtfoto's...
–Wou u onze hele collectie zien?
–Er is... er is...

Mijn linkerhand houdt tussen mijn knieën mijn rechterhand vast die tot een vuist is gebald en ik druk mijn ellebogen in mijn zijden.

–Er is sprake geweest van een serie luchtfoto's die ik zou kunnen krijgen om mee te werken in Finnmark.

Ik weet niet of wat ik gezegd heb correct Duits mag heten, maar ik kan mij niet voorstellen dat er voor Nummedal iets onbegrijpelijks aan zou kunnen zijn en ik heb de woorden zonder haperen duidelijk uitgesproken.

Hij haalt diep adem en zegt:

–Qvigstad en Jordal zijn wel te rekenen onder de beste leerlingen die ik heb gehad en u begrijpt dat ik over een periode van vele jaren spreek. Zijn goed thuis in Finnmark.

–Natuurlijk. Qvigstad heb ik nauwelijks leren kennen, maar Arne leek mij een man van wie ik veel kan leren, daarom ook is het voor mij een voorrecht dat ik met hem mee kan lopen.

–Een voorrecht, meneer! Dat is het zeker! De geologie is een wetenschap die sterk aan geografische omstandigheden gebonden is. Om resultaten te krijgen die pakkend, verbluffend zijn, moet men de geologie beoefenen in gebieden waar nog iets te vinden is. Maar dat is nu juist de grote moeilijkheid. Ik ken heel wat geologen die gingen zoeken op plaatsen waar niemand nog had gezocht – alleen omdat iedereen al wist dat er toch niets te vinden was... En zij vonden er evenmin iets.

– Mag ik u een geheim verklappen? gaat hij verder. De ware geoloog verloochent zijn afkomst van de goudzoeker nog altijd niet helemaal. Misschien lacht u mij uit omdat ik dit zeg, maar ik ben oud. Daarom heb ik een zeker recht op romantiek.

– Nee, nee, ik begrijp u heel goed!

– Zo, zo, begrijpt u mij. Maar als Nederlander moet dat begrip u wel een beetje zwaar vallen. Een zo klein land, al eeuwenlang dichtbevolkt en met een wetenschappelijke standaard die tot de hoogste ter wereld wordt gerekend. Ik stel mij zo voor dat de geologen bij u elkaar op de tenen staan te trappen en menigmaal in de verleiding komen een afgetrapte teen voor de hoektand van een holenbeer te verslijten!

– Ons land is natuurlijk klein, maar de bodem is bijzonder gevarieerd.

– Dat verbeeldt men zich bij u, omdat er op iedere vierkante meter een geoloog staat met een microscoop. Maar dat neemt allemaal niet weg dat er geen bergen zijn. Hoogvlakten, gletsjers en watervallen zijn er evenmin! Moerassen, modder en klei, dat is alles wat er is! Het zal er in uw land nog op uitdraaien dat ze alle zandkorrels die er liggen een voor een gaan tellen. Dat noem ik geen geologie meer. Dat noem ik krentenwegen, boekhouden. Vervallene Wissenschaft, noem ik dat, vervallene Wissenschaft!

Spontaan en wellevend is mijn lachen.

–Och professor, ze hebben ook steenkolen, zout, olie en aardgas gevonden.

–Maar de grote problemen, mijn beste meneer. De grote problemen! Waar komt onze planeet vandaan? Wat is haar toekomst? Gaan we een nieuwe ijstijd tegemoet, of zullen er eenmaal dadels groeien aan de Zuidpool? De grote problemen die een wetenschap groot maken, die de ware functie van de wetenschap *daarstellen*!

Met twee handen zich omhoog drukkend op het krakende bureau gaat hij staan.

–De ware functie van de wetenschap! Begrijpt u?? Steenkolen om in een kacheltje te branden, aardgas om een eitje te koken bij het ontbijt, zout om erop te strooien, dat noem ik kruidenierswaren.

Wat is wetenschap? Wetenschap is de titanische poging van het menselijk intellect zich uit zijn kosmische isolement te verlossen door te begrijpen!

2

Nummedal komt achter het bureau vandaan. Zijn vingertoppen verliezen geen ogenblik het contact met de rand van het bureau.

–Ik stel mij voor u vanmiddag iets van de omgeving van Oslo te laten zien. Waar zijn die kaarten...

Hij doet een stap naar een van de lange tafels, waarop kaarten liggen.

–Heel graag, zeg ik.

Ik heb het gezegd zonder nadruk, zonder erbij na te denken.

Maar als ik nu eens beweerd had dat ik vanmiddag mijn reis naar het noorden moest voortzetten?

Hij klapt zijn extra-bril naar beneden en houdt een kaart vlak voor zijn ogen. En als ik nu eens ronduit zei dat ik alleen gekomen ben om die luchtfoto's die mij beloofd zijn?

Zijn mond gaat open.

En als ik nu eens zei dat ik mijn plaats op het vliegtuig naar Trondheim al besproken heb? Dat ik over een kwartier vertrekken moet?

Maar als ik hem bruuskeer en hij laat mij zonder die foto's naar Finnmark vertrekken?

Ik doe een stap naar hem toe. Ik sta naast hem aan de lange tafel. De kaart in zijn handen is lang opgerold geweest, de hoeken krullen om naar binnen. Nummedal bukt om de kaart op tafel plat te leggen en ik help hem het weerbarstige papier vlak te houden. Het is een lichtdruk. Is het misschien een ongepubliceerd kaartblad, waarmee hij mij een extra plezier wil doen?

Nee, niets dan een doodgewone geologische kaart van het Oslo-district is het en hij zegt:

–Ik moet nog een beter exemplaar hebben, dat gekleurd is.

Hij loopt verder langs de tafel, gooit een hele stapel papieren omver, die uitwaaieren over de vloer. Ik laat mij door mijn knieën zakken om ze op te rapen.

–Ach! Laat u dat toch!

Ik kijk naar hem op. Hij heeft nu een andere kaart in handen die op linnen is geplakt. Met mijn handen vol papieren, strek ik mijn benen. Nummedal neemt er geen notitie van.

–Hier heb ik de kaart al. Komt u maar gauw mee.

Ik leg de papieren op tafel en volg hem.

Welke kaart heeft hij? Terwijl ik de deur voor hem openhoud, zie ik dat het dezelfde geologische kaart van Oslo is hoewel in kleur. Begrijpt hij dan helemaal niet waarvoor ik ben gekomen?

–Deze is opgeplakt, zegt hij, maar niet op de goede manier. Hij kan niet worden opgevouwen.

En hij geeft me de kaart.

De gang. We lopen naar de trap. Ik aan zijn linkerzijde, de kaart opgerold onder mijn arm.

–Voor de oorlog ben ik in Amsterdam geweest, vertelt Nummedal. Ik heb het geologisch instituut gezien. Een prachtig gebouw. Rijke collecties uit Indonesië.

Hij laat zijn rechterhand langs de muur glijden.

–Het moet voor de geologische wetenschap

een geweldige slag zijn geweest dat die koloniën verloren gegaan zijn.

—Dat lijkt alleen zo op het eerste gezicht. Gelukkig blijken er mogelijkheden genoeg in andere landen te bestaan.

—Andere landen? Ach meneer, maakt u zich geen illusies! Andere landen hebben hun eigen geologen. Het kan voor de Nederlandse geologen op den duur niets dan moeilijkheden met zich meebrengen, als zij voortdurend hun toekomst in het buitenland moeten zoeken.

De dertiende trede van de tweede trap.

—Misschien, zeg ik. Och, begrijpt u, in onze tijd met al die internationale organisaties en nu de grenzen eigenlijk steeds meer vervagen...

—Dat ziet er allemaal mooi uit op papier! Maar waar blijven het diepe inzicht en de natuurlijke vertrouwdheid met de grote problemen, als iemand zijn opleiding krijgt in een laag landje van modder en klei, zonder één berg?

't Is maar een geluk dat hij geen antwoord op die vraag verwacht.

—U zult toegeven, licht hij ongevraagd nader toe, dat de tektoniek het onderdeel van de geologie is, waar bij uitstek ruimte voor geniale gedachtenconstructies bestaat. Is er iets verheveners dan de inwendige structuur van de Alpen af te leiden, of de bouw van het Skandinavisch Schild te doorzien, op grond van maar enkele schaarse waarnemingen en metingen?

Wij zijn de trap nog niet af, maar hij blijft stilstaan.
—Zo'n land als Holland, dat is een land waar je nergens vaste rots onder je voeten hebt! Als je in Holland aankomt, wat is het eerste dat je ziet? De verkeerstoren van het vliegveld en daarop staat geschreven: Aerodrome level thirteen feet below sea level. Welkom vreemdeling!

Lachend gaat hij de laatste treden af, maar blijft beneden weer stilstaan.
—De overstroming van negentiendrieënvijftig is toch wel een les geweest, zou ik zeggen. Andere volkeren zouden ervandoor gegaan zijn, de hoogte in, waar de zee niet kan komen! Maar de Hollanders niet! Waar zouden ze trouwens naartoe moeten?

Meneer! Ik zeg u, als een heel volk zich eeuwenlang specialiseert in het wonen op een stuk grond dat eigenlijk aan de vissen toebehoort, een terrein dat feitelijk niet voor mensen geschapen is, dan moet zo'n volk er op den duur een speciale filosofie op na gaan houden die niets menselijks meer heeft! Een filosofie die uitsluitend op zelfbehoud is gebaseerd. Een wereldbeschouwing die er alleen maar op gericht is het voelen van nattigheid te voorkomen! Hoe kan een dergelijke filosofie algemene geldigheid bezitten? Waar blijven de grote problemen op die manier?

Flarden van zinnen komen in mij op: wie is er ooit wat opgeschoten met algemeen geldige filosofieën, wat zijn die grote problemen dan wel, is zelfbehoud soms geen groot probleem in een wereld zo vol grote gevaren, maar de moed het allemaal in het Duits te zeggen gaat mij steeds meer ontbreken.

De klok in de vestibule staat op vijf over twaalf en de portier zit er niet meer.
 Nummedal loopt in de richting van het bureautje, legt zijn hand erop, laat zich zo naar een muurkast leiden, opent de kast.

Hij neemt er een wandelstok uit en een hoed. De wandelstok is wit geschilderd met niet ver van de greep een rode ring.

Blinde chef van de blinde portier.

3

Op straat voel ik mij een liefhebbend kleinzoon, die met zijn halfblinde grootvader een wandelingetje gaat maken omdat de zon zo mooi schijnt.

Maar hij is het die mij naar het restaurant loodst.

Het is een groot, deftig restaurant. Geweest. Nu staan er stoeltjes van roze plastic en tafeltjes zonder tafellakens erover. De muren zijn betimmerd met hardboard in pastelkleuren, teakhoutmeubelplaat en formica vol gaatjes.

Er lopen geen obers, alleen meisjes om de vuile borden op te halen.

Achtergrondmuziek: Skating in Central Park door The Modern Jazz Quartet.

Tussen de tafeltjes en stoeltjes door, breng ik Nummedal zorgzaam naar een lange toonbank.

Twee dienbladjes van teakhout leg ik naast

elkaar op de glijbaan van nikkelen stangen die voor langs de toonbank is aangebracht. Nummedal staat naast mij, witte stok aan zijn gebogen arm hangend. Witte stok zwaait mij zo nu en dan in het gezicht. Nummedal probeert met de arm waaraan de witte stok hangt de aandacht te trekken van het personeel achter de toonbank. Een hele rij pasgewassen blonde meisjes met diadeempjes van groen linnen op het hoofd.

Nummedal en ik maken deel uit van een rij hongerige mensen die allemaal een teakhouten blaadje voortschuiven, zodra ze weer ergens een bordje van de toonbank hebben genomen. Maar Nummedal is zo druk in de weer, dat hij soms vergeet op te schuiven. Achter hem vormt zich een opstopping. Nummedal stoot zo nu en dan een klank uit. *Frøken!*

Frøken!

Geen enkele Frøken luistert. Frøkens zijn druk bezig nieuwe schotels op de toonbank te zetten. Frøken hors d'oeuvre luistert niet, Frøken brood niet, soepfrøken niet en vleesfrøken niet.

Trouwens, wat wil Nummedal?

Hij hoeft toch niets te vragen? Hij kan toch pakken wat hij hebben wil? En als hij te slecht van gezicht is om een keuze te maken, kan hij mij toch zeggen wat hij wenst?

Mijn arme kindse grootvader die herrie schopt voor niemendal. Zou Nummedal misschien niemendal betekenen?

Ik duw zijn dienblaadje zo nu en dan een stuk vooruit met het mijne. Wij zijn al bij de afdeling dessert en hebben nog niets uitgekozen. Dat wordt strakjes teruglopen en opnieuw in de rij gaan staan, opnieuw de hele toonbank langsschuifelen. Zelf heb ik ook niets durven te nemen. Ik heb het nog niet eens gewaagd een glas, een mes, een vork en een papieren servetje te pakken.

Eindelijk blijft Nummedal zo koppig staan, dat er een hiaat komt in de rij. Zal ik, om iets te doen, een schoteltje ananas met slagroom nemen? De mensen die vóór Nummedal aan de beurt waren, zijn de kassa al gepasseerd. Ik kijk angstig of wij geen ongerustheid veroorzaken onder de hongerigen die wij tegenhouden. Geen jammerklacht stijgt op, geen zucht. Stoere vikings! Nobel ras van reuzen dat geen haast heeft! Nummedal blijft klanken uitstoten.

Nu versta ik een tweede klank: gravlaks!

Het meisje van de ananas met slagroom heeft het ook verstaan. Zij buigt zich over naar Nummedal, schudt van nee, richt zich op, roept het naar de meisjes waar wij al langsgekomen zijn.

Het woord is ook aan de consumptiekant van de toonbank opgevangen. Alle klanten beginnen te zoeken naar gravlaks. Ze zijn nog bezig schoteltjes op te pakken, ze te bekijken, eraan te snuffelen, als het woord gravlaks van diadeem naar diadeem weer terugkomt bij de slagroomfrøken. Het is nu voorzien van een ontkenning.

Nummedal slaakt kreten, dankbare kreten dat zijn vraag begrepen is, verontschuldigende dat hij een onmogelijke bestelling heeft gedaan.

–No gravlaks in this place!
–I understand. It's not important.
–Entschuldigen Sie daß ich englisch gesprochen habe. Kein Gravlachs hier!
–Ich verstehe. Ich verstehe.

Vlug grijp ik een bord pudding en zet het op mijn dienblaadje. Vlak bij de kassa zie ik bekers hete koffie. Nummedal heeft zijn blaadje laten liggen, hij heeft alleen koffie genomen en betaalt nu alles, zonder op zijn wisselgeld te letten.

Uit de rij komt een man naar mij toe. Zijn hoofd is vierkant en zijn brilleglazen zijn volmaakt cirkelvormig. Hij wijst op de geologische kaart die ik opgerold onder mijn arm heb. Hij lacht en maakt een korte buiging.

– I understand you are a stranger here... Dit is een heel slecht restaurant, weet u, waar ze geen gravlaks hebben. Nooit is er in Oslo te vinden wat de vreemdeling er zoekt! Ik schaam mij voor mijn geboortestad. U moet het in Londen allemaal veel beter gewend zijn. Maar ik zie dat u een kaart heeft? Is het een plattegrond? Mag ik eens kijken?

Het blaadje in evenwicht houdend op mijn linkerhand, pak ik met de rechter de kaart en geef hem aan de man. Straks zal hij in de rij opnieuw zijn beurt moeten gaan afwachten, alleen omdat hij mij heeft willen helpen.

Hij heeft de kaart ontrold.

– Er is maar één restaurant waar je gravlaks krijgen kunt. Ik zal het u aanwijzen.

−Is dat op deze kaart niet te moeilijk?

Het ligt op mijn lippen erbij te zeggen dat dit een geologische kaart is. Wat moet hij denken als hij al dit rood, groen en geel ziet, terwijl de stad zelf niet groter afgebeeld is dan een doorgesneden aardappel?

Hij wil zijn vinger gebruiken om te zoeken. De kaart rolt terug, ik wil hem helpen, het blaadje op mijn hand wankelt.

Het wankelt zijn kant uit. De koffie krijgt hij in een vloedgolf over zich heen, de pudding hecht zich in kwaadaardige klodders aan zijn pak, aardewerk breekt op de grond, het blaadje weet ik nog te grijpen. Hij heeft zijn armen omhoog gestoken, hij houdt de kaart hoog in de lucht. Ik kijk om waar Nummedal gebleven is. Die zit eenzaam aan een tafeltje en roert in zijn koffie.

−Niets gebeurd! Niets gebeurd! roept de man die mij heeft willen helpen. Hij zwaait met de kaart, kurkdroog, onbeschadigd.

Ik pak hem de kaart af. Wij worden gescheiden door twee diensters die hem met een spons en een handdoek te lijf gaan.

Nu snellen andere hulpvaardige Noren toe.

Een heeft een puddinkje voor mij gehaald,

een tweede koffie, een derde brengt een slaatje waar roze gekleurde vis in is verwerkt.

–Laks, laks! roept hij ritmisch, laks, laks! But no gravlaks! Too bad!!

Ik vraag hoeveel het kost, kijk van de een naar de ander, krijg geen antwoord. Ik probeer opnieuw, maar stotter zo, dat zij nog meer medelijden met mij krijgen. *Kan geen enkele taal spreken*, denken ze. *Is helemaal godweetwaarvandaan gekomen om gravlaks te eten.*

Inwendig biddend en smekend dat zij mij niet achterna zullen gaan, draai ik ze de rug toe en loop met het volle blaadje naar het tafeltje waar Nummedal zit.

Op de plaats waar de pudding is gevallen, knielt een frøken en dweilt de vloer.

Nummedal zegt: –Haben Sie die Karte?

Ik spreid het ding over het tafeltje uit, diep ademhalend in het vooruitzicht van de nieuwe kwelling waar ik mij aan te onderwerpen heb.

Nummedal schuift zijn bril nu helemaal op zijn voorhoofd en onder zijn kleren haalt hij een vergrootglas vandaan dat aan een zwart koord hangt. Hij houdt de lens zo dicht boven de kaart alsof hij naar een vlo zocht. Zijn gebogen nek is tot het uiterste gestrekt. Straks laat zijn hoofd los en rolt over de tafel. Hij mummelt, met de ene hand het vergrootglas verschuivend, met de andere wil hij iets aanwijzen. Pesterig rolt de kaart zich ineen. Ik zet de asbak, een koffiebeker en mijn twee bordjes gedienstig op de hoeken van de kaart. Maar luisteren doe ik niet.

Had ik mijn hele leven nooit iets anders dan privaatles gekregen, ik zou een analfabeet gebleven zijn. Ik heb er nooit iets van kunnen begrijpen als iemand mij onder vier ogen iets wilde uitleggen.

Ooit het hart gezien van een dier dat levend opengesneden was? Het boosaardige pompen van dat geketende gedrocht?

Zo wordt voor mij de tijd voortgepompt door de lege ruimte, als ik luisteren moet naar iemand die mij een verklaring geeft. Bijna ademloos zucht ik: ja, ja. Stil blijven zitten kost de grootste moeite en maakt mij moe alsof ik drie dagen achter elkaar gelopen had.

Nummedal zit mij wetenswaardigheden op te dringen waar ik niet om gevraagd heb. Ik heb zijn luchtfoto's nodig en niet zijn ijdelheid. Zweetdruppels druipen langs mijn borstbeen, dat begint te jeuken, mijn ogen draaien onrustig in hun kassen of zij eruit willen rollen. Ik zie en hoor alles zonder iets op te nemen.

Achter de toonbank staan meikoninginnen met brandende kaarsen in het haar.

Openhartig gedecolleteerd dweilt frøken de vloer waar ik gemorst heb. Haar honingheuvels, haar bijenkorven.

Ik trek mijn lippen van mijn tanden weg en langzaam laat ik mijn kaken zich openen en sluiten.

Nummedal heeft op de kaart een plaats gevonden die hij van uitzonderlijk belang voor mij acht.

Hij legt zijn leesglas erop, neemt zijn bril af, trekt een witte zakdoek uit zijn broek en begint de glazen alle vier te poetsen. Ondertussen preludeert hij:

—Het Oslo-gebied strekt zich feitelijk uit van Langsundsfjord in het zuiden, dat kunt u op deze kaart niet zien, tot het Mjøsameer in het noorden...

Tektoniek...

De afzetting van Onder-Perm... Drammen... de Caledoniden... het Archaeïsche substratum... twee synclinalen... dekbladstructuur... schalies...

Ik maak geluiden, ik buig mij voorover, mijn ogen te dicht bij de kaart dan dat ik nog een lijn of letter onderscheiden kan, ik zeg:

–Ja, ja!

Ik roep uit:

–Natuurlijk!

Maar ik barst bijna van wanhoop niet eens genoeg van Nummedal's uiteenzetting te zullen oppikken, om hem, wanneer hij mij straks, buiten, alles in de werkelijkheid laat zien, gelijk te kunnen geven.

Zodat hij van mij een betere indruk overhoudt dan van mijn leermeester Sibbelee... zodat hij mij de luchtfoto's geven zal, het enige dat ik van hem nodig heb.

–Bent u werkelijk van plan mij dit allemaal te laten zien? Is het niet te veel moeite?

–In Oslo geweest zijn en niet eens even rondkijken in het Oslo-district!!

–Ik ben u zeer dankbaar dat u...

–Joa, joa, schön! Dat zeggen die jongelui allemaal! Komt u mee? Ik heb mijn koffie op.

Ik niet. Van geveinsde eerbied heb ik mijn eten niet durven aanraken. Ik prop mijn mond vol zalm en reik Nummedal de blindenwandelstok. Hij loopt weg, laat de kaart vanzelfsprekend liggen om door mij te worden gedragen.

Bij de uitgang komt de man die mij heeft willen helpen op mij af.

– Gravlaks! roept hij. Er is maar één restaurant waar u het krijgen kunt en dat is in juni gesloten. No gravlaks in the whole city! Ik maak u wel mijn verontschuldigingen. In Londen bent u het anders gewend. Of komt u uit New York? Dit is typisch Noors! Nooit is hier in dit land iets in orde! In Parijs zou het u niet overkomen zijn. I'm sorry! I'm sorry! No alcohol in restaurants. No striptease either! Good luck to you, sir!

4

Het asfalt stijgt en daalt. Er rijden weinig auto's over en langs de trottoirs van Oslo liggen heuvelachtige bermen van gras.

In de verte een paleis met witte pilaren, waar de koning woont.

Een trap af. Ondergronds station. Elektrische trein.

Een van de alleroudste elektrische treinen ter wereld moet het wezen, de wagens zijn opgebouwd uit verticale eikeplankjes, zorgvuldig vastgeschroefd met koperen schroeven en gevernist.

Nummedal en ik zitten tegenover elkaar aan een raampje. Het ondergrondse traject is maar kort, de trein rijdt nu weer in de buitenlucht. De baan is in de rotsen uitgehouwen. Hoog zingend in de bochten schroeft de trein zich ertegenop.

De stad ligt al beneden.

Nummedal praat nu niet en ik pijnig mijn hersens om iets te verzinnen dat ik zeggen kan.

Alles wat mij te binnen schiet is onuitsprekelijk: ...hoe is het mogelijk dat u op uw vierentachtigste jaar nog in een universiteitslaboratorium troont... u moet er wel zo een wezen die er nooit genoeg van krijgt... al minstens tien jaar recht op pensioen of twintig jaar... ook in Noorwegen zal de pensioengerechtigde leeftijd vijfenzestig zijn, mogelijk zestig, de socialisten zijn er al zo lang aan de macht... maar hij is aangebleven, trouw op zijn post, onvervangbare kracht... bijzondere voorzieningen zijn getroffen om dit mogelijk te maken... de onvergelijkelijke Nummedal!... Hoe lang zal hij al bijna blind zijn?... Eredoctoraten in Ierland, Kentucky, Nieuw-Zeeland, Liberia, Liechtenstein, Tilburg. Prijzenswaardige, onvermoeibare ouderdom, benijdenswaardig... of een vrouw thuis, zó verschrikkelijk, dat hemel en aarde bewogen worden om maar niet in haar gezelschap het otium cum dignitate te moeten genieten... of een zure huishoudster...

Ik bekijk zijn kleren... oud, maar netjes.

Oude mensen slijten harder dan hun kleren. Waar komt dat toch door? Hij heeft een soort hoge schoenen aan die ook al in geen enkele winkel meer te koop is. Stevig verzoold. Een man die op zulke dingen let.

Zijn bril heeft hij, denk ik, zelf ontworpen. Door de instrumentmakerij van de universiteit laten maken, natuurlijk. Ik krijg ineens zoveel medelijden met hem... ik zou met tranen in mijn ogen tegen hem willen zeggen: Luister nu eens goed, Nummedal, Ørnulf. Ik heb wel in de gaten wat je denkt, maar je vergist je. Er is geen hiernamaals, met daarin een Eeuwig Mannetje, nog ouder dan jij en met alle eredoctoraten en dezelfde principes maar dan nog verhevener. Als je de grote stap doet in de complete nacht die elk ogenblik kan aanbreken, als een beroerte in je versleten hersenbloedvaten losbarst met bliksemstralen van bloed... Dan komt er geen Mannetje dat zal zeggen: Dag Ørnulf. Ik heb al die tijd met veel genoegen gadegeslagen, hoe je naar de universiteit bleef gaan toen je thuis op je stoel had mogen blijven zitten, hoe je, als je wist dat er iemand uit het buitenland op bezoek zou komen, hem met een mengsel van hooghartigheid, ironie en bonhomie ontving. En dan naar de bergen, om te laten kijken wat je nog presteerde, zodat hij later thuis vertellen zou: Oude Nummedal is nog kras! Daar kan elke jongeman nog een lesje van leren!

Hij slaat zijn benen over elkaar. Zijn handen vol bruine stippen steunen op de blindenstok en schommelen heen en weer met de gang van de trein.

– Naar de tijd te oordelen, zegt deze Adenauer van de geologie, komen we straks langs een gedeelte waar het Siluur mooi ontsloten is. Let u maar eens op. Als u goed oplet krijgt u het vanzelf in de gaten. Kijk daar!

Hij wijst op de houten wand tussen de raampjes, maar ik zie inderdaad het Siluur.

Mijn gedachten dwalen weer af. Wat wil ik? Ik wil dat hij mij de luchtfoto's geeft... Hoe kan ik indruk maken op een zo oude man, die van niemand meer iets heeft te vrezen en er niet tegenop ziet een ander in verlegenheid te brengen, gesteld dat dit nog tot hem doordringt?

De grootste fout ligt misschien bij Sibbelee. Sibbelee had mijn geval anders moeten introduceren. Moeten zeggen... ja wat? Moeten vragen de foto's naar Nederland op te sturen! Maar Sibbelee wist niet precies welke foto's er bestonden van het gebied waarover ik mijn proefschrift moet schrijven. En trouwens, het is toch niet anders dan hoffelijk te noemen, dat ik er in eigen persoon om gekomen ben.

Ineens weet ik waar de fout zit!

Ik had Nummedal te voet moeten vallen, zodra ik zijn studeerkamer betrad. Nederig, maar welbespraakt! Help mij, had ik moeten uitroepen, verzadig mij met kennis! Ik zal tien wetenschappelijke artikelen schrijven en ervoor zorgen dat in elk van deze artikelen honderdmaal uw naam voorkomt! Ik zal u noemen en blijven noemen in alles wat ik ooit nog zal publiceren, ook al zou het niets met u en uw onvervangbare onderzoekingen hebben uit te staan. Ik heb relaties die ridderorden... eredoctoraten... necrologieën...

Necrologieën??

Maar het is in elk geval te laat... Ik heb het juiste ogenblik voor de aanval ongebruikt gelaten, ik ben omsingeld. Onherroepelijk in de

verdediging gedrongen, vastgelopen als een verbogen as in een beschadigde naaf.
 Ik kan de glibberige draai niet maken.

5

Nummedal kan geweldig lopen.

Hier buiten, waar de zon fel schijnt, kan hij, geloof ik, ook beter zien.

Wij klimmen steeds hoger en als Nummedal de kans krijgt, verzuimt hij niet een haarspeldbocht af te snijden door een steil zijpad te nemen met een helling van tegen de dertig graden. Hij stapt regelmatig door, zijn adem gaat niet sneller, hij houdt goed gearticuleerde geologische vertogen.

Op geschikte ogenblikken stoot ik toestemmende monosyllaben uit. Ik hoor het aan de cadans van zijn stem, wanneer ik 'Natuurlijk!', 'Ja, ja', 'Natuurlijk niet', of zelfs een enkele maal 'Ha, ha!' zeggen moet.

Ik draag de opgerolde kaart nog steeds. Mijn armen worden beurt om beurt moe en vrij vlug. Want om het papier niet te kreukelen, kan ik de arm waaronder ik de kaart draag, niet met kracht in m'n zij drukken.

Soms ook houd ik de rol tussen duim en wijsvinger vast aan de rand, maar dan kan ik mijn arm niet gestrekt naar beneden laten hangen, anders sleept de kaart over de grond. Ik raak een pas op Nummedal achter en kijk door de rol als door een zeekijker. Moet mij bedwingen hem niet als roeper te gebruiken. O, God! Wat een ellende, zou ik roepen.

De helling is onderbroken door een klein plateau. Hier is een hoge skitoren gebouwd, waaruit een houten glijbaan afhangt als een tong van boomstammen. Wij gaan naar binnen, wij beklimmen de talloze trappen, komen eindelijk op een omloop waar ouders met kinderen over leuningen hangen om van het uitzicht te genieten.

De toren staat nagenoeg aan de kop van de fjord. Je kunt hem hiervandaan bijna helemaal overzien. Op de linkerzijwand liggen de huizen van de stad, rechts donkere bossen.

–Und geben Sie mir jetzt die Karte!

Ik ontrol het papier. Hij wipt de buitenste bril omhoog. Hij wijst. Hij klapt de buitenste bril naar beneden. Hij spreekt. Hij tikt met de achterkant van een potlood op de kaart. Hij wijst weer in de ruimte. Hij geeft college. Wie weet komt hij hier al zestig jaar met zijn studenten.

Er is een Frans spreekwoord: niet weten op welk been te moeten dansen.

Ik weet niet op welk been ik moet staan.

Ik verlies elke greep op mijn gedachten, en als vogels uit een door slordigheid open geraakte kooi, vliegen ze het landschap in.

Het forse blauwe water van de fjord en het timide blauw van een hemel die er, zo ver naar het noorden, bijna geen aanspraak meer op schijnt te durven maken blauw te zijn. De bonkige bergen, de speelgoedhuizen van de stad. Wereldberoemd panorama. Dit zien, dan sterven – door je naar beneden te laten glijden langs de glijbaan van boomstammen, die abrupt ophoudt boven een rond meer. 's Winters zijn de boomstammen natuurlijk vol sneeuw en is het meer bevroren. Hoe vaak laat ik mij niet naar beneden suizen, zonder ski's, zonder sneeuw, terwijl Nummedal verder doceert? Als hij mij nu maar eerst die luchtfoto's gegeven had. Met hoeveel plezier zou ik niet naar hem luisteren, met hoeveel genot zou ik niet naar dit heerlijke landschap kijken.

Pas op het ogenblik dat hij zijn college beëindigt, zie ik dat de kaart al die tijd ondersteboven voor hem gelegen heeft.

6

Wij gaan met dezelfde trein terug. Al ben ik nu de hele middag in zijn gezelschap geweest, er is geen sprake van enige verbroedering. Meestal beginnen professoren na dergelijke wandelingen of excursies moppen te vertellen, kwaad te spreken van hun collega's, of mededelingen te doen over hun honden, katten, kinderen.

Nummedal niet. Met zijn leesglas kijkt hij op zijn horloge en er komt een ontevreden trek om zijn mond. Zijn gespreksstof is uitgeput en hij kan mij nog niet lozen.

Het wil maar geen avond worden.

Wij klimmen de trap van het eindstation op en staan weer midden in Oslo.

Nummedal slaat de buitenste bril naar beneden.

Hij gaat afscheid nemen, want hij blijft staan.

Ik spreek dankwoorden voor alle moeite die hij zich getroost heeft.

Maar het genoegen blijkt geheel aan zijn kant te zijn geweest – of ik dat niet wist.

–Herr Professor!

Ik moet de woorden uit mijn keel wringen alsof ik mij verslikt had in een stuk cokes: –Herr Professor, vergeeft u mij dat ik zo aandring, maar kunnen wij niet iets afspreken over die luchtfoto's?

–Luchtfoto's?

–De luchtfoto's van Finnmark. Ik begrijp dat u ze zo ineens niet te voorschijn toveren kunt, maar als ik nu morgen, in de loop van de ochtend even langs kom, misschien dat uw secretaresse dan...

–Ik heb geen luchtfoto's voor u. Luchtfoto's! Natuurlijk hebben wij luchtfoto's op mijn instituut! Maar luchtfoto's voor u, om in het veld te gebruiken, wat denkt u! Die luchtfoto's maken wij immers niet zelf.

–Maar professor Sibbelee...

–Wat kan professor Sibbelee ervan af weten! Hoe kan professor Sibbelee iets beloven over mijn luchtfoto's? Als u luchtfoto's hebben wil, moet u ze halen op de plaats waar ze zijn. En dat is bij de Geologische Dienst in Trondheim. U komt er toch langs als u naar het noorden gaat. Brengt u de Geologische Dienst een bezoek! Østmarkneset, Trondheim. Direktør Hvalbiff! Hij zal blij wezen u te ontvangen. Ze hebben pas een prachtig, nieuw gebouw gekregen, dat zijn trots is. Het zal zijn grootste genoegen zijn u rond te leiden en alles te laten zien! Hvalbiff is de man die u moet hebben. Ik zal hem onmiddellijk opbellen, dan is hij voorbereid op uw komst.

Nummedal steekt zijn hand uit.

–Gegroet meneer, mijn beste wensen. Doet u de complimenten aan Arne en Qvigstad! En komt u mij vooral opzoeken op de terugweg, als u klaar bent in Finnmark. Zult u het niet vergeten?

Hij klapt de buitenste bril weer omhoog.

–Ik zal die kaart maar van u overnemen. Saluut!

Hij stapt naar de rand van het trottoir. Met twee brilleglazen op zijn voorhoofd en twee voor zijn ogen, lijkt het of hij met vier koplampen is gewapend.

Hij boort zijn witte blindenwandelstok recht in de stroom auto's die voorbijkomt. Het verkeer komt tot stilstand. Hij steekt over. Het lijkt of de straat achter hem dichtklapt.

Wat nu?

Ik zou er heel onverstandig aan doen als ik Sibbelee geen ansichtkaart stuurde.

Uit een ijzeren molen kies ik met zorg een kleurenfoto van de skitoren. Die ansichtkaart aan een hoek vasthoudend, er zo nu en dan in gedachten mee wapperend, loop ik naar mijn hotel en bepeins wat ik zal schrijven. Ik slaag er niet in iets bruikbaars te bedenken, want iets anders dan wat ik werkelijk denk, schiet mij niet te binnen: ... uw introductie bij professor Nummedal heeft mij weinig geholpen. Het is een oude man, bijna blind en wat er van hem verlangd wordt, begrijpt hij misschien niet helemaal meer. De hele middag heeft hij mij aan de praat gehouden, na zijn geringe dunk van Nederland niet onder stoelen of banken te hebben gestoken.

Voor u, hooggeschatte leermeester, heeft hij weinig ontzag. In uw jeugd schijnt u hem eens te hebben tegengesproken, en daarvoor zou hij, dunkt me, nog altijd wraak willen nemen. Na zich over uw wetenschappelijke prestaties in enkele met zorg gekozen woorden geringschattend uitgelaten te hebben, heeft hij mij onder de arm genomen en verder alleen nog over zijn eigen onderzoekingen opgesneden. Dat alles had niets te maken met de zaak waarvoor ik gekomen was, maar ik heb het allemaal geduldig aangehoord. Hij bleef zich tot het einde toe gedragen of ik hem alleen was komen opzoeken om hem te bewonderen. En hij moet toch al die tijd geweten hebben, dat ik eigenlijk alleen gekomen was om de luchtfoto's op te halen. Ik...

Waar is mijn hotel? Ik moet er nu toch zeker al lang in de buurt zijn? De omgeving is me totaal onbekend. Nergens iets te zien dat op mijn hotel lijkt. Hier zijn zelfs geen winkels. 't Is een morsdood stadsdeel, waar niemand een hotel zal vestigen. Uit mijn binnenzak neem ik een kleine plattegrond, die ik gisteravond op mijn kamer gevonden heb.

De verkeerde kant uit gelopen! Ik verdwaal altijd, overal. Hoe dikwijls is me dat in vreemde steden al gebeurd!

Pas een uur later ben ik in het hotel terug en het is nog altijd geen avond. Op mijn kamer bestel ik een whisky. Sorry sir, dat mogen wij niet doen. In arren moede drink ik een groot glas water, ga aan het kleine bureau zitten en terwijl mijn mond open en dicht gaat als de bek van een vis op het droge, kras ik achter op de kleurenfoto van de skitoren:

 –Zeer geachte Professor Sibbelee, even een groet uit het Noorden, feitelijk nog niet het Hoge. Vanochtend heb ik Professor Nummedal ontmoet, die mij verzocht u zijn hartelijke groeten over te brengen.

 Ik ben u zeer dankbaar voor deze zo waardevolle introductie. Professor Nummedal heeft mij buitengewoon hartelijk ontvangen en zelfs de moeite genomen een leerrijk uitstapje met mij te ondernemen in de omgeving van Oslo!

 Wat de luchtfoto's betrof, verwees hij mij naar de Geologische Dienst in Trondheim. Alfred I.

Alleen links onder, in de hoek is nog ruimte voor mijn ondertekening en ik beschouw het als een weldaad van het lot dat er voor mijn volledige naam geen plaats meer is.

7

Noordelijke landen hebben talrijke eigenschappen waarom zij geprezen moeten worden en een daarvan is de kracht van hun sanitaire installaties.

De douche is een harde borstel van water. Ik blijf er lang onder staan, of ik zodoende deze hele nutteloze dag van mij afspoelen kon. Of ik helemaal opnieuw kon beginnen. Maar als ik de kranen eindelijk dichtdraai, denk ik: Is het wel een nutteloze dag geweest? Misschien heeft Nummedal het goed bedoeld. Misschien heeft hij werkelijk zijn best gedaan de luchtfoto's voor mij te krijgen, is hem dat niet gelukt, heeft hij het willen goedmaken door dat uitstapje met mij te ondernemen en is zijn raad naar Trondheim te gaan de beste oplossing. Zijn bruuske optreden kan veroorzaakt zijn door schaamte dat hij zijn belofte aan Sibbelee niet kon nakomen.

Druipnat naar de slaapkamer teruggelopen, draai ik aan mijn transistorradio. Ik kan waarachtig Hilversum hier ontvangen. Even luisteren. Er staat een spreker voor de microfoon.

't Is een professor in de natuurkunde die een lezing houdt. Wetenswaardigheden uit de Wereld van Wetenschap en Techniek heet dat programma – voor elke leek bevattelijk uiteengezet.

Om een fluit aan te blazen, vertelt hij, is een luchtstroom nodig die een snelheid heeft van honderdvijfentwintig kilometer per uur.

Wat zegt hij? Honderdvijfentwintig kilometer per uur? Dat is orkaansnelheid. Zulke dingen weet ik uit het hoofd, jonge veelbelovende natuuronderzoeker die ik ben.

Met een snelheid van honderdvijfentwintig kilometer per uur moet je de lucht uit je mond in de fluit persen om er geluid uit te halen.

Ik heb het nooit beseft, en op hoeveel fluiten heb ik niet gespeeld van mijn zevende tot mijn veertiende jaar?

Eerst kreeg ik een rechte fluit van celluloid. Ik kon er het volkslied op blazen. Toen probeerde ik of hij in brand zou vliegen als ik er een vergrootglas bij hield. Hij vloog in brand, ik liet hem op de grond vallen, het vuur doofde bij gebrek aan brandstof, maar mijn moeder schrok ontzettend. Zij gaf mij een blokfluit van zwart ebbehout. Niet lang daarna kwam ik erachter dat in echte orkesten op dwarsfluiten werd gespeeld. Mijn moeder zei dat dwarsfluiten heel duur waren, te duur. Mijn vader was toen al lang dood, maar mijn grootvader die nog leefde, gaf mij er een waar hijzelf op gespeeld had in zijn jeugd. Een grote dwarsfluit, met zes gaten en acht kleppen, die in vier stukken uit elkaar genomen kon worden. Op de plaatsen waar de stukken in elkaar geschoven moesten worden, waren ze afgewerkt met ivoor.

Je moet het eerst zelf maar proberen, daarna zal ik zien of je fluitles hebben mag.

Ik wilde fluitist worden, beroepsfluitist in een groot orkest. Mijn moeder wilde geen nee zeggen, maar blij met mijn beroepskeuze was zij niet.

Het duurde een half jaar voor ik enig geluid aan de grote dwarsfluit ontlokken kon. Ik kocht op de markt een oud boek met fluitetudes.

Toen ik veertien was, kon ik heel aardig spelen, maar kort daarop deed ik een fatale ontdekking. De fluiten waar in echte orkesten op gespeeld werd, waren heel andere fluiten dan de mijne. Het waren zogenaamde Böhm-fluiten, uitgevonden door zekere Theobald Böhm, geen fluiten met zes gaten en acht kleppen, zoals de mijne. De wijze van bespelen was heel anders. Mijn fluit was zelfs niet goed genoeg om lid te worden van het schoolorkest. Ik vroeg mijn moeder, die mij zelden iets weigerde, om een echte fluit, systeem Böhm. Maar mijn moeder zei: –Weet je wel dat je dan weer helemaal opnieuw beginnen moet? En je moet goed begrijpen, een fluitspeler wordt nooit wereldberoemd. Viool, piano, ja. Maar een fluitist mag meestal enkel maar meespelen met een groot orkest. En weet je wel dat je als fluitist in het gunstigste geval toch nooit iets anders doet dan naspelen wat een ander bedacht heeft?

Dat argument gaf de doorslag. Ik begon stenen te verzamelen, want bioloog worden, als mijn vader, wilde ik niet. Liever dan fluitist zou ik een geleerde worden.

Maar al die jaren dat ik mij met fluiten beziggehouden heb, ben ik nooit op het idee gekomen dat de lucht in een fluit een snelheid bezat, laat staan dat ik mij afgevraagd zou hebben hoe die snelheid te meten.

Water in mijn oren, een handdoek over mijn handen, sta ik mij te schamen. Onderzoeken is meten.

Ik heb zelfs het tellen van mijn voetstappen tot een gewoonte gemaakt, net als Buys Ballot die de Wet van Buys Ballot ontdekte. (Wie met zijn rug naar de wind toe staat, heeft op het noordelijk halfrond het lagedrukgebied aan zijn linkerhand.)

Wind... Maar een ander is op het idee gekomen de windsnelheid in een fluit te meten. Ik niet.

Juist als ik de transistor op een ander station wil zetten, vertelt de professor dat Christiaan Huygens de snelheid van de luchtstroom in fluiten al gemeten heeft – driehonderd jaar geleden.

Ik draai de radio uit en stap in bed. Ik kan niet slapen. Zo ver in het Noorden als hier, gaat om deze tijd van het jaar de zon niet ver genoeg onder. Er zijn zwarte gordijnen voor de ramen, maar je weet toch dat het buiten geen nacht is.

Om half vijf ben ik nog niet ingeslapen. Om acht uur vertrekt de bus van het SAS-kantoor naar het vliegveld. Als ik nu nog in slaap val, verslaap ik mij misschien. Maar ik val niet in slaap.

Om vijf uur kom ik mijn bed maar uit, schuif de gordijnen open en neem opnieuw een bad. Terwijl ik me afdroog, voel ik mij slaperiger dan voordien, maar om nu weer te gaan liggen, is het te laat. Naakt zit ik op mijn bed, denk na, besluit toch alvast mijn koffer te pakken en ook de inhoud van de rugzak nog eens goed na te kijken.

Bergschoenen, een hamer, slaapzak, veldfles, beker, nieuw notitieboek, fototoestel, films, het geologische kompas dat Eva mij al in mijn eerste studiejaar gegeven heeft. Het is een vrij groot instrument, met een nauwkeurige graadverdeling, rechthoekige grondplaat, vizieren, hellingmeter, waterpas en spiegel.

Ik klap het open en bekijk mijn gezicht in het spiegeltje. Eva zei, toen ze het mij gaf, dat zij het daarom juist zo'n gek cadeau vond. Ze zei: –Ik wist niet dat de geologie een wetenschap was, waarbij je voortdurend in de spiegel moet kijken.

Toen was ze twaalf jaar, mijn kleine zusje.

Niet alleen is zij de eerste geweest die deze stelling onder woorden bracht: Wat mij betreft had ze zeker gelijk.

Ik heb in de loop der jaren het kompas misschien wel tienmaal zo dikwijls uit zijn etui genomen om mijzelf erin te bekijken, als om er metingen mee te verrichten.

Het spiegeltje is zo klein, dat als ik mijn neus en ogen erin zien kan, mijn oren onzichtbaar zijn. Als ik mijn kin bekijk, kan ik daarentegen mijn ogen niet zien. Zelfs als ik het op armslengte van mij af houd, kan het nog mijn hele gezicht niet weerkaatsen.

Maar ik zou het spiegeltje niet kunnen missen.

Als je mij vraagt zijn er drie belangrijke stadia in de geschiedenis van de mens.

In het eerste kende hij zijn eigen spiegelbeeld niet, evenmin als een dier dat kent. Laat een kat in een spiegel kijken en hij denkt dat het een raam is waarachter een andere kat staat. Blaast ertegen, loopt eromheen. Op den duur is hij niet meer geïnteresseerd; sommige katten tonen zelfs nooit enige belangstelling voor hun spiegelbeeld.

Zo zijn de eerste mensen ook geweest. Honderd procent subjectief. Een 'ik' dat zich vragen kon stellen over een 'zelf' bestond niet.

Tweede stadium: Narcissus ontdekt het spiegelbeeld. Niet Prometheus die het vuur ontdekte is de grootste geleerde van de Oudheid, maar Narcissus. Voor het eerst ziet 'ik' zich 'zelf'. Psychologie was in dit stadium een overbodige wetenschap, want de mens was voor zichzelf wat hij was, namelijk zijn spiegelbeeld. Hij kon ervan houden of niet, maar hij werd niet door zichzelf verraden. Ik en zelf waren symmetrisch, elkaars spiegelbeeld, meer niet. Wij liegen en het spiegelbeeld liegt met ons mee. Pas in het derde stadium hebben wij de genadeslag van de waarheid gekregen.

Het derde stadium begint met de uitvinding van de fotografie. Hoe dikwijls gebeurt het dat er een pasfoto van ons gemaakt wordt waarvan wij evenveel houden als van ons spiegelbeeld? Hoogst zelden! Voordien, als iemand zijn portret liet schilderen en het beviel hem niet, kon hij de schuld aan de schilder geven. Maar de camera, weten wij, kan niet liegen. En zo kom je in de loop van de jaren, via talloze foto's, erachter dat je meestal niet jezelf bent, niet symmetrisch met jezelf, maar dat je het grootste deel van je leven in een aantal vreemde incarnaties bestaat voor welke je alle verantwoordelijkheid van de hand zou wijzen als je kon.

De angst dat andere mensen hem zien zoals hij is op die foto's die hij niet kan endosseren, dat ze hem misschien nooit zien zoals het spiegelbeeld waarvan hij houdt, heeft de menselijke individu versplinterd tot een groep die uit een generaal plus een bende muitende soldaten bestaat. Een Ik dat iets wil zijn – en een aantal schijngestalten die het Ik onophoudelijk afvallen. Dat is het derde stadium: het voordien vrij zeldzame twijfelen aan zichzelf, laait op tot radeloosheid.

De psychologie komt tot bloei.

Ik draag tenminste in mijn kompas één soldaat mee die mij door dik en dun trouw is.

Hij zal mijn proefschrift voor mij schrijven, hij zal het zo goed doen dat ik cum laude tot doctor promoveer en naderhand zal hij professor worden. Als de kranten om zijn foto vragen, zal ik hem net zolang laten fotograferen, tot een van die portretten identiek aan hem is. Maar vanochtend zijn z'n ogen roodomrand doordat hij niet geslapen heeft – en ik slaap toch al zo slecht. Zijn kin is stoppelig, want ik moet mij nog scheren.

Ik ga mij scheren en kleed mij aan. Ik pak rugzak en koffer in met veel overleg. De dingen die ik achterlaten zal in Alta, doe ik nu maar vast al in de koffer: witte overhemden, het elektrische scheerapparaat, enz. In de rugzak mijn aantekeningenboek, dikke sokken, ballpoint, potloden, hamer, plastic zakjes die altijd te pas komen, bergschoenen, slaapzak, transistorradio. Stalen meetlint? Ik kan het nergens vinden. Mogelijk thuis laten liggen. In mijn agenda maak ik een notitie dat ik een stalen meetlint moet kopen in Trondheim. *Stalen meetlint* schrijf ik onder *Østmarkneset*, het adres van de Geologische Dienst.

Voor ik ga ontbijten, controleer ik nog eenmaal de badkamer, de kast, het schrijfbureautje en het tafeltje naast het bed. Nee, niets laten liggen. Zelfs in de laden en kasten die ik helemaal niet heb gebruikt, kijk ik of ik niets vergeten heb. Bij mij mag nooit iets misgaan. Dingen laten slingeren, onvoorbereid in situaties terechtkomen, met je mond vol tanden staan, grotere gruwel ken ik niet. Ik zal niet per ongeluk doodvallen in een bergspleet, zoals mijn vader en als het zou gebeuren, dan zal ik er op voorbereid moeten zijn. Uitglijden zal mij niet verrassen. Ik zal mij weten vast te grijpen of mijn val zien te breken.

Maar wat zie ik als ik mijn koffer en rugzak al op de gang heb gezet en op het punt sta de deur achter mij dicht te trekken?

Op de kapstok ligt een ansichtkaart. Het is de ansichtkaart die ik gisteravond aan Sibbelee heb geschreven. Nog net op tijd ontdekt!

8

Rustig wandel ik naar de machine als de vlucht naar Trondheim voor de eerste keer afgeroepen wordt. Ik groet de stewardess vriendelijk.

Mijn regenjas en mijn fototoestel leg ik in het net boven mijn hoofd, ga zitten en gaap. Nu hoef ik voorlopig niets anders te doen dan te slapen en ik laat mijn ogen dichtvallen. Niet zwaar genoeg, ze gaan weer open.

De stoel naast mij is leeg. Het raampje waaraan ik zit, geeft uitzicht op de bovenkant van een vleugel, waar niets te zien is.

De stewardess komt langs met een stapeltje kranten. Op goed geluk kies ik er een uit, blader erin.

Zonder het eigenlijk te willen, begin ik toch te lezen.

DE NEDERLANDSE EXPEDITIE STEUNT OP
SHERPA-BEROEMDHEDEN

Het is een brief over die Himalaya-expeditie, waar Brandel aan meedoet.

'Ons eerste kamp ligt naast het vliegveld van Pokhara, met uitzicht op Himalayareuzen als Annapurna (8078 m), Machhapuchhare (6997 m) en Lamjung Himal (6985 m), die met hun verijsde toppen als het ware het hele landschap beheersen...

Het wachten is alleen nog maar op de komst van Wongdhi, de sherpa-sirdar, die acht dagen geleden met honderd dragers uit Kathmandu is vertrokken.

Vrij algemeen wordt de naam 'sherpa' vereenzelvigd met hooggebergtedrager of berggids, ongetwijfeld omdat de sherpa's zo'n grote bekendheid hebben gekregen door de Himalayaexpedities. In werkelijkheid echter heeft men hier met een afzonderlijke stam te maken.

Ervaring

Wongdhi is pas 29 jaar oud, maar heeft zich reeds faam verworven tijdens talrijke Himalaya-expedities. Nog onlangs beklom hij met onze Franse vriend Lionel Terray de bijna 8000 meter hoge Jannu in Oost-Nepal, waarbij speciaal is te vermelden dat Wongdhi, in tegenstelling tot Terray, géén zuurstofmasker gebruikte. Ook nam hij deel aan de Vrouwen Himalaya-expeditie naar de Cho Oyu, een onderneming welke bijzonder tragisch afliep daar de leidster, Claude Kogan samen met Claudine van der Straeten en drie sherpa's door een enorme sneeuwlawine werd begraven. Wongdhi was een van deze sherpa's en de enige van het vijftal die het er levend afbracht. In zijn gebroken Engels heeft hij ons beschreven hoe hij zich, met behulp van een zakmes dat hij toevallig in zijn borstzak had, heeft weten uit te graven. Hij hield er een paar bevroren vingertoppen van over, die later in Frankrijk werden geamputeerd.

Omelet

Wij hebben nog een andere sherpa-beroemdheid in ons midden... Danu de kok. Tegenwoordig vechten de expedities om de diensten van deze kleine knaap met zijn buitengewone kookkunst en zijn wonderlijk opgewekte karakter. Voor Danu is het moment van aankomst 's avonds altijd het voornaamste van de dag.

Als wij dolgelukkig gaan zitten om eindelijk eens wat te rusten, begint hij rond te hollen om alles in orde te maken. Thee is er meestal binnen vijf minuten en vaak ook een overheerlijke omelet... haast beter dan wij thuis gewend zijn!

Ik kreeg soms de indruk dat Danu een willekeurig huis binnen rende en de ketel van het vuur pakte... om vooral zijn Sahibs niet te laten wachten!
Kortom, Danu is een prachtvent!

Trouw

Een kleine gebeurtenis tijdens deze tocht kan dienen als illustratie van de sherpa-mentaliteit. Toen Brandel en ik nabij een bergdorpje in ons tentje lagen te slapen, begon een of andere kwajongen de tent vanaf de bovengelegen helling met stenen te bekogelen. Direct kwamen de sherpa's aangerend om de onverlaat te verjagen.

Een kwartiertje later, toen ik al was ingedommeld, werd ik wakker door een geritsel voor de tent... en daar lag Danu, in zijn slaapzak dwars voor de tentopening, met naast zich zijn pickel, vastbesloten om zo nodig zijn Sahibs gewapenderhand te beschermen! En of het in de nacht begon te regenen dat hinderde niet: Danu bleef tot het licht werd! Het is blijkbaar niet zonder reden dat de sherpa's geliefd zijn om hun trouw en aanhankelijkheid!!

Gewicht

De dragers of koelies worden voornamelijk gerekruteerd uit de omstreken van Kathmandu, waar men een groot aantal beroepsdragers heeft. Hier is het dagloon trouwens veel lager dan in Pokhara, waar willekeurige mensen zich soms als drager verhuren, tussen andere bezigheden door. Tijdens de expeditie geldt een vracht van dertig tot tweeëndertig kilogram als normaal, maar de dragers zijn in staat om veel en veel zwaardere vrachten te torsen, zo nodig van de vroege ochtend tot de late avond.

Het is geenszins abnormaal dat een drager een last van zestig kilo of meer over tientallen van kilometers de bergen in draagt, maar dat gaat dan erg langzaam. Het sterkste maakten we echter mee op het vliegveld Pokhara. Bij onze vracht die vanuit Kathmandu per vliegtuig was aangevoerd, was een kist van honderdvijfentwintig kilo. Geen van de volwassenen wilde zich hieraan wagen, maar een jongen van een jaar of zeventien nam hem op de rug en droeg hem heuvel-op over ongeveer tweehonderd meter. Daarna werd het ventje door een van onze artsen gewogen. Gewicht: zevenendertig kilo!

Afmars

Wat het klimmen betreft, we hoeven er niet aan te twijfelen dat kopstukken als Wongdhi, Dorjee, Danu en Mingma Tsiring te zijner tijd hun mannetje zullen staan voor het plaatsen van de hoge aanvalskampen op onze berg – de Nilgiri – en zeer waarschijnlijk zal minstens een van hen meegaan naar de top.'

Trouwe sherpa's die hun mannetje staan... Ik heb genoeg in de krant gelezen en leg hem op de stoel naast mij...

In een vliegtuig zitten geeft mij altijd het gevoel ergens naartoe gebracht te worden zonder dat je ergens naartoe gaat. Op de vleugel buiten het raampje is niets te zien, evenmin op de achterkant van de stoel voor mijn neus. Geen andere dan de westerse beschaving is ooit op het idee gekomen een vorm van vervoer te bedenken, waarbij de vervoerden niets hoefden te doen dan urenlang naar de achterkant van een stoel te kijken, waartegenaan een netje is bevestigd dat stevige papieren zakken bevat voor wie spugen moet.

Nee, dan op de rug van een trouwe sherpa! Trouwe sherpa's die bereid zijn viermaal hun eigen gewicht een berg op te dragen voor hun Sahibs! Wie zal er straks wat dragen voor mij?

Arne zal proberen in Skoganvarre een paard te lenen of te huren, dat de eerste vijfentwintig kilometer met ons mee kan lopen om de bagage te dragen. Verder kan niet, na vijfentwintig kilometer moet het paard terug. Waar wij naartoe gaan is voor paarden niets te eten. Dus moet het paard na één dag rechtsomkeert maken.

Met eten voor weken en al het andere dat wij nodig hebben op onze eigen rug, zullen wij verder moeten lopen, zonder paard. Zonder sherpa's die desnoods voor de tent op de grond gaan liggen, in de regen, om hun Sahibs te beschermen. Zonder Danu de kok, om wie alle expedities vechten. Danu, met zijn buitengewone kookkunst en zijn opgewekt karakter; desnoods gaat hij uit inbreken voor een ketel kokend water! Enkel maar om zijn Sahibs een lekker kopje thee te kunnen inschenken aan het einde van een vermoeiende dag.

'Omelet'

Eigenlijk heb ik geen enkel idee hoeveel ik zelf op mijn rug kan torsen, als het eropaan komt. Twintig kilo lijkt mij al een heleboel. Vijfentwintig kilo? Misschien. Het is stom dat ik er niet aan gedacht heb thuis de proef te nemen. Rugzak zo zwaar maken als ik denk te kunnen dragen en dan te wegen. Bij de vaststelling van het gewicht een percentage in mindering te brengen, omdat ik er niet eventjes, maar urenlang mee lopen moet, op terrein vol kuilen en stenen, zonder weg, zonder pad, bergop, bergaf.

Maar, aan de andere kant, wat zou ik eraan hebben als ik nu al precies wist hoeveel ik hoogstens denk te kunnen dragen? Het ligt voor de hand aan te nemen dat alles wat wij nodig zullen hebben, in drie porties zal worden verdeeld. Ik zou niet eens minder dan een derde te dragen willen krijgen.

Feitelijk heb ik nog nooit een tocht gemaakt zoals deze. Waar ik ook gekampeerd heb, altijd kon ik 's avonds wel naar een dorp gaan om eten te kopen. *Eenmaal moet de eerste zijn, mama.*

Natuurlijk, Alfred. Je doet of het mijn schuld is dat je altijd zo weinig aan sport gedaan hebt.

Ik heb altijd weinig aan sport gedaan. Het is waar. Had ik dit vak niet gekozen dat mij de deur uit jaagt, ik zou een echte kamergeleerde zijn geworden. Nu moet ik wel. Wat valt er in een kamer anders te bestuderen dan de boeken van anderen?

Ik wil geen stenen vinden die een ander al in een doosje gedaan heeft. Nog sterker: ik wil geen stenen vinden die al eerder op aarde zijn geweest. Ik zou het liefst een meteoriet vinden, een brok afkomstig uit de kosmos en ik zou willen dat het uit een materiaal bestond, dat op aarde nog nooit was aangetroffen. De steen der wijzen, of minstens een mineraal dat naar mij zou worden genoemd: *Issendorfiet*.

Van welke datum is die krant? Eergisteren. Maar dat artikel is misschien wel al drie weken geleden verzonden uit Nepal.

Brandel is nooit een intieme vriend van mij geweest. Heel andere figuur dan ik. Branie. Was voornamelijk gebrand op het doen van gevaarlijke dingen. Studeerde in hoofdzaak om de sport een wetenschappelijke tint te geven. Won medaljes met langebaanwedstrijden op de schaats, was op zijn zeventiende jaar al een volleerd alpinist. Reed tweehonderd op een motor: '*de bomen langs de weg worden een schutting.*' Las nooit een boek als het niet moest.

Misschien is hij op dit zelfde ogenblik bezig de top van de Nilgiri te bedwingen. Op mijn horloge kijken: vijf voor negen. Nu is het in

Nepal een uur of drie in de middag, denk ik.
Dus dat kan.

Brandel ging al sinds zijn zevende jaar elke zomer naar Zwitserland. Bergop bergaf als een gems. Jodelen kon hij ook. Drinken en roken deed hij niet. Zwitserland! Ik ben er feitelijk nog nooit geweest, alleen erdoorheen gekomen met de nachttrein.

Gewicht

Dertig tot tweeëndertig kilogram is normaal. Dat zal ik dan toch ook wel kunnen klaarspelen. Hoeveel kilo weegt het eten eigenlijk dat ik in een dag gebruik? Weegt een boterham een half ons of minder? Ik heb geen flauw idee. Zestig kilo kan ik niet dragen, denk ik. Zelf weeg ik ruim zeventig kilo. Hoeveel woog die jonge sherpa? Zevenendertig kilo. Hij droeg honderdvijfentwintig kilo tweehonderd meter heuvelopwaarts. Ruim driemaal zijn eigen lichaamsgewicht. Dan zou ik tweehonderdtwintig kilo moeten kunnen dragen. Maar die berekening is onzinnig. Laat een drietonstruck tienduizendmaal zo zwaar zijn als een speelgoedauto. Toch is hij lang niet tienduizend keer zo sterk. Als een mens verhoudingsgewijs even sterk was als een vlo, zou hij een spoorwagon moeten kunnen voorttrekken, maar dat kan niemand.

Voor mijn geestesoog lopen sherpa's in de ganzenmars voorbij. Zestig kilo, opgehangen aan de brede band om hun voorhoofd, hun rug zo ver gebogen dat zij met hun handen bijna de grond kunnen aanraken. Hun kromme benen, onbegrijpelijk dun, als de poten van ezels.

Ik kan het gewicht natuurlijk verminderen door de transistorradio niet mee te nemen. Scheelt drie ons.

Brandel is een vriendelijke jongen die altijd overal om lacht, nooit met iemand ruzie maakt en een hoofd waar nooit een pessimistische gedachte in opkomt. Ik kan zulke mensen niet begrijpen, maar geloof wel dat ze gelukkig zijn. Zoiets als een hond. Het hondeleven. Een hondeleven: spreekwoordelijke ellende. Toch zijn de meeste honden optimist.

En waarom zou Brandel geen optimist zijn? Wongdhi de sherpa-sirdar is al onderweg met honderd dragers om zijn tandenborstel en zijn pyjama naar de top van de Nilgiri te brengen.

Ik daarentegen heb al een dag verloren met pogingen de luchtfoto's die ik niet kan missen los te praten van een oude halfblinde ijdeltuit.

9

Van Trondheim zou ik geloof ik wel kunnen houden.

Roestbruine houten pakhuizen die aan water staan.

Alle huizen zijn hier van hout. Het is vreemd dat er trams door de straten rijden. Er zou eigenlijk een wet moeten bestaan dat trams niet mochten komen in een stad van hout. Geen echte stad. Het lijkt of hij nagemaakt is, niet door timmerlieden, maar door meubelmakers, om op een wereldtentoonstelling te worden neergezet.

Maar ik heb haast. Ik heb drie uur de tijd voor het vliegtuig naar Tromsø vertrekt. Dan moet ik de luchtfoto's hebben bemachtigd.

In de taxi probeer ik zoveel mogelijk van Trondheim te zien. Ik zie een grote kathedraal met daken van groen koper. Ik zie een wit-en-roodgeschilderde antennetoren.

De zon schijnt, de lucht is blauw, ik heb geen spoor van slaap en toen ik tegen de chauffeur zei: –Østmarkneset, begreep hij ogenblikkelijk waar ik naartoe wilde, al ken ik geen Noors en heb ik de naam op goed geluk uitgesproken.

Wij rijden over een lange brug, daarna vermindert de stad snel in dichtheid.
Er is zelfs geen bestrating meer waar wij nu komen. Een heuvelachtige buurt. Hoge sparren. Hier en daar een rijtje nieuwe houten huizen, niet door meubelmakers gemaakt, maar door machines.

De taxi stopt. De chauffeur keert zich naar mij om, slaat zijn arm over de voorbank, opent het portier aan mijn rechterkant en wijst. Hij wijst op een flat in aanbouw, tien of twaalf verdiepingen hoog.
–Geologisk Undersøkelse, zegt hij.
Ik begrijp dat hij er niet naartoe kan rijden. Het bouwwerk is omringd door kuilen, roodgemeniede verwarmingsradiatoren, omgevallen bomen en afgezaagde stukken hout. Ik betaal hem en stap uit.

Hoewel er nog genoeg bakstenen opgestapeld liggen, is nergens een metselaar te bekennen. Maar als ik dichter bij het gebouw kom, zie ik twee mannen die bezig zijn een stuk spiegelglas ter grootte van een klein voetbalveld rechtop te zetten.

Ik wijs naar ze, ik roep:

– Geologisk Undersøkelse!

Zelf sta ik, weerspiegeld, tussen hen in.

De ene man reageert niet, hij heeft allebei zijn handen vol. De andere maakt met zijn linkerhand een cirkel om zich heen, en gaat dan weer verder met zijn werk.

Ik loop zoals hij gewezen heeft, om het gebouw, loop dood op struiken, durf niet terug, wring mij door de struiken, bereik een soort pleintje waar, onbeheerd, een jeep staat en een voertuig op rupsbanden.

Een bespottelijke manier om bij direktør Hvalbiff aan te komen!

Ik blijf stilstaan om mijn kleren af te kloppen. Let niemand op mij? Nee.

Dit gedeelte van het gebouw is al voltooid. Er zitten ramen in en zelfs een kleine deur.

Ik kan de deur zonder meer binnen gaan, kom in een smalle gang. De kunst is nu het secretariaat te vinden.

Onnodig. Een heer met vlinderdasje en wit golvend haar komt te voorschijn uit een laboratoriumruimte waar machines klokkende geluiden maken en lacht tegen mij. Ik spreek hem aan met een blik van verstandhouding – wie kan hij anders zijn dan Hvalbiff zelf?

– Ik zou graag direktør Hvalbiff spreken.

Of ik van niets wist.

Ik weet inderdaad van niets.

– Direktør Hvalbiff? Die is vandaag niet aanwezig. Ik ben direktør Oftedahl, van Statens Råhstofflaboratorium.

– Is de Geologische Dienst hier dan niet?

– Nog niet helemaal. Maar misschien kan ik u helpen. Komt u mee?

Ik loop met hem mee, de gang door, zijn kamer binnen. Hij gaat achter zijn bureau zitten en wijst mij een stoel.

– U heeft wel gezien dat zelfs ons gebouw nog lang niet voltooid is. Waarom wilt u direktør Hvalbiff spreken?

– Professor Nummedal heeft een afspraak voor mij gemaakt. Ik ben een Nederlandse student, pas afgestudeerd, ik ga een proefschrift maken over de terreinvormen van Finnmark. Ik zou luchtfoto's krijgen van professor Nummedal, maar professor Nummedal had ze niet. Professor Nummedal zei me dat ik ze kon krijgen van direktør Hvalbiff, hier in Trondheim. Professor Nummedal zou opbellen om direktør Hvalbiff van mijn komst op de hoogte te stellen.

– Opbellen? Uit Oslo?

Als om te zorgen dat er in alle geval van opbellen sprake zal zijn, neemt hij de hoorn op van een van de twee telefoons waar zijn bureau mee prijkt, vraagt iets, zegt iets, ik versta alleen de laatste woorden 'Takk takk'. Hij legt de hoorn neer.

– Voor zover we weten is er niet opgebeld. Direktør Hvalbiff is gisteren even hier geweest en onmiddellijk teruggegaan naar Oslo. Wij zijn midden in de verhuizing, begrijpt u, maar van de Geologische Dienst is het grootste gedeelte nog in Oslo. Onze diensten komen beide in dit nieuwe gebouw.

Hij begint over het nieuwe gebouw te vertellen. Direktør Oftedahl spreekt Engels dat in mijn oren vlekkeloos is en klaarblijkelijk vindt hij mijn Engels goed genoeg om niet voor te stellen tot een andere taal over te gaan. Hij vertelt, vertelt. Hij is helemaal niet onder de indruk dat ik hier voor niemendal zit, niet onder de indruk dat Nummedal vergeten heeft op te bellen, of dat Hvalbiff er niet op gereageerd heeft.

Oftedahl heeft een mals rood gezicht, dichte witte wenkbrauwen die als afdakjes over zijn ogen hangen, maar het meest word ik geboeid door een aantal diepe littekens op zijn hals. Het vlinderdasje is veel te klein om ze te bedekken. Zijn keel, dat wil zeggen alles wat onder een onderkaak zit, lijkt eruit geschept te zijn met een grote lepel. Ik heb geen flauw idee wat voor een operatie dit geweest is – maar wat weet ik ook van operaties? Dat er nog iets is overgebleven van zijn strottehoofd en zijn tong, begrijp ik niet. Toch moet dit zo zijn, want hij heeft een welluidende diepe stem en ook aan zijn tong kan niets mankeren, want alle letters spreekt hij duidelijk uit.

– Zou het niet mogelijk zijn, vraag ik, als hij uitverteld is over de verhuizing, dat de luchtfoto's toch al hiernaartoe zijn gebracht? Ik kan mij niet voorstellen dat professor Nummedal mij anders naar Trondheim zou hebben gestuurd.

Daarbij fantaseer ik: —Volgens professor Nummedal bestond er geen twijfel dat de luchtfoto's hier waren.

Oftedahl legt nu zijn onderarmen op tafel, kijkt mij een paar tellen aan, zegt dan:
—Mogelijk, mogelijk. We kunnen wel even gaan zien.
Hij staat op.

Ik sta ook op en keer mij naar de deur, terwijl Oftedahl achter het bureau vandaan komt.
Naast de deur hangt een ingelijste foto, een portret met een handtekening:

Roald Amundsen

—Amundsen, zeg ik, terwijl Oftedahl de deur opent, is de handtekening echt?
—Zeker, die is echt. Weet u waaraan Amundsen zijn succes te danken heeft gehad? Hij had kleren laten maken van dierenvellen, het haar aan de binnenkant. Deze kleren droeg hij zonder ondergoed. Ruime, warme kleren, begrijpt u, warm en toch goed doorlucht. Maar anderen, zoals Shackleton en Scott, droegen dikke hem-

den en onderbroeken van wol. Dat raakte natuurlijk van zweet doordrenkt; hier en daar bevroor het. Het was niet meer droog te krijgen. Maar Amundsen had daar geen last van. Daarom heeft hij als eerste de Zuidpool bereikt.

We lopen in de gang, slaan een hoek om en komen in een andere gang, laag, breder dan hoog.

– Je moet er niet aan denken, filosofeert Oftedahl, hoe dat soort onderzoekers als Amundsen hun behoeften moest doen, bij vijftig graden onder nul, ha, ha. It must have been a very quick story!

Het plafond van de gangen heeft verborgen lichtbronnen, de wanden zijn van vlammend palissanderhout en de vloer is met parket belegd.
– U heeft dus geologie gestudeerd, zegt Oftedahl, van de Zuidpool en Amundsen teruggevlogen naar mij. Een mooi vak. Zelf ben ik van huis uit geofysicus. Mijn dienst maakt de inventaris op van alles wat de geologen aan nuttigs vinden. Soms voel ik mij maar een soort magazijnmeester, soms spijt het me dat ik geen geoloog ben geworden. Ik zit te veel op een bureau met rompslomp. Eropuit trekken is mooier, ro-

mantischer. De geologen zijn de laatste ontdekkingsreizigers die er overgebleven zijn.

Hij lacht.

–Past u op! Het is het beste niet op de planken te stappen, maar alleen op de balken. De stand van de bouw is maanden achter op het tijdschema, zoals overal met de nieuwbouw. Dit had allemaal al heel lang klaar moeten zijn.

Het parket is opgehouden. Nu houden ook de zijwanden op. Van een gang of corridor is geen sprake meer. Wij lopen door een ruimte die niet anders aan te duiden is dan als een bouwlaag, of als twee betonnen platen, uiteengehouden door betonnen zuilen. Aan het eind hiervan is een trap van naakt beton, die wij beklimmen.

–Hoe bent u zo in Noorwegen verzeild geraakt? vraagt Oftedahl een etage hoger, op een precies eendere bouwlaag.

–Ik heb in Amsterdam kennis gemaakt met een Noorse student, Arne Jordal, die mij over Finnmark vertelde. Wij zijn toen op het plan gekomen er samen naartoe te gaan, deze zomer. Hij is er eerder geweest, hij kan mij dus een beetje wegwijs maken, wij houden elkaar gezelschap, maar wij bestuderen allebei een ander onderwerp.

–Juist, juist. Iemand van de Geologische Dienst, een petroloog, Qvigstad, zit van de zomer ook in Finnmark.

–Ja, dat weet ik. Arne Jordal schreef mij dat Qvigstad ook zou meegaan. Het zijn allebei leerlingen van professor Nummedal.

Hij knikt en ik lach, omdat hij tenminste gedeeltelijk op de hoogte is van de onderneming waar ik aan meedoe. Dat ik geen charlatan ben, moet hem duidelijk zijn.

Opnieuw komen we in een gedeelte van het gebouw, dat al bijna klaar is: weggewerkte tl-buizen in het plafond, palissanderhout, parket op de vloer. Oftedahl opent een deur.

Het is een lege kamer, nog ruikend naar nieuw hout en verf. Midden op de vloer staat een telefoontoestel. Oftedahl loopt eropaf, hurkt, neemt het op en draait een nummer. Ik loop naar de spiegelglazen buitenmuur, waar met witkalk twee grote nullen op geklodderd zijn, en eronder is geschreven:

Jane Mansfeld

Midden door de fjord vaart een witte stoomboot. Witte stoomboot, blauw water, blauwe lucht, op de hellingen staan de zwarte dennen als rechtop in de grond gezette natte ravenveren. De witte stoomboot heeft een gele band om zijn pijp.

Achter mij hoor ik Oftedahl Noors spreken, wachten, opnieuw spreken, wachten.
 –Mange takk.
 Hij legt de hoorn neer. Ik draai mij naar hem om.
 Wij lopen de kamer weer uit. Ik hoop dat zijn Noorse telefoongesprek op de luchtfoto's betrekking heeft gehad, verwacht elk ogenblik dat hij er iets over zeggen zal, maar hij zegt niets en ik loop met hem mee door de gangen, zonder goed te weten waarom.
 –Uw nieuwe instituut staat in een prachtige omgeving. Het uitzicht is schitterend.
 –Dit soort uitzicht is tamelijk gewoon in Noorwegen. Kent u professor Nummedal goed?
 –Ik heb hem gisteren voor het eerst gesproken, ik had een introductie van mijn professor in Amsterdam.
 –Ah zo. Nummedal is een nationalist, een

chauvinist, weet u. U kent geen Noors, u heeft het dus niet gehoord, maar hij spreekt Nynorsk. Hij is afkomstig uit de buurt van Bergen.

Oftedahl lacht, een beetje zoals wij lachen wanneer de voorvechters van het Fries ter sprake komen.

Opnieuw een betonnen trap.

—Nynorsk, zegt Oftedahl, er zijn twee soorten Noors en dat in een land met nog geen vier miljoen inwoners. Of twee talen nog niet genoeg was, willen de voorstanders van het Samnorsk dat we er nog een derde taal bij krijgen.

Ik weet niet op welke bouwlaag wij nu lopen. Mijn schoenen raken wit bestoft. Hier zijn zelfs nog geen ramen aangebracht en de buitenlucht doet mij opeens huiveren. Onophoudelijk moeten wij over losse planken en balken heen stappen, uitwijken voor plassen water.

—Direktør Hvalbiff kan Nummedal niet geschilderd zien. Eigenlijk mag ik u wel feliciteren dat Hvalbiff er niet is. Anders zou u die foto's die u hebben moet in geen geval krijgen, zelfs al waren ze hier.

We zijn opnieuw terechtgekomen in een gedeelte dat bijna afgebouwd is. De deuren van de werkruimten staan open. In sommige zit al een secretaresse achter een schrijftafel. Een grijze dame komt ons tegemoet en loopt naar Oftedahl alsof hij haar geroepen had.

Zij beginnen met elkaar te spreken. Zeker is zij het geweest met wie hij zoëven heeft getelefoneerd. Oftedahl keert zich van haar af en stelt mij aan haar voor.

—We are very sorry, zegt zij heel langzaam, maar we zijn midden in de inrichting van ons archief. Ik weet er de weg niet precies in en trouwens alles is nog lang niet hier.

Ik voel mijn wangen rood worden van blijdschap. Aha! Dit is andere taal! Alles is er nog niet, maar de foto's die ik moet hebben, zijn er natuurlijk wel. Ik kan mij niet voorstellen dat Nummedal mij voor niemendal naar Trondheim zou hebben laten gaan. Zo noodlottig kan zijn naam niet zijn. Natuurlijk heeft hij opgebeld. Goed, Hvalbiff was er dan niet, gelukkig maar, als hij zo de pest heeft aan Nummedal, maar hoeveel andere mensen zijn er niet in dit geweldige gebouw? Hoe kan Oftedahl, directeur van een andere dienst, weten of niet gisteren iemand een telefoontje uit Oslo aangenomen heeft?

Met zijn drieën lopen wij verder de gang in. Hier en daar staan al stoelen, stalen kasten. Zelfs beginnen hoge stapels dozen de weg te versperren, wij moeten ons erlangs wringen. De dame gaat ons voor in een lokaal waar niet minder dan twee bureaus staan en verder overal dozen.

Zij neemt er een van een stapel, maakt hem open.

De foto's staan er rechtop in.

–Neemt u er maar een uit.

Ik probeer er een uit te nemen. Maar de doos zit zo propvol, dat ik mijn vingers er bijna niet in kan krijgen om er een foto uit te trekken. Als ik er eindelijk een te pakken heb, scheurt hij in bij een hoek. Ik stamel, mompel, weet mij geen raad, bekijk de foto met het gevoel of ik een indiscretie pleeg.

Inderdaad, het is een luchtfoto. Ik herken de oceaan. Rechts onder is nog een klein stukje kust zichtbaar, als een vlammend gerande streep. Een klokje is rechts boven meegefotografeerd. Het staat op zeven over drie. Links boven wijst een even grote hoogtemeter de hoogte aan waarop de foto genomen is. Zonder loep onleesbaar. Op de rand is ook nog een nummer geschreven. Ik kijk op de achterkant van de foto. Stempel van het Ministerie van Defensie. Aan niets kan ik zien waar de foto nu precies gemaakt is.

—Heeft u geen lijst met de nummers?

Ondertussen bekijk ik een etiket op de doos. Wat ik al dacht: er staat alleen op aangegeven welke nummers in deze doos opgeborgen zijn, maar geen enkele naam.

Oftedahl zegt:

—Een lijst van de nummers? Dat zal wel een heel kaartsysteem zijn.

—'t Is mogelijk, zegt de dame. Dit is nooit mijn afdeling geweest. Een kaartsysteem ben ik niet tegengekomen bij het uitpakken van de kisten. En miss (naam onverstaanbaar) die hierover gaat, is in Oslo.

—Maar dan is de kwestie opgelost, zegt Oftedahl, belt u Frøken (naam onverstaanbaar) even op in Oslo, vraagt u haar of ze even in de catalogus kijkt welke nummers de foto's van Finnmark hebben en zoekt u ze dan op.

Hij zegt, terwijl hij naar de gang terugloopt, nog iets in het Noors, wenkt mij dan met hem mee te komen.

Op dezelfde etage neemt hij mij mee in een

andere kamer. Hier staat een eikehouten tafel en daarop, in een ouderwetse eikehouten vitrine, een groot wetenschappelijk instrument, waaraan veel geelkoper is verwerkt.

– Weet u wat dit is? zegt Oftedahl en het lijkt of hij helemaal niet meer beseft waarvoor ik gekomen ben. Hij gaat college geven. Hij neemt mij in bescherming tegen mijn eigen onwetendheid.

– De grote Heiskanen! Geofysica is uw specialiteit niet, maar die grote naam heeft u toch wel eens gehoord.

Ik merk nu pas op dat Oftedahl het tandwiel van de Rotary Club in de lapel van zijn jasje draagt en aan de ringvinger van zijn rechterhand zit niet alleen een trouwring, maar ook een zegelring, waarvan de steen dezelfde kleur heeft als zijn vlinderdasje.

– Met deze gravimeter, zegt hij, heeft de grote Heiskanen zijn fundamentele onderzoek met betrekking tot de isostatische oprijzing van het Skandinavische Schild verricht. De grote Heiskanen! Die naam kent u toch zeker? Ach, het is tegenwoordig alles geofysica wat de klok slaat! Gravimetrie, seismologie, meting van het aardmagnetisch veld! In één woord: de toekomst is aan de geofysica! Eigenlijk is de geologie snel bezig een verouderde wetenschap te worden. Zo goed als er dode talen bestaan, zo goed zijn er wetenschappen die eenmaal dode wetenschappen zullen worden. Ach weet u, toen eenmaal de belangrijkste principes waren ontdekt, toen viel er eigenlijk niets nieuws meer te ontdekken. Het werd een toegepaste wetenschap, een samenhangende hoeveelheid trucjes om te weten te komen, eigenlijk te *raden*, hoe de onzichtbare ondergrond eruitziet. Maar met de nieuwe geofysische methoden hebben we als het ware een soort radar ontwikkeld, waarmee we dwars door de aardlagen heen kunnen kijken. Waarom dan nog langer eropuit trekken met een tentje en een hamertje, een kaart en een notitieboekje? Het was een mooi leven, maar het wordt minder mooi voor iemand die weet dat hij zijn tijd verknoeit, voor iemand die weet dat er veel betere methoden bestaan. De klassieke geoloog is eigenlijk een soort boekhouder van het vrije veld. In vergelijking met de moderne geofysicus is hij even modern als een boekhouder met een kroontjespen in vergelijking met een computer! Zonder de geofysica zouden de olie- en aardgasvoorraden al lang zijn uitgeput. Of, om het eenvoudig te houden, wat een ommekeer hebben de luchtfoto's niet gebracht in de kennis van de aarde! Op een luchtfoto zie je alles honderdmaal beter, je ziet honderdmaal meer dan iemand die op de grond staat, tussen de struiken en tot z'n knieën in het moeras.

–Ah Frøken (*onverstaanbaar*) bent u daar?

Hij vervolgt in het Noors.

Zij is binnengekomen door de deur die Oftedahl achter zich opengelaten had. Ik zag haar pas toen zij vlakbij stond en ben een beetje geschrokken.

Zij houdt haar handen vroom gevouwen voor haar borst. In deze handen heeft zij niets, niet de catalogus waarover zij moet hebben opgebeld, geen luchtfoto's.

Als zij uitgesproken is met Oftedahl, doet zij een stap naar mij toe, steekt haar hand uit en zegt:

–Goodbye, sir.

Oftedahl zelf brengt mij naar de hoofdingang die ik, toen ik kwam, niet heb kunnen vinden en die nu voor mij de hoofduitgang wordt.

Trappen met marmeren treden, waarop Oftedahl mij uitlegt waarom hij mij tot z'n spijt niet verder helpen kan. De secretaresse heeft Oslo opgebeld. Die in Oslo hebben haar gezegd dat de catalogus ingepakt was en misschien al naar Trondheim onderweg. In elk geval was hij niet in Oslo.

– Is er, zeg ik, en ik weet dat ik het alleen maar zeg om mij de moed niet geheel in de schoenen te laten zinken, is er, denkt u, hier in de buurt, geen enkele andere plaats waar ik luchtfoto's krijgen kan?

– Een andere plaats? Luchtfoto's zijn militaire geheimen, dat weet u toch wel! Dat is in alle landen ter wereld zo. Alleen bij wijze van hoge uitzondering worden ze onder strenge voorwaarden ter beschikking gesteld voor heel bepaalde wetenschappelijke doeleinden. En dan nog wel luchtfoto's van Finnmark, vlak bij de Russische grens! 't Is allemaal nonsens waarschijnlijk, want de Russen hoeven heus onze luchtfoto's niet te stelen, die maken ze zelf wel. Maar zo is het nu eenmaal. Laatst heb ik een professor in de economie ontmoet, die dacht dat je luchtfoto's zo maar kopen kon, in het krantenstalletje, net als ansichtkaarten, ha, ha. Sommige mensen weten de gewoonste dingen niet.

Hij lacht, hij zucht en hij besluit:

–'t Is jammer van uw vergeefse moeite. Ik durf u niet voor te stellen over veertien dagen nog eens terug te komen. Dan zal die catalogus hier ongetwijfeld gearriveerd zijn, dan hebben wij hem ook wel uitgepakt.

Maar ja, natuurlijk, ik begrijp heel goed dat u in tijdnood komt. Well, well. Goodbye to you, sir, it's been a pleasure. Good luck. Have a good time in Finnmark!

De vestibule bestaat aan alle kanten uit spiegelglas. Tastend welke gedeelten daarvan beweegbaar zijn en deuren moeten worden genoemd, laat ik talloze afdrukken van zwetende vingers achter. Als het mij eindelijk gelukt is een glazen plaat te doen wijken, kijk ik nog eenmaal achter mij.

Oftedahl is al bezig zich terug te trekken. Hij slaat af naar rechts, ik zie hem van opzij tegen een verlicht trappenhuis. Zijn onderkaak zonder keel.

Eenmaal zal zijn hele schedel een doodskop zijn, maar nu is er aan zijn stem zelfs niets te horen waaruit op te maken valt dat er al een flink stuk van hem verdwenen is.

10

Ik ben nieuwsgierig wat die man naast mij leest.

Mijn ogen zo ver mogelijk verdraaiend, mijn bovenlichaam krampachtig naar hem toe wringend (heeft hij in de gaten dat ik kijk?... nee...) probeer ik erachter te komen wat dat voor een boekje is.

Hij leest nooit lang achter elkaar, legt het boekje voortdurend weer omgekeerd op zijn knieën, terwijl hij het blijft vasthouden. Hij heeft een anker getatoeëerd op zijn rechterhand, zijn overhemd is wit, schoon, maar toch gekreukeld. Zijn goedkope das is slecht geknoopt, zijn pak ouderwets, maar weinig gedragen. Proper. Maar ondeskundig opgeperst. Natuurlijk een zeeman. Draagt aan boord altijd een trui of een overall, zijn nette pak kan jaren mee.

Als hij niet leest, kijkt hij voor zich uit en kauwt op een dikte achter zijn wang.

Op zijn linkerhand is ook iets getatoeëerd, ik kan niet precies zien wat het voorstelt. Hij laat deze hand van het boekje af glijden. Het is een eenvoudig leerboekje Nederlands-Engels.

–Gaat u ook naar Tromsø? vraag ik.

–Ben jij een Nederlander?

–Dacht u van niet?

–Zeker in zaken.

–Nee, nee. Ik moet nog verder naar het noorden, familie opzoeken.

Dit antwoord geef ik voor ik weet wat mij overkomt, want liegen doe ik eigenlijk met even weinig plezier, als dat ik hem zou gaan uitleggen wat ik dan wel precies in het noorden ga doen.

–Vaart u? vraag ik haastig.

–Moet in Tromsø een kok vervangen die van boord gelopen is. Ik heb de pest aan in een vliegtuig zitten, weet je wel. Maar die rederij, die stuurt je.

Hij laat zijn boekje omklappen, zodat de tekst weer te zien komt.

–Dat Engels is een moeilijke taal. Begrijp jij dat nou?

Hij wijst mij een zin aan. De zin luidt: 'Does Alfred go to the races? No, he doesn't.'

–Waarom staat dat daar nou, vraagt hij, wat doet-ie dan?

—Het is maar een manier van spreken, probeer ik het uit te leggen. Als de Engelsen iets vragen, dan vragen ze niet: 'Gaat Alfred naar de races?', maar 'Doet Alfred naar de races gaan?'

—Maar dat is toch onzin!

—Ik kan het ook niet helpen. Begrijpt u, als de Engelsen iets vragen, dan vragen ze feitelijk eerst alleen of iemand iets doet en daar dan achter hetgene dat hij doet in de infinitief.

Infinitief... Ik bijt mij onmiddellijk op mijn onderlip. Kan ik dan nooit iets uitleggen zonder een pedante indruk te maken?

—Ik hoor het al, zegt hij, jij kan d'r wat van. Jij bent een expert.

—Do you smoke, probeer ik het verder uit te leggen (hij heeft er tenslotte om gevraagd), do you smoke, doe jij roken, maar ze bedoelen rook je.

—Nou ben je fout, zegt hij, ze zeggen: 'Have a smoke.'

Tegelijk haalt hij een pakje North State te voorschijn, dat hij onder mijn neus houdt.

Ik neem een sigaret en steek op.

—North State, zegt hij, hier in Noorwegen heten ze South State.

—Ja?

—You do smoke, I not smoke. I pruim.

Ik glimlach.

–Pruimen, zegt hij, wat is dat nou in het Engels?

Alles weet ik, maar luchtfoto's heb ik niet.

–Pruimen is to chew tobacco, zeg ik.

–Toe tsjoe tobakko, herhaalt hij, doe me een feest en schrijf het even voor me op.

Eerst in de juiste spelling, dan erachter fonetisch, schrijf ik het op.

–Ik kan wel zien dat jij een heleboel geleerd heb, zegt de zeeman. Als ik maar half zoveel geleerd had als jij, dan zat ik hier niet om ergens naartoe gestuurd te worden. Dan had ik er al lang voor gezorgd dat ik gaan en staan kon waar ik zelf wou. Daar kan ik soms nachten over wakker liggen, weet je wel. Hoe ik me zou voelen als ik in de gelegenheid geweest was allerlei dingen te leren.

Hij kijkt weer in zijn boekje. Bladert erin.

Voortdurend blijft hij vragen stellen. Leergierig.

Alles wat hij niet weet en ik wel, is voor mij al lang zo gewoon, dat ik er in geen jaren meer blij mee ben geweest dat ik het weet. Maar de luchtfoto's heb ik niet en er is niemand meer aan wie ik ze kan vragen.

De zeeman begint mij hoe langer hoe meer met complimenten te overstelpen omdat ik zoveel weet. Mijn neerslachtigheid gaat een beetje over. Het is voor het eerst van mijn leven dat het mij met trots vervult Engels te kennen.

Hij heeft geen rust voordat hij mij z'n hele pakje sigaretten cadeau heeft gedaan.

Maar als de stem van de stewardess door de luidspreker vertelt dat wij gaan landen, schiet mij te binnen dat ik vergeten heb in Trondheim een meetlint te kopen.

11

Zoals naar het noorden toe de begroeiing geringer wordt en de bomen van de bossen verder uit elkaar komen te staan en dunner worden, zo worden de huizen van de steden lager, de agglomeraties minder compact. Is dit een regel? Misschien, misschien niet. Wat heb ik er ook mee te maken?

Ik kan morgen pas verder reizen en heb niets anders te doen, dan het ontdekken van zulke waarheden.

Aan het licht kun je nauwelijks zien dat het avond wordt in Tromsø. Hier wordt het om deze tijd van het jaar helemaal geen nacht meer. Dit is het rijk waar de zon nooit ondergaat. Wacht! Die zin zal ik straks gebruiken als ik een ansichtkaart aan mijn moeder schrijf.

Ik loop door een straat met lichtblauw geverfde houten huizen. Klaarlichte dag, geen vakantie of feest en toch wordt nergens gewerkt, want het is half elf.

Iedereen drentelt buiten op en neer, iedereen wil nog lang niet naar bed. Jongens die er net zo uitzien als in Nederlandse provincieplaatsen, graaien naar dezelfde soort meisjes die onder het lopen hun haren kammen. Alleen eten ze ijs uit grote kegels van koek, groter dan de onze. Auto's zijn er weinig of niet. Wat een dromerig stadsgeluidsbeeld, waarin voetstappen overheersen!

Er is een souvenirwinkel die rendierhuiden, Lappenklederdrachten, rendiergeweien, kleedjes, sleden die op bootjes lijken, ansichtkaarten met Lappenfamilies in technicolor en ijsbeervellen verkoopt. Voor de deur staat een opgezette ijsbeer op straat.

Iedereen die erlangs komt aait de beer, ik ook.

Een vader tilt zijn zoontje erop en probeert een kiekje te maken.

De ijzerwinkel is gesloten. Niet vergeten waar hij is. Er morgenochtend weer naartoe gaan om een meetlint te kopen. Het is gemakkelijk te onthouden. De winkel ligt aan een plein dat afhelt naar het water.

Midden op het plein staat een monument van blauw brons, een man in poolkleding op een vierkante sokkel.

Hiervandaan zie ik hem op z'n rug. Wie is hij? Ik loop erheen en lees de naam die op de sokkel staat:

ROALD AMUNDSEN

Met zijn gezicht naar de fjord, staat de bedwinger van de Zuidpool over het water te turen en naar de zwarte bergen aan de overkant, waar zelfs nu nog witte strepen sneeuw op liggen.

Hij staat wijdbeens, alsof hij voortdurend weerstand moet bieden aan een storm. Toch is hij blootshoofds. Zijn capuchon ligt in brede plooien om zijn hals. Zijn anorak is lang als een nachthemd en de dikke ronde pijpen van zijn broek hangen over zijn laarzen.

Zijn voorhoofd is hoog, de haargroei op zijn hoekige schedel kortgeknipt. Zijn snor is dik en voornaam en je kunt je niet voorstellen dat er dikke ijspegels aan gehangen moeten hebben en dat de ontdekker daarbij misschien minder sereen heeft gekeken. Maar waarom eigenlijk niet.

Allerlei herinneringen uit boeken die ik als kind over ontdekkingsreizen heb gelezen, komen boven. Hij bleef in leven door zijn eigen honden op te eten. De honden, op hun beurt, door elkaar op te eten. Shackleton at pony's, had geen honden maar pony's: dat schiep een onoverwinnelijk voedselprobleem; hoe meer pony's hij meenam, des te onoverwinnelijker.

En dan had je ook nog Scott.

Scott. Moeizaam de Zuidpool naderend, in zijn bevroren jaeger, op bevroren tenen, maar zijn hart kloppend in zijn keel, omdat hij grond betreden zal waar nog geen sterveling een voet gezet heeft... Grond? Sneeuw. Maar sneeuw betreden waarop nog geen sterveling een voet gezet heeft, dat kan 's winters iedereen doen in zijn achtertuintje.

Wat dan?

De blik loodrecht omhoog slaan naar een zenit dat nog geen mensenoog aanschouwd heeft. En wat ziet het? Geen sterren, want in januari is het aan de Zuidpool altijd dag.

En wat zag Scott? De Noorse vlag aan een in de sneeuw gestoken skistok. Dat is alles wat Scott gezien heeft aan de Zuidpool. Briefje erbij: *De groeten van Amundsen and good luck to you, sir.*

Toen kon Scott naar huis terug. Zijn metgezellen gingen de een na de ander dood. Zelf bevroor hij langzaam in zijn tent, in zijn jaegerondergoed, dat al in geen maanden meer droog was geweest. Hij had geen hemden van binnenstebuiten gekeerde beestenvellen, zoals Amundsen. Tot zijn laatste snik bleef hij schrijven in zijn dagboek. Het is naderhand gevonden en gepubliceerd in een speciale aflevering van *De Aarde en Haar Volken*, die ik gelezen heb toen ik veertien jaar was.

'God zij onze arme vrouwen en kinderen genadig.'

Dat schreef Scott en hij was al bijna dood. Ik vraag mij af of hij erop gerekend heeft dat het nog eens in *De Aarde en Haar Volken* komen zou. Moet haast wel. Of misschien ook niet, misschien schreef hij altijd op die manier. De meeste mensen schrijven nooit precies wat ze denken. Niet: mijn halfbevroren jaegeronderbroek stinkt als de pest. Of: bij vijftig graden vorst blijft onze urine rechtop in de sneeuw staan als een rietstengel van geel glas.

Zo schrijven ze niet. Ze blijven de vlag hoog houden, zelfs als ze hem niet eens als eerste op de Zuidpool hebben geplant.

Arme Scott. Als er in die tijd luchtfoto's hadden bestaan... Was in 1911 nog niet mogelijk. Nu wel. Maar niet iedereen heeft ze.

Ik loop langs het water en langs visserssche-
pen die in primaire kleuren zijn geschilderd
en op hun dekken liggen oranje stalen bollen.
Meeuwen krijsen boven de kaden die vol vis-
afval liggen. Het is kwart voor elf en de zon
heeft schaduwen als zwarte ski's aan mijn
voeten gebonden.

Over de fjord ligt een brug die twee kilometer
lang is en zo hoog dat een zeeschip er gemakkelijk onderdoor kan varen. Ik wandel de brug op.
De helling is niet steil, maar ononderbroken en
afmattend.

Er komt een groot zeeschip aangevaren. Over
de brugleuning hangend, laat ik mij over het
schip heen glijden, de zon in mijn gezicht. Aan
de reling staat een man met een hoed op zijn
hoofd, die sprekend op Arne lijkt. Voor alle veiligheid wuif ik naar hem. Hij wuift terug, maar
dat hoeft niets te betekenen, want mensen op
schepen wuiven altijd terug. Zo gauw je op een
andere manier vervoerd wordt dan een ander, ga
je wuiven. Bovendien is het een Amerikaans
schip en tenslotte, Arne kan nu niet op een schip
zijn.

Aan de overkant wil ik mij tegen de bergwand laten ophijsen door een kabelbaan, fem kroner, takk, tur og retur. Ik zweef dwars over de boomgrens en daarna wordt de helling kaal. De gondel is geladen met rustige dronken Noren. Ik zou hun willen vertellen hoe sympathiek ik ze vind.

De gondel glijdt onder een afdak en stopt met een schok. Eindpunt. Boven. Iedereen stapt uit, maar loopt niet ver weg, over de hobbelige oppervlakte van onverbiddelijke rots.

Toeristen staan in groepjes naar de zon te turen. Op de ronde rotskoppen groeit hoogstens wat mos. In de verte zijn wolken, zo zwart en van boven wit, dat zij een nieuw gebergte lijken, onmetelijk hoger dan dat waarop ik sta.

Een Amerikaanse dame drentelt onrustig heen en weer, met donkerrood onverstoorbaar kapsel op haar hoofd. Als zij mij ziet, spreekt zij mij aan of ze mij al eens eerder ergens gezien had.

– Ik moet tot twaalf uur hier blijven staan kijken! Voor twaalven kunnen we niet naar beneden, want daar heeft hij zoveel jaren naar verlangd, om in Noorwegen de middernachtszon te zien. Hij doet de laatste tijd niks anders meer, zelfs als het regent. Tot dusverre is er aldoor net op het nippertje een wolk voor de zon gekomen. Ik begrijp niet waar die man liefhebberij in heeft. Op Spitsbergen zijn wij ook al geweest, hunting-cruise you know, tien dagen, heen en terug. Arctische safari, noemen ze dat, vijfentwintighonderd dollar, alles inbegrepen.

Het was afschuwelijk, laat mij je dat vertellen!

Weet je hoe ze dat doen?

Je hoeft niet eens aan land te gaan. Je blijft gewoon op het schip. Het schip vaart tot de rand van het ijs. De bemanning schiet een zeehond en maakt een vuurtje op het ijs. Daar gooien ze de zeehond in. De ijsberen komen aanlopen op de stank van het brandende zeehondenspek.

Die beren zijn heel mak, ze gaan rechtop staan tegen de wand van het schip. En dan begint iedereen te schieten. Dat noemen ze jagen! Jack wou een beer schieten met pijl en boog! Ik zeg: Jack, je bent krankzinnig. Je bent precies Fred Flintstone, zeg ik. Uit die TV-tekenfilm, die ken je toch?

Ik zeg tegen Fred, Jack bedoel ik: Jij had in het Stenen Tijdperk geboren moeten worden. Met pijl en boog!

Maar hij zegt: Zo is het veel sportiever.

Veel sportiever... de sukkel!

Hij heeft wel drie pijlen afgeschoten, maar de beer was natuurlijk niet dood. Het was net een mens, een echte lieve grote darling teddybeer. Hij ging op zijn achterwerk zitten en probeerde met zijn bek de pijlen uit zijn lijf te trekken. Zoiets monsterlijks heb ik nog nooit gezien! Kun je je dat voorstellen? Zijn rode bloed op die witte vacht. Ten slotte heeft de kapitein hem afgemaakt met een geweerschot.

Malle ouwe Jack wou het zelf doen, maar die kapitein zei hoffelijk: Just leave it to me, sir. And right he was.

Je begrijpt toch zeker wel dat ik dat kleedje straks niet thuis voor mijn bed wil hebben!

Over bed gesproken. Ik ben eenenveertig en jou, mijn lieve jongen, schat ik op drieëntwintig en je bent geen Italiaan, after all, maar anders zou ik je voorstellen hem hier alleen te laten bij zijn middernachtszon en met mij naar beneden te gaan en samen met mij de eerste de beste lege hotelkamer binnen te huppelen die wij zouden kunnen vinden.

Zij lacht. Nee, ook vroeger is zij niet bijzonder knap geweest, al heeft ze een mooi, slank lichaam. Had ze haar mond gehouden over die Italiaan, dan...

—Is het al twaalf uur? vraagt ze, ik heb geen horloge.

Ik schuif mijn linkermouw omhoog en laat haar zien dat het vijf voor twaalf is.

—Goddank, zegt ze, ach, misschien doet het hem wel goed als hij veel naar de middernachtszon kijkt. Ik moet toegeven dat de zon te middernacht niet dikwijls voor hem heeft geschenen. Weet je wat ik bedoel? Maar 't was z'n eigen schuld hoor, altijd veel te dorstig geweest. Boy, oh boy!

Zij draait zich half om en doet een stap in de richting van een groepje toeristen.

—Jack! Jack! It's midnight now!

Ik sta in dubio of ik haar vertellen zal dat het, wanneer mijn horloge twaalf uur aanwijst, geenszins twaalf uur zonnetijd is. Maar voor ik het zeg, bedenk ik dat ik de geografische lengte van Tromsø niet uit m'n hoofd weet en haar dus niet vertellen kan, hoe laat de zon dan wel z'n laagste punt bereikt. Alleen maar zeggen hoe het niet is en zelf niet weten hoe dan wel, nee, nee.

Daarom mompel ik:

—Er gaat juist een gondel naar beneden en de volgende gaat pas over een half uur. Ik kan zo lang niet wachten. De zon is de zon, ook vóór middernacht.

En ik maak mij van haar los om drie minuten voor twaalven.

Met de kabelbaan naar beneden en de brug weer op.

Terwijl ik over de brug loop, kijk ik voortdurend naar het Amerikaanse schip dat ik eronderdoor heb zien varen. Het ligt nu aan de kant en is bezig af te meren. *City of Chicago*, *Chicago*, staat er op de achtersteven.

Twintig minuten lang, de tijd die ik nodig heb om over de brug te komen, laten mijn ogen het schip niet los. Ik zie de passagiers met hun koffers over de dekken zeulen.

Een vermoeden groeit in mij tot een zo grote waarschijnlijkheid, dat ik niet zal kunnen nalaten er een handeling op te laten aansluiten. Met knikkende knieën loop ik verder over de zwak afhellende brug. Precies in het verlengde van het schip gekomen, kan ik het aan alle kanten overzien. Er is een loopplank uitgelegd naar de kade. Er komen mensen van boord.

De man tegen wie ik zoëven heb gewuifd, zou heel goed Arne kunnen zijn geweest! Heb ik niet al genoeg ervaring opgedaan met afspraken die niet kloppen? Zo goed als ik de luchtfoto's niet gekregen heb door allerlei misverstanden, zo is het ook mogelijk dat ik Arne misloop.

Wij hebben afgesproken in Alta, maar wie weet wat er gebeurd is: misschien heeft hij mij een boodschap gestuurd, die ik niet gekregen heb, misschien heeft hij de afspraak veranderd. Misschien weet hij niet beter dan dat het de bedoeling is dat wij elkaar hier in Tromsø ontmoeten. Ik wil zo gauw mogelijk naar het schip.

De brug dwingt tot een afschuwelijke omweg. Hij is namelijk zo hoog, dat hij, als hij het land al bereikt heeft, daaroverheen nog een heel eind doorloopt om tot de begane grond te kunnen afdalen en een mogelijkheid de brug eerder te verlaten is er niet. Ik verknoei tijd, tijd waarin de passagiers van boord gaan.

Ondertussen is Arne misschien al van boord. Waar zal hij mij zoeken? Er zijn niet veel hotels in Tromsø, maar toch... In ieder geval kan ik op het schip informeren of hij daar geweest is.

Nog enkele, laatste passagiers kom ik tegen als ik eindelijk van de brug af ben en over de kade loop.

Arne is er niet bij. Ik denk trouwens dat de

mensen die ik zie, al helemaal geen passagiers van het schip meer zijn, maar willekeurige voorbijgangers.

Links en rechts kijkend of ik nergens een lid van de bemanning zie dat mij kan zeggen waar ik de hofmeester vinden kan, ga ik de loopplank op. Niemand houdt mij tegen. De eerste deur die open staat ga ik binnen, kom in een smalle gang, loop er aan de andere kant weer uit en blijk nu op het voordek te zijn.

Met zijn voet op een winch, zijn handen in zijn zakken, staat de man die ik voor Arne aangezien heb, te praten met een matroos. De matroos heeft een horizontaal gestreepte trui aan die meegolft onder de bewegingen van de hand waarmee de matroos zich krabt.

De man lijkt helemaal niet op Arne. Hij zou zelfs niet op Arne lijken, als hij zijn gezicht niet moest vertrekken omdat de zon in zijn ogen schijnt. De middernachtszon, wie weet.

Ik verlaat het schip zonder tegen iemand een woord te hebben gezegd.

Het is nog altijd te vroeg om naar bed te gaan en ik blijf wandelen. Later kom ik weer over het pleintje waar Amundsen staat.

Hij mag dan in het voordeel geweest zijn door die kleren van binnenstebuiten gekeerde beestenvellen, toch heeft hij het klaargespeeld zonder trouwe sherpa's die thee zetten voor hun sahib; voor wie een vracht van dertig kilo normaal is, maar een van zestig geen uitzondering. En hoeveel woog ook weer die kist, door een kleine jongen tweehonderd meter heuvelopwaarts gedragen? Honderd kilo? Honderdvijftig?

Wat er allemaal in een krant niet wordt afgedrukt!

Op het voetstuk van Amundsen's monument zitten nu drie jongens drie meisjes te omhelzen. In het gras eromheen bloeien krokusjes die bij ons maanden eerder komen. In de lucht schreeuwen meeuwen met kouwelijke stemmen.

Even later bemerk ik tot mijn verbazing dat er hier op dit plein nog een tweede monument is. Ik moet het eerder op de avond over het hoofd hebben gezien. Het is niet groot, je kijkt er gemakkelijk overheen en het heeft geen hoofd. Het is niets anders dan een ruwe kei van rood graniet, waarop een bronzen plaat met een tekst is aangebracht.

Heel voorzichtig spel ik dit opschrift. Ik vind

het zo merkwaardig dat ik het overneem in mijn zakagenda:

Eidis Hansen labukt Balsfjord 1777-1870 bar denne steinen frå fjaera her og omlag hit. Steinen veg 371 kg.

Al ken ik geen woord Noors, ik begrijp volledig wat er staat. Ik heb zelfs het gevoel dat ik het ook zo wel zou hebben kunnen onthouden, zonder het over te schrijven. Eidis Hansen. Droeg 371 kilo. En hij (of misschien zij?!) is 93 jaar oud geworden.

12

Mijn bagage weegt bij elkaar nog net geen dertig kilo.

Dit blijkt opnieuw als koffer en rugzak worden gewogen op de luchthaven, die een houten gebouwtje is, waaruit een smalle, maar zeer lange steiger in het water uitsteekt. Verder niets.

Nog zes andere passagiers drentelen wat heen en weer, pakken uit nieuwsgierigheid een folder van de desk, leggen het papiertje weer weg. Twee mannen in visserslaarzen die een groot aantal hengels dragen. Een moeder met drie meisjes, alle drie in skibroeken, de moeder trouwens ook. Wij lopen het huisje in en uit.

De lucht is helder, zonder dat de zon schijnt.

Maar tegelijk als het groene watervliegtuig landt, komt de zon door, alsof het vliegtuig de wolken blijvend doorbroken had. Terwijl ik over de steiger loop, denk ik plotseling dat mijn reis een groot succes zal worden.

Er zijn tien zitplaatsen in het vliegtuigje, vijf aan weerszijden, ieder met zijn eigen raampje.

Het net op de rug van de stoel voor mij bevat niet alleen de papieren zakken, maar ook een op karton geplakte kaart van de route, waarop de kust en de bergen nauwkeurig aangegeven zijn. Er worden nog postzakken naar binnen geworpen en de deur gaat dicht.

Dit is vliegen op de manier die onze overgrootouders hebben gedroomd. De vleugels van het toestel zitten aan de bovenkant van de cabine, zodat mijn uitzicht niet wordt belemmerd.

De hoogte waarop gevlogen wordt, bedraagt ongeveer 300 meter. Ik zie de kust en de bergen als op een maquette. Ik kan de kaart gemakkelijk herkennen in de werkelijkheid: de kustlijn, baaien, eilandjes, gletsjers, rivieren, kale hoogten. Het is alleen maar jammer dat niet dit gebied waar ik nu overheen vlieg, straks het onderwerp van mijn proefschrift zal moeten zijn.

Mijn proefschrift! In plaats van nog langer de namen op de kartonnen kaart te ontcijferen, dwalen mijn gedachten af van dit landschap. De gedachte: maar ik heb de luchtfoto's niet gekregen, komt op als een golf van kiespijn. Mijn fantasie slaat op hol. Ik bedenk dat ik de luchtfoto's die niemand mij heeft kunnen geven, zou kunnen missen als het mij lukte een helikopter te... Ja, wat? Of kennis maken met een sportvlieger, die... Of, nee, toch een helikopter... Van het leger? Van de Topografische Dienst?

Ik zou alles kunnen zien vanuit elke hoogte die mij goeddunkt! Ik zou alles wat ik nodig heb, zelf kunnen fotograferen! Op plaatsen waar het mij nuttig lijkt een gesteentemonster te nemen, laat ik even dalen. Leef ik in de tweede helft van de twintigste eeuw, ja of nee? Waarvoor bestaan er anders helikopters? Was ik student in de medicijnen, dan zou ik mij toch ook niet het gebruik van een röntgentoestel of een cardiograaf hoeven te ontzeggen? Ik ben toch geen kind dat op een knutselcursus zagen moet leren met een klein zaagje, terwijl er zaagmachines bestaan? Moeten koks soms hun meesterproef afleggen op een houtvuurtje of een theelichtje?

Nummedal, Oftedahl, Hvalbiff en de hele Geologische Dienst kunnen wat mij betreft hun luchtfoto's houden.

Ondertussen heb ik geen helikopter.

Ik herinner mij het ogenblik waarop het bij Sibbelee opkwam dat ik luchtfoto's nodig zou hebben, nog precies.

Sibbelee vertoont bepaalde symptomen als hij iets beweren gaat waar hij niet helemaal zeker van is, als hij met spek gaat schieten. Hij steekt zijn zwak-ontwikkelde onderkaak naar voren. Maar een zwak-ontwikkelde onderkaak kan niet naar voren gestoken worden. Het resultaat is dan ook alleen dat hij het vel tussen kaak en adamsappel onder spanning zet. Het hoofd wordt daarbij in de nek geworpen.

– Luchtfoto's, sprak hij en vertoonde het beschreven spekschutterssymptoom, luchtfoto's zijn vanzelfsprekend een *must*, bij het moderne onderzoek. Daar kom je niet onderuit.

Alsof ik ooit van plan geweest was eronderuit te komen.

– Maar hoe kom ik eraan, professor?

– Ik zal wel even een briefje schrijven aan Nummedal. Nummedal is een oude vriend van mij, dus dat is geen probleem.

Ik moet opgelucht, blij en bewonderend hebben gekeken. Sibbelee immers vertoonde nu het zelfingenomen lachje dat hij nooit kan onderdrukken, als er geen verzet wordt aangetekend op een bewering waar hij zelf eigenlijk geen vertrouwen in heeft. Lachje, waarvan je eerst denkt dat hij bedoelt: Geweldig ben ik, nietwaar, een beroemdheid als ik weet overal raad op. Maar later begrijp je dat hij gedacht heeft: Goddank, dat gaat erin als koek.

Toch, luchtfoto's vragen aan die Noorse professor, goede oude vriend van Sibbelee, leek mij de meest vanzelfsprekende zaak ter wereld.

En is het dat trouwens niet? Dat ik ze niet heb gekregen, hoeft toch door niets anders dan een opeenhoping van ongunstige toevalligheden veroorzaakt te zijn?

Nummedal moet vergeten geweest zijn dat ik zou komen. Hij is tenslotte een oude man.

Hvalbiff wist dat de foto's door de verhuizing onbereikbaar waren, maar wat had hij moeten doen? Ik was waarschijnlijk al naar Trondheim onderweg, en Hvalbiff wist mijn adres niet, kon mij dus niet waarschuwen dat ook hij de luchtfoto's niet had.

Oftedahl ten slotte, Oftedahl had er helemaal niets mee te maken, hij is directeur van een andere dienst. Toch heeft hij alle mogelijke moeite gedaan. Ik heb niet het recht hem iets te verwijten, hij is heel vriendelijk geweest... voor zover mij bekend...

13

Het vliegtuig helt over, zo ver dat het raampje waaraan ik zit, bijna horizontaal door de ruimte scheert. En ik, met mijn gezicht vlak erop. Alta glijdt onder mijn ogen door: kleine huizen, langs een enorme baai. Bomen in de laagten, kale toppen. Het is of de boomgrens een enorme hand was, die de begroeiing van de berg afstroopt en omlaag drukt.

Het vliegtuig raakt weer in evenwicht, het water komt nu vlakbij. De drijvers van het vliegtuig lijken het water te zullen grijpen als de klauwen van een roofvogel.

Een landing op water. Voor het eerst dringt het tot mij door dat dit vreemd klinkt. De motor stopt. Alle lawaai, alle trillingen zijn ineens verdwenen. Of je uit een droom ontwaakt; je droomde dat je vloog, maar je wordt wakker en dobbert midden op een bijna onafzienbare watervlakte.

De piloot komt uit zijn cabine en opent de deur.

Nu klinkt door de stilte het kleine geknetter van een motorbootje. Hier in Alta is zelfs geen steiger, zoals in Tromsø. De man in het bootje werpt een touw naar de piloot die op een drijver staat.

Ik verlaat de cabine, stap op de drijver en van de drijver stap ik in het bootje. Mijn rugzak en koffer worden aangegeven.

De oever is zo ver weg, dat ik niet kan onderscheiden of er mensen staan. Arne?

Achter mij begint de motor van het vliegtuig weer te draaien, startend met scherpe knallen.

Omkijkend, zie ik hoe het vliegtuig snelheid meerdert, de drijvers stuwen hoge golven op, die het bootje bereiken en omhoog stoten. Op deze kunstmatige deining gedragen, vaart het naar de oever.

Arne? Ja, Arne. Hij zwaait met zijn hoed. Inderdaad lijkt hij op de man die ik in Tromsø voor hem heb aangezien, maar hij zwaait zijn hoed veel langzamer dan die man zwaaide.

Zo langzaam als mensen zwaaien in een land waar zij ver van elkaar wonen. Ik heb geen hoed, ik heb niets om mee terug te zwaaien behalve mijn hand.

Het vliegtuig neemt een wending en stormt over ons heen op een lawine van geraas. Ik kijk het na en als het uit het gezicht verdwenen is, kijk ik weer naar het land.

Evenwijdig met de rand van het water, maar veel hoger, loopt een weg langs de baai.

De man zwaait nog steeds met zijn hoed. Hij is Arne niet. Hij houdt op met zwaaien. Naast hem staan een vrouw en drie kinderen. De vrouw draagt een lange broek en hoge laarzen, de kinderen ook.

Zij blijven niet wachten tot ik aan de kant ben. Ook zij, op hun beurt, hebben mij voor iemand anders gehouden, of misschien alleen maar gehoopt dat ik een ander zou zijn. Of zijn enkel uit nieuwsgierigheid blijven staan kijken.

Ik word bevangen door een afschuwelijke twijfel. Heb ik het dan gisteren in Tromsø misschien toch goed gezien? Is de man die tegen mij wuifde op het schip dat onder de brug door voer, dan toch Arne geweest? Het kan immers zijn dat toen ik later zelf op het schip kwam, Arne al lang van boord was en dat ik een man gezien heb die helemaal dezelfde niet was als degene (Arne!) die eerst tegen mij had gezwaaid.

Het bootje komt steeds dichter bij de kant, de motor stopt, de bodem schuurt over stenen. Ik stap aan wal.

Een scherpe steek doet mijn linkerooglid trillen. Ik veeg erover en op de top van mijn vinger zitten de natte rafels van een verpletterde mug. Mijn hoofd is door muggen omzwermd. Muggen gaan op mijn voorhoofd zitten, op mijn neus, op de ruggen van mijn handen. Ik moet mijn koffer en mijn rugzak aanpakken en kan de muggen niet verjagen.

Het bootje blijft liggen, leeg.

Hier sta ik. Waar moet ik naartoe? Van de waterkant loopt een houten trap naar de hoger gelegen weg, waarlangs een lage stenen borstwering is gebouwd.

Als ik de rugzak op mijn rug gehesen heb en mijn koffer opgenomen en al begonnen ben langs de houten trap omhoog te gaan, zie ik een man hollen achter de stenen borstwering. Ik zie alleen zijn bovenlijf. Hij is blootshoofds. Hij springt over de borstwering en rent de helling af naar mij toe. Zijn benen zijn opmerkelijk dun en verplaatsen zich snel, maar toch voorzichtig en nauwkeurig. Ik ben blijven staan. Hij kijkt voortdurend naar mij, hij glimlacht, maar zwaaien doet hij niet.

Arne draagt hoge laarzen en een anorak. De koordjes van de neergeslagen capuchon bengelen op zijn borst.
—Hallo!
—Dag Arne!
Arne heeft mij onmiddellijk de koffer afgenomen. Voor mij uit gaat hij de trap op.
—Het vliegtuig is meestal een uur te laat, zegt hij, als wij op de weg gekomen zijn en naast elkaar lopen. Ik moest nog een paar dingen kopen, ik had er niet op gerekend dat het vandaag zo vroeg zou zijn.
Hij spreekt een voorzichtig soort Engels, zorgvuldig maar zonder veel nuances.
—We brengen deze koffer even naar huis. Daar kun je je ook verkleden. De bus gaat om drie uur. Tijd genoeg. Oké?

Arne is ongeveer een hoofd groter dan ik. Zijn haar is lichtblond en aan de lange kant. Zijn achterhoofd komt er al doorheen en aan de slapen is het grijs. Alles aan hem is oud, al is hij maar een jaar ouder dan ik: zesentwintig. Hij heeft opvallend oude kleren aan, er zijn lappen in z'n broek gezet en in de ellebogen van zijn anorak. Ik heb hem op zijn polshorloge zien kijken, toen hij zei dat de bus om drie uur ging. Het is geen echt polshorloge, maar een oud kettinghorloge, in een leren riem gemonteerd, zoals ze jaren geleden werden verkocht, toen de polshorloges pas in de mode kwamen.

–Het is een lange reis, van Amsterdam hiernaartoe, hè?

De banale dingen die ik terugzeg (Hoe het met hem gaat? Hoe lang hij al in Alta is?) brengen niets tot uitdrukking van mijn opluchting dat de afspraak blijkt te kloppen.

Ik besef plotseling dat ik in een voortdurende vrees leef te moeten bestaan in een maatschappij waar iedereen iedereen voor de gek houdt. Maar zelfs zonder opzet, dan nog had Arne een half uur voor mijn aankomst een ongeluk kunnen overkomen. Overreden door een auto. Of een hartinfarct – vreemd zegt de familie, hij heeft nooit kunnen denken dat zijn hart niet in orde was. Zo'n jonge man! Of hij had kunnen vallen. Van een schijnbaar ongevaarlijke helling kunnen storten, naar beneden rollen. Zijn hoofd had kunnen splijten tegen een steen.

Het zweet breekt mij aan alle kanten uit. Voortdurend veeg ik muggen van mijn handen en mijn gezicht. Als ik naar Arne kijk, zie ik dat ook hij in een wolk van muggen loopt.

–Ik had, zeg ik, twee dagen eerder hier kunnen zijn, als ik uit Oslo direct was doorgereisd. Maar ik heb Nummedal opgezocht en Nummedal zei dat ik ook maar een bezoek moest brengen aan de Geologische Dienst in Trondheim.

–Wie heb je daar gesproken? (*Onverstaanbaar*)?

–Hvalbiff was er niet.

–(*Onverstaanbaar*) is de aartsvijand van Nummedal.

–Dat zeiden ze in Trondheim ook al.

–Het is Nummedal's chauvinisme waar iedereen ten slotte zijn buik vol van krijgt.

–Chauvinisme? Nummedal begon ook tegen mij...

–Hij begint tegen iedere buitenlander en z'n landgenoten zaagt hij erover door dat ze niet genoeg van hun land houden.

–Ik heb Noren ontmoet die zich tegen mij verontschuldigden, die zeiden dat in Londen alles veel beter is dan in Oslo. Maar zo praten Nederlanders ook tegen buitenlanders. Ik heb eens in de trein een Nederlander meegemaakt die het Nederlandse wapen in zijn paspoort aan een Spanjaard liet zien. You see this? zei hij. Dutch lion. Now just dog.

In Spanje! Een land waartegen we tachtig jaar oorlog hebben gevoerd.

– Weet je, zegt Arne, wij leven hier in een land dat, tot zestig jaar geleden, zelden helemaal zelfstandig geweest is. Eerst onder de Denen, toen onder de Zweden. Onze taal telt in de wereld nauwelijks mee. Iedere student moet Engels, Frans en Duits kennen. Zonder die talen zou je geen enkele academische studie kunnen voltooien. Onze eigen taal wordt daardoor een soort lagere taal, een leerlingentaal. De hoogste wijsheid is in vreemde talen geschreven. De leermeesters spreken tot ons in het Engels, in Engelse leerboeken. Een taal die wij wel goed kunnen lezen, maar toch meestal niet zonder fouten spreken of schrijven. Ik merk het zelfs al op dit ogenblik, nu ik jou dit probeer uit te leggen. Kon ik Noors tegen jou spreken, mijn woordkeus zou meer subtiel, meer nauwkeurig zijn.

– Ik begrijp je heel goed.

– Toch, wie een taal spreekt die zijn moedertaal niet is, die wordt naar beneden gedrukt, onherroepelijk. Waarom hebben gekoloniseerde volkeren zoals negers, indianen, enzovoort de reputatie gekregen dat ze zo kinderlijk zijn?

Omdat zij gedwongen waren tegen hun meesters talen te spreken die zij niet goed kenden.

–Worden er dan geen boeken in het Noors vertaald?

–Natuurlijk, een heleboel. Maar al zijn die boeken vertaald, dan weten we toch dat het geen eigen werk is. Daar gaat op sommige mensen een deprimerende werking van uit.

–Deprimerend, waarom? Deprimerend is het alleen voor wie in naties denkt. Naties die allemaal haantje de voorste willen spelen. Maar de wereld is een groot geheel. Dat moet je toch begrijpen.

–Begrijpen! antwoordt Arne, begrijpen hier (hij slaat op zijn hoofd) begrijpen, hier. Ja. Begrijpen daar (hij geeft mij een lichte stomp op de borst) begrijpen daar: nee. En weet je hoe dat komt?

Ik zeg dat ik er geen idee van heb.

–Het komt doordat in iedereen, hoe wijs ook, een krankzinnige zit verstopt. Een wilde krankzinnige en die krankzinnige groeit uit hetzelfde waaruit alle krankzinnigen groeien: uit het kind dat wij geweest zijn toen wij een, twee, drie jaar oud waren. Dat kind, begrijp je, heeft maar één taal geleerd. Zijn moedertaal.

Arne vertelt dit allemaal rustig, niet te snel, niet te langzaam, afgerond, duidelijk. En dan te bedenken dat wij ondertussen een steile zandrug beklimmen. Hij blaast niet, hijgt niet, loopt niet sneller of langzamer dan op horizontaal terrein.

Als je een klein land bent, zegt hij, als de politiek en de mode en de films en de auto's en de machines en bijna alles uit het buitenland komt. Als dan ook nog bijna alle essentiële boeken, dat wil zeggen de boeken die gelijk hebben, de boeken die de waarheid bevatten, de boeken die beter zijn dan de meeste inheemse boeken, dat wil zeggen de vaderboeken, als die in vreemde talen geschreven zijn, dan krijgt zodoende het buitenland een positie tegenover je als het moederland tegenover de kolonie, als de stad tegenover het platteland. De koloniaal en de provinciaal, wat zijn ze anders dan degenen die niet 'bij' zijn, die de dingen niet precies weten, altijd ongelijk hebben, niet op de hoogte zijn, achterlijk, enzovoort.

We hebben nu het topniveau van de zandrug bereikt en komen op een andere weg, niet bestraat, maar toch een hoofdweg. In de bosachtige terreinen aan weerszijden staan kleine houten bungalows. Het terrein is niet door hekken afgesloten van de weg en ook tussen de huizen staan geen hekken.

Een meisje op een driewieler houdt gelijke tred met ons: zij gebruikt de pedaaltjes niet, maar zet zich af met haar voeten. Een jongen schiet een zweefvliegtuigje af met een katapult, terwijl het meisje iets roept. Het zweefvliegtuigje raakt vast boven in een spar.

– Wat riep het meisje? vraag ik.

– Ze riep: pas op! Maar kinderen geloven andere kinderen niet. Een kind zal eerder zijn vader geloven dan een ander kind. Zo zijn wij altijd eerder geneigd een buitenlander te geloven dan een landgenoot, zelfs als die landgenoot het beter weet. Wanneer een Noor hier met iets nieuws komt aandragen, zeggen de mensen: dat kan niet goed zijn, want dat hebben we nog niet in een Amerikaans boek gelezen. Maar als een Amerikaan iets onzinnigs beweert en een Noor spreekt het tegen, dan zeggen ze: hij is niet op de hoogte! Hij is maar een provinciaal! Hij moest eens een jaartje naar Amerika gaan!

In een klein land zijn het altijd naäpers die het

hoogst staan aangeschreven en dat geldt op alle gebieden. Nu Ibsen en Strindberg dood zijn, nu weet iedereen dat zij de grootste schrijvers waren die Skandinavië ooit heeft opgeleverd. Maar toen ze nog leefden! Praktisch elke houthakker kon de Nobelprijs krijgen... Ibsen en Strindberg kregen hem niet!

Arne blijft staan.
 –Dit huis is het, zegt hij, stap niet op het gras. Gras is op deze hoogte een zeldzame plant, waar de mensen erg zuinig op zijn.

Een deur van horregaas valt achter ons dicht met het gezang van een spiraalveer.
 –De eigenlijke bewoners logeren in Oslo. Ik heb het huis zolang mogen lenen.
Arne zet mijn koffer midden op de vloer van een zitkamer. Ik doe mijn rugzak af en probeer op mijn wangen de muggen dood te slaan die met ons mee naar binnen zijn gekomen. Arne pakt een spuitbus van de schoorsteenmantel en een nevel die naar kamfer ruikt, verspreidt zich onder de druk van zijn wijsvinger.
Het is goed te zien dat Arne hier maar tijdelijk zijn bivak heeft opgeslagen. Klinkt die uitdruk-

king te gewoon? Arne heeft ervoor gezorgd dat geen andere combinatie van woorden toepasselijk is. De meubelen heeft hij aan de kant geschoven. Op de grond liggen een tent, tentstokken, een half ingepakte rugzak, pioniersschopje, dozen knäckebröd, blikjes, een theodoliet en een loodzware driepoot van hout, de poten samengevouwen.

Ik buk om iets op te rapen.

– Wat is dit?

– Een visnet. Om vis te vangen onderweg. Anders krijgen we niet te eten.

– En het paard? Is het gelukt een paard te huren om de bagage naar het eerste kamp te brengen?

– Nog niet. Maar wie weet. Ik zal nog eens zien in Skoganvarre.

Het net is een meter breed, vijftien meter lang, grofmazig en van lichtblauwe nylon geknoopt. Aan een van de lange zijden zijn kurken bevestigd, aan de andere is het verzwaard met loodjes.

– Hoe gebruik je het? Moet je het door het water slepen?

– Nee. Gewoon laten hangen. De vissen blijven erin vastzitten met hun kieuwen.

Ik open mijn koffer, neem er een manchesterbroek uit, geiteharen sokken, een donkerblauw katoenen hemd, mijn bergschoenen, een pullover, en een windjack met ritssluiting.

Mijn das doe ik af, mijn lage schoenen, grijze flanellen broek, nylonsokken en overhemd trek ik uit. De andere kleren doe ik aan. Ik rijg een broekriem door de lussen van de manchesterbroek en schuif het etui waar het kompas in zit, aan de riem, zodat het rechts vooraan voor mijn buik komt te zitten. Mijn zakken vul ik met een pakje sigaretten, lucifers, zakdoek, zakmes en het meetlint dat ik niet vergeten heb in Tromsø te kopen. Voor ik het wegstop, trek ik het half uit: een mooi lint, twee meter lang, soepel staal, wit gelakt aan de kant waar de cijfers aangebracht zijn. Ha! Alles is tenminste niet mislukt! De afspraak met Arne heeft op de minuut geklopt en een meetlint heb ik ook!

Een kwartier later steken wij onze armen door de draagriemen van onze rugzakken en verlaten het huis.

Er loopt een rafelig touwtje van Arne's hals naar zijn rechterborstzakje. Ik vraag mij af wat daaraan vastgemaakt is. Werkelijk, alles wat hij bezit, is oud en versleten. Het tasje van zijn fototoestel is zo ruig geworden, dat het lijkt alsof het leer binnenstebuiten is gekeerd en de riem waaraan het hangt vertoont overal barsten, kan elk ogenblik breken. De gesp is er al eens af geweest. Die heeft een amateur er weer aan gemaakt met een ijzerdraadje. Niet alleen zijn anorak, zelfs zijn rugzak is versteld; met canvas van een afwijkende kleur.

14

Voor hij hem oplaadde, heb ik tersluiks gevoeld hoe zwaar Arne's rugzak was: veel zwaarder dan de mijne.

Als wij buiten lopen zeg ik, meer uit angst te kort te schieten dan uit schijnheiligheid:

– Hoor eens, jij draagt meer dan ik. Dat is oneerlijk.

– Maak je niet ongerust. Jij komt nog wel aan de beurt als we de proviand volledig hebben aangeschaft.

Dankbaar accepteer ik die goede raad mij niet ongerust te maken, voor zover de wetenschap dat wij bijna alle proviand nog moeten aanschaffen, daartoe bijdraagt.

Tussen de bungalows en de sparren lopen we naar de hoofdweg terug. Op de grond groeit zo goed als niets. Trouwens, geen enkele spar is zo hoog als een spar hoort te zijn. Ik draag het zware statief van de theodoliet beurtelings op mijn rechter- en mijn linkerschouder. Muggen vlijen zich voortdurend neer op mijn gezicht en op de ruggen van mijn handen. Zelfs aan sigaretterook storen zij zich niet.

Arne wijst naar het etui aan mijn broekriem:

—Wat heb je daarin?

—Een kompas. Wou je het zien?

Ik maak het etui open en overhandig hem mijn kompas.

—Jezus, wat een mooi instrument. Heb je dat speciaal voor deze gelegenheid gekocht?

—Nee, ik heb het mijn hele studententijd al gebruikt.

—Het ziet eruit als nieuw, zegt hij, met een blik die ik voor wantrouwend houd.

—Ik heb het zeven jaar geleden van mijn zusje gekregen. Die is altijd erg bang dat ik zal verdwalen.

Met een gevoel of ik lieg en een op niets gebaseerde schaamte, berg ik het kompas weer op.

—Heb jij een zusje?

—Ja, zes jaar jonger dan ik. Een raar meisje, mooi om te zien, maar erg dom. Ze is namelijk gelovig, om niet te zeggen bijgelovig. Ben jij religieus opgevoed?

—Gelukkig niet.

—Wij evenmin. Ik ben niet eens gedoopt, Eva

trouwens ook niet. Maar ze denkt erover dat alsnog te laten doen.

– Er bestaat, zegt Arne, een boek: *Het gezicht van God na Auschwitz*. Dat gezicht moet wel de moeite waard zijn geweest.

Wij barsten allebei in onbehaaglijk lachen uit bij de gedachte aan wat God zag toen Hij dat gezicht zette.

Is dit de hoofdstraat van Alta? In elk geval blijkt hier het busstation te zijn en recht daartegenover zie ik het postkantoor.

Wij leggen de bagage op de grond, zoals alle mensen die op de bus wachten. Arne steekt over naar het postkantoor, ik blijf staan.

Onder de wachtenden is een groepje Lappen, die ik nauwkeurig bestudeer, hun kleren vergelijkend met de ansichtkaarten die ik gezien heb. Geen twee zijn gelijk gekleed. De algemeen beschaafde Europese kleding is in ongelijke mate van onderen naar boven tegen hen op gekropen.

Een enkel oud mannetje draagt nog zelfgemaakte zachte laarzen van rendiervel. Sommige vrouwen lopen al op gewone schoenen en haar vleeskleurige nylons vloeken afschuwelijk bij de rest van het kostuum: de helderblauwe bloeze, met een riem om het middel samengesnoerd, de rode muts met oorkleppen.

Ze zitten stilletjes bij elkaar op de stoeprand, praten zacht, glimlachen veel, met gerimpelde ziekelijke gezichtjes. Hun handen zijn zwart van vuil dat helemaal in de huid getrokken is en het vel bijna glanzend maakt. Aan een riem over hun schouder dragen zij een soort weitassen, waarop allerlei metaalwerk is vastgestikt: medailles, figuurtjes, munten, ik kan niet precies uitmaken wat. Ook hebben de mannen aan hun gordels enorme messen, in leren scheden met omgekrulde punten.

De enige bewoners van het land waar ik naartoe ga. Wat zou ik ze vragen, als ik hun taal verstond? Of ze gelukkig zijn? Maar dat is iets wat je ook maar zelden vraagt aan mensen van wie je niet door taalproblemen wordt gescheiden. Zou ik ze vragen of ze vinden dat ze een beter leven hebben dan wij, zouden ze niet liever net als de andere Noren willen zijn? Maar ze zouden waarschijnlijk zeggen dat ze daar nooit zo bij hadden stilgestaan.

Arne komt te voorschijn uit het postkantoor. Terwijl hij oversteekt zwaait hij met een brief tegen mij. Een brief? Van wie?

Het is een brief van mijn moeder. Kan ze me dan geen ogenblik missen? Nu al een brief, die zij onmiddellijk na mijn vertrek geschreven moet hebben, anders zou hij hier niet kunnen zijn. Ik heb op het ogenblik geen zin haar proza te lezen en terwijl ik Arne achternaloop, steek ik de brief in de borstzak van mijn windjack.

Arne gaat een fietsenwinkel binnen die naast het busstation is gevestigd. De handelaar en Arne begroeten elkander aandachtig en plechtig. Daarna glimlacht de fietsenman tegen mij en zegt:

– How do you do, sir?

Arne blijkt bedacht te hebben dat wij ieder een linnen hoedje (American Army Surplus) moeten aanschaffen, waaraan rondom een muggennet bevestigd is. Ik zet het mijne onmiddellijk op en knoop het netje vast onder mijn kin. Belangrijk is ook dat wij Finn-Oljen aanschaffen, een extra sterke muggenolie, waarmee wij alle vel dat bloot is, inwrijven. FORSIKTIG! Gevaarlijk voor de slijmvliezen, staat er op het etiket.

Tot de bus komt aanrijden, staan wij ons in te smeren.

De rugzakken worden bovenop geladen, wij

gaan naar binnen en als de chauffeur de deur al sluiten wil, komt een Lapponische vrouw aanlopen met een kind van twee jaar op haar arm, dat een beentje in het gips heeft. De chauffeur rijdt haar een klein eindje tegemoet en stopt vlak bij haar.

–Zeg Arne, hoe staat het met de rassendiscriminatie ten opzichte van de Lappen?

–Vroeger werden ze wel een beetje achtergesteld, maar nu niet meer. Wij doen van alles voor ze. Maar het is moeilijk hun kinderen naar school te laten gaan.

–Kennen de Lappen Noors?

–De meesten wel. Onder elkaar spreken ze het niet.

–Kan een Lap iedere positie bereiken die hij wil?

–Ik heb nog nooit gehoord dat een Lap zoiets wou. Een Lap hoeft alleen dat pakje maar uit te trekken en hij is een Noor als een ander.

–Waarom doen ze dat dan niet allemaal?

–Omdat ze vinden dat ze anders zijn. Ik denk dat anderszijn hoofdzakelijk een kwestie is van moedertaal. Daardoor alleen al denken ze niet als wij. Een Lap is waarschijnlijk bang dat hij hoogstens een namaak-Noor wordt. Ze zouden

zich van hun hele familie vervreemden. En waarom? Lap-zijn is niet iets om je voor te schamen.
 – Maar het is wel weinig comfortabel.
 – De meeste mensen baseren hun zelfrespect op een of ander gebrek aan comfort.

De bus rijdt over een lange, smalle brug. Andere auto's zijn er niet en bomen worden steeds zeldzamer. De weg is van aangestampte aarde, omdat iedere wegbedekking toch 's winters kapot zou vriezen.
 Zo nu en dan komen wij bulldozers tegen die nog bezig zijn een stukgevroren gedeelte weer gelijk te strijken. De bus rijdt nergens snel en bijna voortdurend in wolken stof.

Arne en ik hebben kaarten op onze knieën en maken aantekening van terreinvormen die onze aandacht trekken. Heuvels, meren, stroomversnellingen, ravijnen. De lucht betrekt steeds meer. In brede, ondiepe rivieren schittert de zon, alsof hij trots is dat het nog net niet regent.
 Midden in een onbewoonde vlakte, begroeid met heideachtige kruiden in donkergroen, lichtgroen en rood, stopt de bus op verzoek van de vrouw met het kind. Juist als zij uitstapt, vlaagt

een stortbui met zoveel kracht neer, dat het water op de ruitjes het hele landschap vervormt. Ik zie de vrouw met het kind op haar arm dwars de wildernis in lopen. Een pad, of zelfs maar een spoor is nergens te bekennen.

—Wat gebeurt er als Lappen ziek worden?

—Dan hebben ze de keuze naar Alta te gaan, of naar Kautokeino, of Karasjok; waar zij het dichtst in de buurt zijn. Maar de meeste Lappen zwerven niet meer in tenten, ze werken in visfabrieken en zo. Lappen die nog rendieren houden, zijn merendeels heel rijk. Hebben kudden van duizenden stuks vee. Een boel kinderen en veel rendieren, dat is wat ze verlangen. Ik geloof soms dat de koppigheid waarmee mensen aan tradities vasthouden, voldoende is om iedere hoop op te geven dat de mensheid door rationele maatregelen gelukkiger zal worden.

Wij hebben een uur of twee gereden als de bus in Skaidi stopt. Skaidi. Een houten kraam, waar limonade, chocola en warme worst verkocht wordt. De bus blijft hier een poosje staan, om de passagiers gelegenheid te geven de benen wat te strekken. Het is het hoogste punt in deze omgeving.

Ik loop, handen in de zakken, wat heen en weer. Zo lopen alle passagiers heen en weer, ieder een andere kant uit. De lucht is nu zwaarbewolkt en het is zo koud als bij ons op een winterdag wanneer het nog net niet vriest. Ik kijk rond over de afgeronde heuvels, hier en daar met grote afgeronde stenen bedekt. In de laagten zijn waterplassen en meertjes. Verderop, bij het grootste van de meertjes, staat een tent van schuin tegen elkaar gezette stokken, rendierhuiden eromheen gewikkeld.

Een oude Lap komt te voorschijn in vol ornaat. Hij heeft in elke hand twee rendiergeweien. Uit zijn mond hangt een kromme pijp en aan zijn wangen, hoe slecht geschoren ook, kun je duidelijk zien dat hij geen tand meer in z'n mond heeft. Hij loopt zonder haast, hij komt niet dicht bij ons, hij spreekt niemand aan.

De Lappen die met ons in de bus gezeten hebben, nemen geen notitie van de oude man, maar een jongen die een wit studentenpetje op zijn hoofd heeft, koopt een rendiergewei.

De bus rijdt verder, stopt nog een tijd in Russenes, rijdt dan weer verder.

Om half elf stappen Arne en ik voorgoed uit in Skoganvarre.

15

Breed stil water. Een rivier die zich tot een meer verwijdt. Een paar sparren, geen grote. Donkere hellingen.

De chauffeur klimt op het dak van de bus, reikt ons de rugzakken aan, die wij zo lang maar aan de kant van de weg zetten. Daarna geeft hij het houten statief.

Stilte als de bus is weggereden. Het regent niet meer, de wolken zijn weggetrokken, de zon staat laag, maar schijnt op volle kracht. 't Wordt avond, zeggen ze bij ons, als de zon na een warme zomerdag op die manier schijnt. Maar hier is het al bijna nacht en nachtelijker kan het niet meer worden. Ik laat het theodolietstatief tegen mijn schouder rusten.

Een eindje van de weg af staat een houten huis, als villa gebouwd, met een serre. Op het terrein van dat huis, schuin ervoor, zie ik een groene tent.

Arne zegt:

– Qvigstad slaapt misschien al, of hij is er niet.

De tent is aan alle kanten met treksluitingen gesloten. Arne loopt er naartoe en ik hoor hem Qvigstad's naam roepen. Daarna hoor ik hem nog andere woorden uiten. Arne hurkt. Arne richt zich weer op.

– Ik denk dat hij is gaan vissen.

Om iets te doen neem ik aan elke hand een rugzak en sleep ze de tuin in.

– Voorzichtig met het gras. Hier is het nog zeldzamer dan in Alta.

– Wat zullen we doen?

Wij smeren onze gezichten en handen in met muggenolie, steken daarna allebei een sigaret op.

– Omdat we morgen toch verder moeten, is het de moeite niet de tent op te zetten, zegt Arne.

– Wat wil je dan?

– Ik zal vragen of we niet op de veranda overnachten kunnen.

Hij bedoelt de serre, die inderdaad niets is dan een veranda, met glas afgeschoten.

Terwijl hij weg is om het te vragen, loop ik voorzichtig tussen de met gras begroeide plekken door terug naar de weg, steek over en ga zitten aan de rand van het meer.

In dit water groeit niets en het is zo helder dat je de stenen op de bodem kunt zien. De grootste steken boven het water uit. Van de allergrootste weet je niet of je ze eilandjes mag noemen.

Ik probeer mij in te denken wat het zijn moet om je hele leven door te brengen in Skoganvarre. Er zijn altijd mensen geweest die nooit iets anders gedaan hebben dan eten, drinken, slapen, jagen, vissen. En 's winters? De eerste sneeuw valt hier geloof ik al eind september. Ze zijn gedwongen de winter te besteden aan het voorkomen en bestrijden van allerhande onheil. Zij moeten zorgen genoeg etensvoorraad te hebben en brandstof. Altijd op je hoede zijn. Onmiddellijk weten wat je te doen staat als er iemand ziek wordt. Of als er een kind wordt geboren.

Gflap. Een vis is opgesprongen uit het water en er weer in geplonsd.

's Winters sneeuw en 's zomers dichte wolken muggen. Van het punt uit waar de vis is opgesprongen groeien voortdurend cirkels in het water. De brief van mijn moeder lezen? Heeft geen haast.

Aan de overkant van het meer zie ik twee mannen lopen met vishengels en tussen hen in hebben zij, hand in hand, drie, nee vier kleine meisjes. Hun stemmetjes krijgen een lichte echo mee voor ze mij bereiken. Daardoorheen hoor ik het roepen van een koekoek. Zo nu en dan ook een geluid als het open- en dichtgaan van een heggeschaar. Maar nergens is een heg, nergens een schaar. Arne staat naast mij, en hij heeft iets meegebracht dat op een aluminium pannetje zonder deksel lijkt.

– Het is in orde, zegt hij, wij kunnen in de serre.

Hij houdt het aluminium pannetje vast aan een stokje dat er vanbinnen in vastgeklemd zit. Om de buitenkant is een lang nylonsnoer gewikkeld met een glanzende lepel en een vishaak eraan.

– Wou je al gaan slapen? vraagt hij.

Ik sta op, lach en schud van nee.

– Niemand hier in het Noorden, zegt Arne, heeft 's zomers zin te gaan slapen. Kinderen zijn niet naar bed te krijgen. Als een Noor tien jaar op deze hoogte heeft gewoond, is hij uitgeput. 's Winters te veel slaap, 's zomers te weinig.

Het knippen van de heggeschaar klinkt nu dichtbij.

– Ken jij dat geluid?

– Het is een fjelljo, geloof ik, maar ik heb geen verstand van vogels.

Ik luister opnieuw naar het geluid dat nu van verderweg komt. Het verwonderlijkste van vogels is dat zij geluiden kunnen voortbrengen die bij materialen horen waar zij helemaal niet over beschikken.

Arne stelt zich aan de rand van het water op, een voet voor de andere. Ik haal het flesje muggenolie te voorschijn en schud er druppels uit op de ruggen van mijn handen. Maar de muggen steken ook boven op mijn hoofd en achter m'n oren, door mijn haar heen. Het hoedje heb ik bij het huis laten liggen. Is trouwens een kwelling voor iemand die nooit een hoed draagt.

Arne houdt het pannetje in de linkerhand, wikkelt er met de rechter een paar meter snoer af. Nu slingert hij de haak zoemend in het rond en laat plotseling los. De haak vliegt met een hoge boog door de lucht, het snoer meeslepend dat zich gemakkelijk van het pannetje loswikkelt. Het dunne snoer, opzij gedrukt door een voor mij niet voelbare wind, snijdt langzaam door het water, loodlijn op steeds nieuwe, steeds grotere cirkels. Meteen begint Arne het snoer weer op te wikkelen. Het lepeltje huppelt glinsterend tussen de stenen, verdwijnt dan. Het snoer spant zich als een snaar.

–De haak zit vast.

Heen en weer lopend langs de oever, het snoer vierend en weer opwikkelend, er een golvende beweging aan gevend, probeert Arne de haak weer los te krijgen.

16

Nu is hij er al drie kwartier mee bezig. Ik sta en loop voortdurend in zijn buurt.

Ik durf niet ergens te gaan zitten, bang dat het zal lijken alsof ik hem aan zijn lot overlaat. Had hij een vis gevangen, dan zou hij die immers ook met mij hebben gedeeld. Maar ik weet niet hoe ik hem helpen kan. Zo nu en dan mompel ik aanwijzingen, geef goede raad waar ik zelf niet in geloof.

Ik ben de hele dag niet naar de wc geweest. Achter het huis is een bosje dat mij goede diensten zou kunnen bewijzen, een heuveltje met een paar bomen erop. Maar ik voel mij verplicht te wachten tot de haak weer los is.

Ten slotte neemt Arne een sprong en komt midden op een grote steen terecht die boven het water uitsteekt. Daarvandaan kan hij meer in bovenwaartse richting trekken. Gelukt! Onmiddellijk slingert hij de haak weer weg en vangt een vis die veel te klein is.

De hengelaars en hun kinderen komen voorbij met het knerpende geluid van vochtige voeten in rubberlaarzen. De wolken worden dichter, maar hebben nog roze randen. Onze schaduwen verdwijnen. Ik word bevangen door de onzinnige wens dat het helemaal donker zal worden. Voor wie niet in het donker slaapt, lijkt elk uur slaap maar half te tellen.

Als Arne eindelijk naar het huis loopt, beklim ik het heuveltje. Tussen de bomen maak ik mijn broek los, stroop hem tegelijk met de onderbroek naar beneden en hurk. De muggen strijken neer op mijn kuiten, mijn dijen, mijn billen, mijn kloten. Ik zie Arne de veranda binnen gaan, terwijl mijn handen voortdurend over de blote delen van mijn lichaam strijken. It has to be a very quick story. Mijn ogen puilen uit hun kassen. Oerinstincten worden wakker in de mens, die als een hond of een kat een geurbaken plaatst in verre streken. Ik kan mijn lachen niet houden terwijl ik mijn achterste afveeg met mos.

In de serre.

Arne heeft een pak knäckebröd opengemaakt, een pak margarine en een blikje gehakt.

Ik rol onze slaapzakken uit op de vloer.

De deur is van muggengaas, waar roest grote gaten in gevreten heeft. Er komen nu ook vliegen die de boter beginnen af te zoeken.

Kauwend zitten we op de slaapzakken, opengevouwen kaarten liggen om ons heen.

—Dit zijn vriendelijke mensen, zeg ik (ze hebben zich helemaal niet laten kijken), ze laten ons op hun veranda. Zouden ze ons misschien aan dat paard kunnen helpen?

—Ik denk het niet. Maar het is mogelijk dat Qvigstad er iets op weet.

—En anders?

—Anders zullen we alles zelf moeten dragen.

—Ik heb nergens een paard gezien.

—Mijlen in de omtrek geen paard te bekennen.

Hij schudt zijn hoofd en lacht.

—Kunnen we onderweg geen voedsel laten afwerpen door een helikopter?

(Ik zeg het met de intonatie van een grapje, maar waarom is het niet meer dan een grapje?)

—Ja, zegt Arne, de Rockefeller Foundation betaalt het wel. Maar niet voor ons. Heb je eigenlijk luchtfoto's?

—Nee. Jij?

—Ik heb ze niet nodig. Maar voor het werk dat

jij doet... Als ik het had moeten doen, zou ik gezorgd hebben dat ik luchtfoto's had.

–Ik heb er Nummedal om gevraagd. Sibbelee zei, toen ik uit Amsterdam wegging, dat Nummedal ze mij geven zou. Maar toen ik Nummedal erom vroeg, zei hij dat ik ze maar in Trondheim moest vragen, aan direktør Hvalbiff. Hvalbiff was er niet, dat heb ik je al verteld. Luchtfoto's waren er wel, maar de catalogus zat in een kist, die misschien nog in Oslo stond.

Ik heb het je eerst niet durven vertellen, ik vind het verschrikkelijk lullig dat ik die luchtfoto's niet heb.

–Je kunt na afloop, als je weer naar huis gaat, in Trondheim uitstappen en ze alsnog ophalen. Dan kun je ze op je gemak thuis bestuderen.

De omgekeerde volgorde, zegt hij met een lachje.

Door mijn kleren heen krab ik mijn dijen, mijn billen. De muggebeten geven een gevoel of je kloten begroeid zijn met stoppels van paardehaar. Arne schraapt het laatste stukje gehakt uit het blik en steekt het in zijn mond op de punt van zijn mes.

Verbeeld ik het mij, of is de kwestie van de

luchtfoto's nog niet afgehandeld voor hem? Wat geeft mij het gevoel dat hij erover zit na te denken? Misschien meen ik alleen maar zijn gedachten te kunnen lezen, omdat de mijne nog met de luchtfoto's bezig zijn. Ik had ze nu moeten hebben, nu, om wat er op de foto, van bovenaf te zien is, te kunnen vergelijken met wat je ziet als je op de grond staat. Arne zegt maar wat om mij te troosten. Hij likt zijn mes af met de discretie die alleen gevonden kan worden bij iemand die niet de gewoonte heeft van zijn mes te eten. Hij legt het mes neer en veegt zijn mond af met een papieren zakdoekje, of eerder, hij drukt het er voorzichtig tegenaan, met neergeslagen blik.

Opeens gaan zijn oogleden omhoog en kijkt hij mij aan.

–Zeg Alfred, wat is eigenlijk je voornaamste studieobject? Meer in het bijzonder, bedoel ik.

Op een van de kaarten trek ik een cirkel met mijn wijsvinger.

–Deze gaten hier, worden algemeen voor doodijsgaten gehouden, nietwaar?

Arne buigt voorover om goed te kijken.

–Dat is te zeggen, de laatste tijd wordt ook wel beweerd dat sommige van die gaten pingo's zouden kunnen wezen.

– Nou ja, de nieuwste modekreet. Maar weet je wat Sibbelee denkt? Dat het meteoorkraters zijn.

– Meteoorkraters?

Arne's gezicht wordt van schrik nog langer dan het al is. Zijn mond wil niet meer dicht. Maar zijn ogen staan onverbiddelijk.

– Meteoorkraters zeg ik, een nieuw gezichtspunt en voor mij heel aantrekkelijk. Juist in een landschap als dit...

Klaarblijkelijk schrikt hij van het weinige dat ik hem gezegd heb al zo zeer, dat hij 't niet kan laten mij in de rede te vallen:

– Maar dit terrein bestaat volledig uit stenen en zand die er in de IJstijd door het ijs zijn gebracht. Toen het klimaat beter werd en het ijs grotendeels was weggesmolten, was dit een brij van stenen en zand en leem, waarin hier en daar een brok ijs was achtergebleven. Naderhand smolten die brokken. Waar zo'n brok is gesmolten, vinden we nu een gat, meestal met water gevuld. Zulke gaten zijn er overal waar het landijs is geweest, in Noord-Duitsland, in Noord-Amerika. Wat voor reden is er aan meteoren te denken?

– Toch hoeft niet alles aan het ijs te worden toegeschreven.

Ik zucht, maar zeg nog meer:

–Opmerkelijk is bij voorbeeld dat die gaten altijd nagenoeg rond zijn.

–Nagenoeg rond wordt alles wat smelt. IJsbrokken zo goed als meteoren worden min of meer rond.

–Denk je?

–Waarom zou een grote meteoriet ronder zijn dan een brok ijs?

Nee, dat zou ik ook niet weten. Ik wacht even en zeg:

–Toch is het een geweldige hypothese. Ik zal al mijn best doen om te bewijzen dat sommige van die gaten meteoorkraters zijn. Ik krijg hartkloppingen van opwinding als ik eraan denk.

–Dan zou ik er niet te veel aan denken.

–Ik ben ambitieus, daar kan ik niets aan doen, zelfs al weet ik waar het van komt. Mijn vader was een veelbelovend botanicus, maar hij is verongelukt, net toen ik zeven jaar werd. Hij is in een spleet gevallen, in Zwitserland. Een paar dagen nadat wij het overlijdensbericht gekregen hadden, kwam er een brief dat mijn vader tot professor was benoemd. De sprekers aan zijn graf wisten niet precies of ze het over professor Issendorf moesten hebben, of over meneer Issendorf. Mijn moeder heeft mij opgevoed in het denkbeeld dat ik de carrière die hij niet heeft kunnen afmaken, moet voltooien.

Het zou een geweldige ontdekking zijn als ik bewijzen kon dat sommige van die gaten meteoorkraters zijn. En ook aardig voor de leek, nu er zoveel geschreven wordt over de kraters op de maan.

—Ja.

Arne lacht met gesloten mond en terwijl zijn ogen eerder meewarig dan honend blijven lachen, doet hij zijn mond open op de manier waarop iemand zijn mond opendoet om een geheim te verklappen (dat is een speciale manier).

—Die professor Sibbelee, je leermeester, loopt al lang met dat denkbeeld rond. Wist je dat?

—Natuurlijk. Maar hoe weet jij het?

—Ik wil je niet ontmoedigen hoor. Maar hij heeft over die meteorietentheorie al een hele tijd geleden met Nummedal gepraat. Nummedal had de gewoonte het op zijn seminarium voor zijn studenten ter sprake te brengen, als er gelachen mocht worden.

—Nou ja, omdat Nummedal zelf er een boek over geschreven heeft, waarin die gaten als doodijsgaten worden geïnterpreteerd. Vijftig jaar lang heeft niemand hem tegengesproken. Welk belang heeft Nummedal erbij op zijn oude dag een andere verklaring te gaan aanhangen? Waarom zou hij zijn eigen levenswerk in de steek laten?

–Als je dat zo goed begrepen hebt, waarom ben je hem dan om die luchtfoto's gaan vragen?

–Waarom niet? Nummedal zal toch niet zo kleingeestig wezen dat hij mij zou willen dwarsbomen omdat...

–Perhaps... Toch denk ik dat hij in jou onmiddellijk een afgezant van de meteorietenhypothese heeft herkend.

–Maar ik ga er immers naartoe om het te bestuderen. Als Nummedal gelijk heeft, zal ik toch zeker het tegendeel niet gaan betogen?

–Ik zou maar oppassen als ik jou was. Je promoveert bij Sibbelee, niet bij Nummedal. Sibbelee zal allesbehalve vrolijk kijken, wanneer je geen schijn van bewijs vindt dat zijn theorie juist is.

Arne trekt zijn bovenkleren uit en kruipt in zijn slaapzak.

–Bij de meeste van die gaten is nog nooit een sterveling geweest, mompelt hij nog, dus wie weet.

Ook ik kruip in mijn slaapzak en op zijn voorbeeld gebruik ik de rugzak als hoofdkussen. Wanneer je zorgt dat de gespen niet in je wang prikken, is een rugzak daarvoor goed te gebruiken.

Ik doe mijn ogen dicht, maar het kost inspanning ze gesloten te houden. Rood schemert het licht van de middernachtszon erdoorheen. Nog even op mijn horloge kijken. Het is één uur. De fjelljo snoeit zijn heg, de koekoek laat weten dat hij iemand gefopt heeft.

17

Ik gaap. Ik ben moe, maar kan niet slapen. Mijn donszak is veel te warm, al heb ik de treksluitingen niet opgehaald.

Arne slaapt, hij snurkt zelfs.

Ik kan niet slapen. Toch is het liggen op de houten vloer, zonder matras, minder pijnlijk dan het eerst leek. Het komt eropaan je zo min mogelijk te bewegen, elke verandering van houding doet pijn, maar alleen de verandering.

Het zweet stroomt langs mijn benen. Ik kruip uit de slaapzak en ga rechtop zitten. Onmiddellijk strijken honderd muggen op mijn blote kuiten neer. Wrijvend over mijn opgetrokken benen zit ik voor mij uit te kijken.

In de serre staan twee kapotte rieten stoelen op elkaar gestapeld, daarnaast staat een naaimachine met krulijzeren onderstel. Dit is het ogenblik erover na te denken, hoe toch die houten kappen gemaakt worden, die naaimachines tegen stof afsluiten: een stuk eikehout, cilindrisch gebogen, loodrecht op de nerf. Dat het niet breekt of barst! Onverwoestbaar. Vakmanschap.

De deur naar de rest van het huis bestaat voor de helft uit glas, waarachter een gordijn hangt. De bewoners hebben zich aan mij niet laten zien. Gek, als ik toch eigenlijk bij ze logeer. Enfin, dit is ook geen logeren.

Doordat ik rechtop zit, is mijn neus ter hoogte van de vensterbank. Rusteloos duizenden muggen tegen het vuile glas. Op hun poten van spinrag, hun lichaam van snot. Nu bedachtzaam aan een bult krabben, deze behandeling afsluiten door er met scherpe duimnagel een kruis in te drukken. De jeuk bedelven onder pijn.

Nog een sigaret roken kan geen kwaad. Ik trek mijn windjack naar mij toe, zoek in de zakken en vind tegelijk de brief van mijn moeder. Als ik die nu lezen ga, kan ik terugschrijven: Ik heb je brief gelezen bij het licht van de middernachtszon.

Bij het schijnsel van dat hemellichaam lees ik:

'Omdat we je wekenlang niet kunnen schrijven en ik er wel een beetje tegen opzie dat we al die tijd ook niets zullen horen van jou, schrijf ik je maar meteen.

Ik ben zo trots dat je die beurs gekregen hebt, Alfred, en ik weet zeker dat je met een briljante dissertatie voor de dag zult komen. Als je vader dit nog had kunnen beleven!

In zijn tijd was het lang zo gemakkelijk niet geld te krijgen om onderzoekingen in het buitenland te doen. Als ik aan jou denk, gaan mijn gedachten nog dikwijls naar de carrière die je vader had kunnen maken, was hij niet zo jong heengegaan. Ik voel het als een soort revanche op het noodlot: dat jij zult voortzetten wat hij niet heeft kunnen voltooien. Och hemel, ik weet nog, toen het gebeurde, dat jij toen net in die periode was waarin je aan allerlei mensen vroeg of ze je niet aan een 'meteoor' konden helpen. Wij konden er maar niet achter komen, waar je dat woord vandaan gehaald had, maar je wist precies wat het was! Papa heeft daar een van de eerste tekenen van je wetenschappelijke aanleg in gezien. Het is voor mij zo'n grote troost dat hij terecht gestorven

is in vol vertrouwen op jouw gaven, lieve
Alfred. Ik ben zo dankbaar dat je altijd
het uiterste van jezelf hebt gevergd, want
dat is de enige manier om iets te bereiken. Als je om je heen kijkt, dan zie je op
den duur steeds meer mensen die een of
andere eindstreep net niet hebben gehaald.

(Let niet op deze vlekken–pijltje–hier
heb ik een paar traantjes geplengd.)

Heb ik je ooit verteld dat je vader zelfs
nog een advertentie geplaatst heeft om
voor jou een meteoorsteen te koop te vragen? Hij had zich wekenlang het hoofd
gebroken hoe hij daaraan komen moest.
Hij wilde je er zo graag een geven op je
zevende verjaardag, maar je weet dat hij er
toen niet meer was.

Het is verbazingwekkend, maar nu jij
het zo ver gebracht hebt, moet ik toch bekennen dat soms in het leven de dingen
nog uitkomen zoals men het altijd heeft
gehoopt. Jammer alleen dat als iets toch
nog terechtkomt, het daarvoor eerst verkeerd heeft moeten gaan.

Nu houd ik op met zeuren, hoor.'

....

Eva heeft eronder geschreven:
'Wat Mama ophouden met zeuren noemt. Weet je Alfred, ze zou de dingen meer moeten overgeven, dan zou ze minder zenuwachtig zijn.
.... Je liefhebbende zuster'

Overgeven!
't Mag een wonder heten dat ze er niet bij gezet heeft aan wie! Overigens zeurt mijn moeder niet. Ze mag nog eerder terughoudend worden genoemd. Een weduwe die veel over het verleden praat, kan weinig verbergen voor haar volwassen zoon. Maar het verhaal dat mijn vader nog een advertentie geplaatst heeft om mij op mijn zevende verjaardag een meteoriet cadeau te kunnen geven, hoor ik werkelijk voor het eerst. Dat ik zo graag een meteoriet wilde hebben eigenlijk ook, want ik herinner mij niet het mij ooit eerder te hebben herinnerd. Een meteoriet! Op mijn zesde jaar al. En nu nog! Als mijn vader was blijven leven, had ik misschien nooit om fluitles gezeurd. Vergeefs, overigens. Mijn moeder moet

het mij geweigerd hebben uit angst. Angst dat ik fluitist zou worden, in plaats van de wetenschappelijke carrière van mijn vader voort te zetten.

Drie uur. Ik vouw de brief op, sommige muggen wegblazend, andere verpletterend. Tot aan mijn nek kruip ik weg in de slaapzak, ik drijf in mijn zweet maar verroer, vastberaden, geen vin meer. Mijn lichaam is zo heet of ik ziek ben en hoge koorts heb. Misschien werkt de hitte wel bedwelmend. De tijd houdt op totdat mijn hoofd pijn doet.

Ik heb zo'n verschrikkelijke hoofdpijn dat ik er rechtop van zitten ga, maar nu wijst mijn horloge kwart voor twaalf. Arne is weg. De zon brandt in de serre en zijn hitte hoopt zich erin op als in een fuik. Het stinkt naar zweet en drogende schimmels. Moedeloos alsof ik een verschrikkelijk pak slaag gekregen had, trek ik mijn sokken en schoenen naar mij toe. De lege slaapzak van Arne geeft vorm aan Arne's afwezigheid.

Mijn linker ooglid, opgezwollen door een muggebeet, wil niet verder dan tot de helft omhoog gaan. Ik knoop mijn veters vast, sta op en loop naar buiten.

De groene tent van Qvigstad is nu open. Kleren en binnenstebuiten gekeerde slaapzakken liggen eromheen, maar er is niemand.

Niet een, maar twee slaapzakken.

Ik blijf staan, steek een sigaret op, krab met de rechterhand op de linkerarm en met de linkerhand op de rechterarm. Kleine zwarte horzels plaatsen zich geruisloos en pijnloos op mijn vel, maar laten een grote bloeddruppel achter, zelfs als ik ze niet doodsla. Het zijn druppels van mijn eigen bloed.

–Alfred!

Arne komt achter het huis vandaan met nog twee anderen, waarvan een Qvigstad is, al herken ik hem nauwelijks. Qvigstad wuift naar mij, in zijn andere hand heeft hij een werphengel. De derde heeft ook een werphengel.

Op twee meter afstand van mij blijft Qvigstad staan en maakt een lichte buiging.

–Doctor Livingstone, I presume?

Lachend geven wij elkaar de hand. Qvigstad heeft zijn rode baard laten staan en met zijn stugge rode haar, zijn hoge voorhoofd en blauwe ogen die er altijd uitzien of ze zo ver mogelijk zijn opengesperd om altijd alles genadeloos te bekijken, lijkt hij op iemand. Wie? Vincent van Gogh.

De andere is een groezelig blonde jongen, hij kauwt op een grassprietje, ik moet hem vragen zijn naam nog eens te zeggen (Mikkelsen) en als hij dat gedaan heeft, mompelt hij:

– I talk very bad English. Sorry.

Hij staat enigszins wijdbeens en laat zijn voeten een paar maal naar buiten kantelen. Dan spuwt hij het strootje uit en kruipt in de groene tent.

Qvigstad is een jaar in Amerika geweest met een beurs, hij spreekt uitstekend Engels, veel vlugger dan Arne, maar dat kan ook aan zijn karakter liggen.

– Vlotte reis gehad? vraagt hij, met vliegtuig gekomen? Geen gebrek aan benzine onderweg?

Ik schud van nee. Hij zei niet 'gasoline', maar 'bensin'.

– Alles is mogelijk in Noorwegen. Je kunt nooit weten. De eenvoudigste dingen weten de mensen niet. Weet jij bij voorbeeld waar het woord benzine vandaan komt?

– Benzine?...

– Het is afgeleid van Benz. Mercedes-Benz, weet je wel. Kom mee in de tent. Ontbijten.

Die van Livingstone is een hele oude, maar die van de benzine heb ik nooit eerder gehoord.

De tent van Qvigstad en Mikkelsen kan afgesloten worden met een driehoek van gaas. Als Qvigstad de treksluitingen achter mij omhoog gehaald heeft, doodt Mikkelsen met een spuitbus alle insekten.

Arne en Qvigstad beginnen in het Noors met elkaar te praten. Mikkelsen steekt een primus aan die in het midden van de tent staat en zet er een pannetje water op. Ik heb niets te doen dan te luisteren naar de muggen en vliegen die buiten tegen het tentdoek stoten met een geluid als van regendruppels. Eindelijk kookt het water. Mikkelsen roert er melkpoeder, havermout, suiker en rozijnen doorheen. Ik luister naar het blazen van de primus, het tikken van de muggen op het tentdoek. Het is een mooie tent, vrij nieuw, stokken van aluminium. Al hun materialen lijken mij van eersteklas kwaliteit.

Arne en Qvigstad vouwen een kaart open, terwijl Mikkelsen in de pap roert. Ik zou ook wel het een of ander willen doen, maar wat? Qvigstad neemt een curvimeter uit een plat etuitje, meet iets na op de kaart, wisselt van gedachten met Arne, terwijl hij met de steel van de curvimeter op de kaart trommelt om zijn redenering kracht bij te zetten.

Mij gaan scheren en wassen? Geen van drieën schijnt dat te doen en ik heb er eigenlijk ook geen behoefte aan.

Over de weg lopen drie Noren en ik loop op hetzelfde rijtje als zij. Het is broeiend heet, geen wolk aan de lucht en toch is de atmosfeer onhelder.

Vaag weet ik wat er vandaag gebeuren zal: laatste toebereidselen voor de tocht, eten inslaan. Paard huren? Ik heb er niets meer over gehoord.

Winkeltje.

Een grijze vrouw overhandigt acht grote bruine broden, een dozijn eieren in een kartonnen doos, honing in tubes, margarine, blikjes, een oranjekleurige kaas, vrolijke dozen met Sunmaidrozijnen en drie pakken koffiebonen. Gemalen koffie heeft ze niet. Wat te doen?

De vrouw weet raad, loopt naar achteren en komt met een koffiemolen terug van een model dat ik nog nooit gezien heb: lijkt op een muziekdoos van roodgeverfd blik.

Ik ruk het voorwerp bijna uit haar handen.

– Ik zal de koffie wel malen!
– Heel goed! Maal jij de koffie!

Buiten, op een grote steen gezeten, maal ik de koffie.

De molen is een rotding. Het lijkt of de bonen erin platgetrapt worden in plaats van gemalen. Het aantal omwentelingen dat ik aan de slinger geven moet om maar een kleine hoeveelheid bonen te verbrijzelen is uitzonderlijk hoog. Met een hand de muggen verjagend, maal ik met de andere. Ik gooi het gemalene voor de tweede keer door de molen, maar het wordt niet fijner, het komt bijna onmiddellijk weer beneden, als ging het door een trechter.

Arne, Qvigstad en Mikkelsen zijn nu bij mij komen zitten. We geven de molen aan elkaar door, ieder malend op topsnelheid tot zijn arm moe is. Het duurt wel anderhalf uur voor we de pakken koffie alle drie vermalen hebben.

Met de boodschappen in een doos van golfkarton (hoeveel kilo?) lopen we naar de tent terug. Mikkelsen kookt water in een aluminium keteltje, doet er een lepel van de koffie bij. Wij eten brood met sardientjes en drinken koffie, die afschuwelijk flauw smaakt. Sherpa Danu zou het zijn sahibs niet hebben ingeschonken.

– Sherpa Danu, zeg ik hardop, en ik vertel wat ik in die krant gelezen heb.

Qvigstad zegt: – De krantenlezer krijgt over dit soort expedities alleen wat te horen als het naar de Mount Everest is. De mensen hebben geen idee hoeveel onderzoekers terzelfder tijd op pad zijn, zonder dat het in de krant komt, anoniem, in minder spectaculaire streken en soms veel gevaarlijker.

– Zonder sherpa's, zegt Arne, alles zelf sjouwen.

In de namiddag lopen wij langs het meer tot we de monding van de rivier bereiken en langs de rivier, tot hij smal genoeg wordt om eroverheen te gaan, springend van steen naar steen.

Arne, Qvigstad en Mikkelsen hebben rubberlaarzen tot hun knieën, ik ben de enige met gewone bergschoenen van leer. Ik hoef maar een keer mis te springen en kan verder op natte voeten.

Zonder aanloop spring ik naar de eerste steen. Erbovenop! Mij tot het uiterste concentrerend spring ik naar de volgende, en zo naar weer een volgende, op elke steen diep ademhalend; bij het neerkomen kan ik soms alleen nog door het slaken van een kreet mijn evenwicht niet verliezen.

Arne, Qvigstad en Mikkelsen springen niet eens. Als je hen ziet, lijkt het of er geen rivier bestaat, zo rustig stappen zij van steen tot steen. Eindelijk sta ik aan de overkant, met droge voeten. Ik heb een voor mijn doen ongeëvenaarde prestatie verricht, maar mijn hart klopt in mijn keel. Op een drafje haal ik de anderen in. De weg houdt op, versmalt tot een voetspoor naar de oever van het meer. Het eindigt bij een plaggenhut vlak aan het water. Naast de hut liggen twee houten sleden die bijna niet van bootjes te onderscheiden zijn en aan een paaltje is een lange korjaalachtige boot gemeerd die een hulpmotor heeft.

Qvigstad, Arne en Mikkelsen blijven staan. Ik dus ook. Qvigstad roept. Uit de hut komt een kleine bruine man op kromme benen te voorschijn. Hij draagt een rood en groen geruit hemd, een manchesterbroek en rubberlaarzen. Zijn neus is plat, zijn ogen staan scheef en zijn zwarte haar is stug als een kleerborstel. Hij lacht verlegen zoals alle Lappen en schudt het hoofd bij wijze van begroeting. Aan zijn gordel hangt het enorme mes in de schede met kromme punt.

Qvigstad zegt iets tegen hem. De man gaat z'n hut weer binnen en komt terug met een lege rugzak. Er wordt nog meer met hem gepraat. Arne, Qvigstad en Mikkelsen gaan op de grond zitten. Ik ook maar. De man zit op zijn hurken tegenover ons. Hij trekt zijn enorme mes, snijdt een takje van een struik en begint er een punt aan te slijpen. Muggen lopen vertrouwelijk op zijn slecht geschoren wangen, op zijn oogleden, op zijn lippen. Zo nu en dan zegt hij een woord en als hij luistert, houdt hij zijn mond open. Het takje in zijn linkerhand wordt steeds korter.

Zo zitten wij zeker wel een half uur. Als wij eindelijk afscheid nemen, draagt Qvigstad de lege rugzak aan zijn hand.

18

Om zeven uur 's avonds is de groene tent afgebroken en ingepakt, maar al onze bezittingen liggen, min of meer gesorteerd, om ons heen.

Arne heeft de rugzak van de pezige bruine man.

—Het is een kleine rugzak, zegt hij, zou hij dat met opzet hebben gedaan?

—Ook een kleine rugzak kan zwaar genoeg worden gemaakt, oppert Qvigstad.

—Hij beweert hij is verschrikkelijk sterke man, zegt Mikkelsen.

Wij verdelen alles over de vijf rugzakken. In de rugzak van de sterke man komen: de twee tenten, de primus, de theodoliet, de petroleumtank en alle blikjes. De acht broden binden we er met een touw bovenop. Wij? Eigenlijk bedisselen Arne en Qvigstad alles, ik doe bijna niets. Aldoor als ik iets bedacht heb dat ik doen kan, hebben zij het al gedaan of ze grissen het weg onder mijn neus.

Toch kan ik nog helpen de rugzakken netjes aan de rand van het meer op te stellen, want het zijn er immers vijf. Ik neem de rugzak die voor de drager bestemd is en kan hem nauwelijks met twee handen optillen.

–Arne, kan die man dat dragen?

–Die man is sterk als een sherpa!

–Wacht, zegt Qvigstad, we zullen hem ook de eieren geven. Als hij ze breekt, hoop ik voor hem dat hij net zo sterk is als hij denkt!

–Hoelang blijft hij bij ons?

–De eerste vijfentwintig kilometer en dan gaat hij terug. Anders houden we niet genoeg eten over voor onszelf.

Ik concludeer dat na de eerste vijfentwintig kilometer de inhoud van de vijf rugzakken dus verdeeld zal worden over vier die wij verder zelf zullen moeten dragen.

Had ik meer aan sport gedaan! Was ik in elk geval maar vaker in Noorwegen geweest, zodat ik zonder hoofdbrekens over een woeste rivier kon lopen van steen tot steen, met dertig kilo vracht. Zelfs in de Pyreneeën, vorige zomer met Diederik Geelhoed, keerden we elke avond naar het dorp terug. Wij hoefden bijna niets te dragen. Alleen wat brood en 's avonds bij het terugkomen een paar gesteentemonsters. Ik denk aan het gezouten vlees en de sperziebonen met olie, die wij zo dikwijls aten in Setcases.

De zon, rood opblikkerend in het water, duwt licht en hitte naar ons toe als met een bulldozer. Ik heb nog aldoor hoofdpijn en mijn ogen steken.

Om de beurt staat een van ons vieren op, zet zijn fototoestel neer, ontgrendelt de zelfontspanner en gaat weer bij de overgebleven drie zitten. Klik. Alleen Arne maakt een foto waar hij zelf niet op staat, want hij heeft geen zelfontspanner.

−Waar blijft die sterke man?

−Ik heb in Tromsø een monument gezien voor een sterke man. Die had een steen van 371 kilo gedragen.

−Een monument? vraagt Qvigstad.

−Ja, die steen. Ligt daar, met een bronzen plaat erop.

−Hebben ze daar zeker laten liggen omdat die man toch niet sterk genoeg was om hem weer weg te brengen.

Mikkelsen en ik schieten in de lach. Arne staat op, kijkt door zijn knuisten en zegt:

−Daar komt hij.

De V-vormige golven van de motorkorjaal bestrijken het hele meer.

Alleen Qvigstad kan meevaren, wij geven hem de vijf rugzakken aan en de driepoot van de theodoliet. Voor meer dan twee mannen is er geen plaats in de boot die niet breder is dan een boom. Arne, Mikkelsen en ik zullen om het meer heen lopen en daarna nog een eind langs een rivier, tot een afgesproken punt waar Qvigstad en de sterke man op ons zullen wachten, om dan te voet verder te gaan, dwars over de waterscheiding. Over een gebergte, de Vaddasgaissa en dan naar een meer. Het meer Lievnasjaurre.

Achter Mikkelsen en Arne aan steek ik de rivier weer over, springend van steen tot steen. Kon ik de sombere fantasieën maar bedwingen, die mij duidelijk tonen wat er gebeuren zal als ik misspring.
 En als de rubber van mijn schoenzolen eens plotseling zijn kleverige eigenschappen verloor! Toch kan ik het tellen niet laten: de rivier is zes stappen breed, gescheiden door vijf stenen waar het water voortdurend overheen slaat.

Alweer gelukt.

Nu naar boven. De helling is bezet met dikke bulten die uit veen en droge kruiden bestaan, met een kern van ijs. Mijn enkels zwikken bij elke stap.

De laatste bomen hebben wij achter ons gelaten. Hier groeit niets dan kraaiheide, poolwilgen die tot kniehoogte reiken en dwergberken die niet groter zijn dan een heidestruik, maar overigens zijn het werkelijk precies berken, dezelfde stammetjes, maar niet dikker dan een takje, dezelfde blaadjes maar niet groter dan een teennagel, of ze nagemaakt zijn voor gebruik in een maquette.

Het is nu half acht en een beetje minder heet dan het de hele dag geweest is; er staat geen wind.

Zo nu en dan maak ik een kleurenfoto, alleen voor het mooi. Kan ik aan mijn moeder en Eva laten zien. Hoe heette de vriendin van Eva toch ook weer, met wie zij kwam binnenlopen op de dag voor ik wegging? Zij maakte mij zo confuus, dat ik haar naam niet verstond. Ze is maar tien minuten binnen geweest. Wel jong, achttien denk ik. Nu ja. Maar ik kan haar altijd die foto's laten kijken en vertellen over mijn reis. Misschien een meisje om mee te trouwen, over twee jaar als ik het proefschrift geschreven heb. Ik zou mij kunnen verloven op de dag van mijn promotie. Zoiets zou Diederik Geelhoed banaal vinden. Maar wat kan het mij schelen of honderd, of duizend anderen hetzelfde al eerder gedaan hebben, als het iets betreft waar toch niets nieuws aan uit te vinden valt?

Sommige mensen kunnen mij verschrikkelijk vervelen met die dingen. Diederik Geelhoed niet in de laatste plaats. Van die mensen die door sandalen aan te trekken in plaats van schoenen, hopen daardoor oorspronkelijker te lijken dan een ander. Ik vind het treurig als iemand zijn energie niet kan besteden aan dingen waar oorspronkelijkheid echt van betekenis is. Ik zou niet met Diederik omgaan, als ik niet zo goed met hem kon praten. Niemand vertel ik zo gemakkelijk iets over mijzelf als Diederik. Dat is wel vreemd. Of vreemd? Misschien een voorgevoel dat je over bepaalde dingen alleen iets zeggen kunt tegen mensen van wie je denkt dat ze over diezelfde dingen ook al eens hebben nagedacht. Maar er bestaan ook dingen die ik voor geen geld aan Diederik vertellen zou. Er is een bepaalde grens, waarbuiten je je beste vrienden geen ongelijk kan geven door radicaal anders te zijn dan zij. Het is noodzakelijk ze daar niet toe te laten. Je moet alles wat over die grens ligt maar liever helemaal doodzwijgen. En daarom zeg je: 'Natuurlijk Diederik, het huwelijk is een klapnet voor vogeltjes die te vroeg hebben gezongen. De universiteit is een naamloze vennootschap van komedianten en de toga's van de professoren zijn zwart van angst dat het intellectuele bedrog van de hooggeleerden aan het licht komen zal. Allemaal vijanden van de Arbeidersklasse!'

Nooit zal ik Diederik vertellen dat er maar twee of drie dingen bestaan die ik ernstig genoeg wil krijgen, om te denken dat mijn leven waardeloos wordt als ik ze niet krijg: meteoorkraters vinden, proefschrift schrijven, cum laude promoveren, met de vriendin van Eva trouwen, professor worden.

De oever van de rivier is steil en glibberig op de plaats waar Qvigstad en de sterke man op ons zitten te wachten. Ze hebben de boot vastgelegd aan een steen. De vijf rugzakken liggen op een rijtje, de houten driepoot ligt ervoor.

Ik bijt op een dwangnagel aan mijn duim, terwijl ik toekijk hoe de sterke man door zijn knieën zakt, een arm door een lus steekt van zijn rugzak, oprijst, tegelijk de zak op zijn heup zwaait en daarna de andere arm door de andere lus steekt. Hij glimlacht. Hij steekt zijn duimen door de lussen en begint langzaam te klimmen. Dan bedenkt hij zich, bukt en pakt ook nog het statief.

Ik laat Arne, Mikkelsen en Qvigstad op hun gemak een rugzak uitzoeken. De laatste is voor mij. Wilde flarden van zinnen ('Jullie hoeven mij de kleinste niet te geven! Zeg, drijf de gastvrijheid niet te ver!') schieten door mijn hoofd, maar er schijnt geen enkel Engels woord in mijn geheugen overgebleven te zijn en ik zeg niets.

Zoals ik het hen heb zien doen, belaad ook ik mijn rug. Godverdomme, zwaarder nog dan ik gedacht had. Diep gebogen loop ik achter hen aan, eerst tot mijn enkels in de modder wegzakkend, dan voorzichtig mijn voeten neerzettend op de papperige helling. Mijn fototoestel en kaartentas, aan mijn nek hangend, bungelen bij elke stap tegen mijn buik. Als ik in de verte kijken wil, moet ik m'n hoofd schichtig opheffen als een mol of een soortgelijk dier dat geschapen is om altijd naar de grond te kijken. Ik voel mijn slapen opzwellen en mijn bloed hamert op de hoofdpijn in mijn schedel. Ik heb het muggennetje van mijn hoed neergelaten en zie het landschap door een groene nevel van muskietengaas.

Twintig stappen al gedaan. Ik blijf niet achter. Zij lopen net zo langzaam als ik. Ook zij vinden hun rugzakken zwaar. Niemand zegt iets.

Twee vogels vliegen klapwiekend laag voor mij langs, of zij mij in de war wilden brengen.

Dat ik zo dom geweest ben slecht te luisteren toen dat meisje vertelde hoe zij heette. Haar gezicht had iets als een combinatie van lichtzinnigheid en treurigheid, zoals sommige sonatines. Ik vergelijk meisjes niet dikwijls met muziekstukken, maar als ik het doe, zijn het meisjes die ik zo mooi vind, dat het, zelfs als ik ze alle dagen zou zien, maanden duren zou voor ik ze zou durven aanraken. Of ik ze eerst zou moeten instuderen.

Misschien heet zij Filippine, Renate of Francine. Ook zou ik wel willen dat zij Dido heette. Mijn moeder heet Aglaia. Hoe is het mogelijk dat een zo onalledaagse naam toch zo lelijk is. Nee, het meisje moet Dido heten.

Ik kijk op mijn horloge. Als ik wil kan ik

voortdurend op mijn horloge kijken. De riemen van de rugzak sjorren mijn mouwen omhoog in de oksels en mijn onderarmen zijn halfbloot. Vol muggen. De muggenolie is er al lang weer af gezweet.

Het is vijf voor negen. Om kwart voor negen hebben we Qvigstad en de sterke man teruggevonden. Dus al tien minuten op weg. Iedere stap voelt aan als de laatste die ik kan doen. Mijn horloge heeft een centrale secondenwijzer. Zodoende kan ik precies zien hoe lang elke stap duurt: twee seconden. Hoe groot is elke stap? Niet meer dan zestig centimeter denk ik. Dat maakt dus dertig maal zestig centimeter per minuut. Is achttien meter. Is zestig maal achttien, is... is... nul, zes maal acht is achtenveertig, zes plus vier is tien, is een, nul, acht, nul. Is... *ruim een kilometer in een uur?*

Dan komen we er nooit. Dan duurt het langer dan een etmaal voor we die vijfentwintig kilometer hebben afgelegd.

Ik zie dat Qvigstad, Arne, Mikkelsen en de sterke man langzaam verder voor raken. Ik verzet mijn voeten vlugger en verder, ik adem nu alleen nog maar door mijn mond, maar zelfs zo heb ik het nog benauwd en daarom duw ik het muggennet omhoog. Een mug wordt aangezogen door mijn adem, ik voel hem achter in mijn keel op mijn huig. Ik hoest, blaas, probeer zoveel mogelijk speeksel af te scheiden, slik.

Ik heb hem doorgeslikt.

19

Zoals een uitgehongerde gevangene geen ogenblik vergeet dat iedere aardappel, zelfs een stukje aardappelschil nog voedsel bevat, zo wordt afstand voor mij een kostbaar goed, mondjesmaat ter beschikking gesteld door elke stap.

Iedere stap maakt de vijfentwintig kilometer die ik moet afleggen korter. Iedere stap is er toch altijd weer een. Mijn mond en keel zijn droog als papier, door het hijgen.

Hoe mijn schedel ook van hoofdpijn uit elkaar dreigt te zullen vallen, hoe ik alle spieren ook gebruiken moet om mijn evenwicht te bewaren onder de vracht op mijn rug, ik kom vooruit. Wij komen vooruit. De grens waarbij wij niet meer vooruit zouden kunnen komen, is nog lang niet bereikt.

Denk aan de hunebedbouwers, die over de hei gesleept hebben met stenen van vijfduizend kilo! Hoe zij erin geslaagd zijn ze te verplaatsen zonder paarden, zonder takels, zonder wielen.

Raadsel! Maar misschien hebben ze er generaties lang aan gezwoegd om op een bepaalde plaats twintig of dertig van die grote stenen bij elkaar te brengen. Wat het bouwen van een kathedraal in de Middeleeuwen was, dat was het verschuiven van een grote steen in de oertijd. Ze voortgewrikt met boomstammen, elke dag een halve meter. Maakt honderdvijftig meter in een jaar. Maakt anderhalve kilometer in tien jaar. Hoeveel van die stenen die zij groot genoeg vonden, zouden er toen per vierkante kilometer in Drente gelegen hebben? Hoe groot is de straal geweest van het gebied waarbinnen zij die grote stenen hebben verzameld? Tien kilometer? Twintig kilometer? Meer toch niet. Het is te doen geweest, al heeft het lang geduurd. Alles is te doen voor wie niet op tijd let, voor wie in zijn kleinkinderen en in de kleinkinderen van zijn kleinkinderen gelooft, voor wie gelooft dat de mensheid een taak heeft – het bouwen van een hunebed...

Kathedralen bouwen duurde nog veel langer en is ook nergens goed voor geweest. De hunebedden waren hun kathedralen. Wat is mijn kathedraal? Ik werk aan een kathedraal die ik niet ken en als hij voltooid is, zal ik er niet meer zijn en niemand zal weten dat ik eraan heb gewerkt.

De helling wordt naar boven toe droger. Hij wordt ook minder steil en is ten slotte helemaal geen helling meer.

Op grote stenen laten wij onze rugzakken liggen. Wij hebben twintig minuten gesjouwd. Qvigstad loopt rond, zwaait een kolossale hamer aan een steel van een halve meter lang. Hij loopt naar een suikerwitte rots, hakt er een stuk af en roept:

–Ik sla moeder aarde een tand uit!

Arne maakt zijn versleten fototasje open en zijn oude Leica komt te voorschijn, door Arne zo voorzichtig vastgehouden of het een antikwiteit van porselein betrof. Hij brengt het toestel aan zijn oog. Het is aan alle kanten versleten en geel koper kiert door de zwarte lak.

Arne drukt af, schudt z'n hoofd meewarig en zegt:

–Perhaps...

Van hieruit lijkt het of achter de volgende heuvel de Vaddasgaissa al beginnen, maar op de kaart is het nog minstens vijftien kilometer.

Het celluloid van mijn kaartentas is te dof voor zo weinig licht. Kaartentassen worden na één tocht al ondoorzichtig door de krassen. Ik trek de kaart eruit en bekijk de route nauwkeurig met mijn vergrootglas.

Ik probeer te tellen hoeveel rivieren wij nog moeten overtrekken en kom tot tien. Grote. De kleine staan niet op de kaart. Ook de heuvels en de hellingen zijn maar schematisch weergegeven: hoogteverschillen van minder dan dertig meter zijn weggelaten. Hoe zou het ook anders kunnen? Een kilometer in de werkelijkheid komt overeen met een centimeter op de kaart.

Terwijl ik het papier weer opvouw, zie ik dat Mikkelsen een veldfles aan Qvigstad geeft. Qvigstad drinkt eruit en geeft de fles aan Arne. Arne drinkt en geeft de fles aan mij. Of mijn mond en keel van puimsteen waren, giet ik het water erin. Wij maken met onze hakken gaten in de grond om de stompen van onze sigaretten te begraven en laden de rugzakken weer op. Nu naar beneden.

Hellingafwaarts vertonen de kniegewrichten een onvermoede en telkens weer betwijfelde betrouwbaarheid. Wat een constructie moet dat zijn! Bij elke stap komt het gewicht van bovenlichaam, rugzak en bovenbenen dreunend neer op de top van het onderbeen, die taaie klomp glibberige knokkels, knie genaamd. Maar niets scheurt los, geen kogel schiet uit zijn kom. Of te bedenken dat er één, al was het maar één enkel zandkorreltje tussen zou kunnen raken. Wie heeft mij verteld dat bij sommige ziekten – ischias, of is het reumatiek – glasharde kristallen van ureum tussen de gewrichten worden gevormd? O vader wat een verschrikkelijke pijn! Deze pijn is zo groot, dat hij zelfs het orgaan waarmee wij pijn verbijten, aantast!

Hellingafwaarts bonkt het lichaam zich bij elke stap met een schok in elkaar. De veerkracht van de kraakbeenplaten tussen de wervels. De taaiheid van de pezen, niet voorstelbaar voor wie wel eens gezien heeft hoe betrekkelijk gemakkelijk zelfs een ijzerdraad kan breken. O wonder dier, o wonder mens! Maar wat een beproeving: te moeten ondervinden hoever de wonderlijkheid van je eigen lichaam reikt.

Gemakkelijk breken de poten van een stoel als je er geregeld op zit te wippen. Zelfs een stalen stoel heb ik eens op die manier kapotgemaakt.

Is de onbegrijpelijke sterkte waarmee wij geconstrueerd zijn niet om alle hoop te verliezen dat er ooit een einde aan je kwellingen zal komen?

Hellingafwaarts. Je wil wel, maar moet lopen of je niet wil.

De mossen worden dikker, dan komen de dwergberken met hun blaadjes van donkergroen leer, dan de poolwilgen met hun ezelsoren van lichtgroen vilt. Hun takken maken de veters van mijn schoenen los.

Ik zak in dikke sponzen van veenmos. Beter op stenen te stappen, maar alle stenen zijn rond. Plassen zwart water waar niets in groeit. De plassen worden groter, de aarde ertussen is zwart.

De rivier. Ondiep. Nauwelijks stroom. Mikkelsen, Qvigstad en Arne blijven staan om water te scheppen met bekertjes van plastic. Ik heb mijn bekertje niet bij de hand. De rugzak afdoen om het te zoeken? Ik kan mijn mond al niet meer sluiten van dorst, nu al niet meer. Arne draait zich naar mij om en reikt mij zijn bekertje aan.

Soms loop ik op m'n tenen door het water. Maar voor ik aan de overkant ben, zijn allebei mijn voeten nat en koud.

Overkant... plassen, moeras. De bolle gezwellen van gedroogde planten met een kern van ijs, die met een IJslands woord thufur worden genoemd. Opnieuw de poolwilgen, daarna de dwergberken, dan alleen nog mos en stenen. De helling wordt steiler. Muggen en vliegen regenen op het canvas van mijn hoedje als hagelkorrels. De lage zon doet de insektenzwermen rondom de hoofden van Arne, Qvigstad, Mikkelsen en de sterke man oplichten in strijklicht.

Alweer een kwartier onderweg. Hoe lang is de helling nog? Hoe steil? Zo steil, dat ik mijn hoofd niet ver genoeg naar achteren zou kunnen buigen, zonder rechtop te gaan staan en achterover getrokken te worden door het gewicht van de rugzak.

Sjok verder, zet de ene voet voor de andere. Iedere voetstap is er een. Is het geen mirakel? Een stap. Een enkele stap en de afstand tot de top is alweer korter. Iedere stap een. Is dat niet wonderbaar? Alleen de voet maar optillen en iets verder naar voren weer neerzetten. Simpele handeling. Nauwelijks moeilijker dan stilstaan, waardoor het gewicht van de rugzak niet kleiner worden zou. Stap. Tussen de stenen, mos. Daartussen plekjes met niets. Steentjes en zand. Witte steentjes. Soms een bot, een wervel. Nergens een spoor dat er ooit een mens is geweest. Hebben niet ook wij onze sporen verborgen?

Mijn horloge staat op vijf over half tien. Al bijna een uur onderweg, al bijna een uur. En ik kan het gemakkelijk nog een uur volhouden, twee uur, drie uur, zoveel uur als ik wil. Het is erg, maar erger wordt het niet. Waar is mijn hoofdpijn? Verdwenen door er niet meer aan te denken.

Boven.

Als wij rusten doet de sterke man zijn rugzak niet eens af. Hij staat tegen een steen geleund die even hoog is als de afstand van zijn rugzak tot de grond. In zijn over elkaar geslagen armen houdt hij het samengevouwen statief van de theodoliet als een speer.

Ik leg mijn kaart op de grond en haal mijn kompas te voorschijn. Met behulp van het kompas probeer ik de kaart in de noord-zuid richting te leggen. Maar nergens kan ik op de grond een gedeelte vinden dat horizontaal is en als het kompas niet horizontaal ligt, kan de wijzer niet vrij draaien. Mijn handen trillen en ik kan het instrument ook niet horizontaal houden op mijn hand, zeker niet als ik de kaart nog moet vasthouden. Geknield lig ik op de grond, de stenen steken in mijn knieën.

– Wat zoek je? Het noorden?

Arne hurkt naast mij. Hij draait de kaart met de bovenkant naar het noorden en zegt:

– Zo.

Nu zie ik wat er aan dat versleten touwtje om zijn hals is vastgemaakt. Het is een padvinderskompasje van plastic. Hij houdt het in zijn linkerhand. Omdat het een vloeistofkompas is, wijst het altijd wel min of meer het noorden aan, ook als het niet horizontaal ligt.

–Nu zijn we hier, nietwaar, en... zeg ik tegen Arne terwijl ik mijn vinger op de kaart leg.

–O! O! zegt Arne, nee, nee. We zijn pas hier.

Met een aan één kant afgeknabbeld geel potloodje, niet groter dan een pink, wijst hij drie centimeter zuidelijk van waar ik gewezen heb. Drie kilometer.

Ik kijk op de kaart en daarna in de verte, probeer het kaartbeeld te herkennen in het landschap. Ik trek een knie op, maar het gewicht op de andere wordt daardoor groter en de pijn neemt toe. Ik ga zitten, maar moet mij dan te ver voorover buigen om op de kaart te kunnen zien. Verdomme, ik ben niet in vorm vandaag. Wat zullen ze wel van mij denken? Ik wil geen belachelijk figuur slaan, IK WIL HET NIET.

Ze moeten achter mijn rug met ontzag over mij praten! Ik moet alles net zo goed kunnen doen als zij; beter zelfs en dat met minder routine.

20

Zwarte schaduw stroomt van de Vaddasgaissa over de vlakte naast de zuidelijke helling. Voorbij de schaduw is de grond lichtgroen, grasgroen, donkergroen, british racing green, bruin. Meertjes en kronkelende waterlopen weerspiegelen blauw en roze van de hemel in de kleuren van geanodiseerd aluminium.

Alle meren zijn door waterlopen met elkaar verbonden. Wij komen langs geen enkel gat waarvan ik met enige reden zou kunnen denken dat het een meteoorkrater is. Trouwens, ik heb nog nooit een meteoorkrater gezien, behalve op foto's in boeken. Zelfs als er hier een was, zou het misschien nog de vraag zijn of ik hem herkennen zou.

Maar de eerste man die op het idee gekomen is een gat in de aardkorst te wijten aan het inslaan van een grote meteoor? Wie is hij geweest? Wanneer en waar is dat gebeurd? Hoe heette deze ontdekker?

Een verschrikkelijke haat tegen leerboeken komt vlaagsgewijze over mij. Staan niet in leerboeken de dingen beschreven alsof iedereen altijd geweten heeft dat ze zo waren? Niets blijft er in een leerboek over van de moeite, de twijfel en de wanhoop die bestaan hebben voor een bepaalde conclusie was bereikt. Negenennegentig van de honderd ontdekkingen lijken wel altijd bekend geweest, nooit gedaan te zijn of dan door ongenoemden, die geen mensen waren, wie alles vanzelf afging en die nooit geheel of gedeeltelijk mislukte voorgangers hebben gehad. Een vak waar geen eer mee valt in te leggen. Te bedenken dat mijn moeder elke week artikelen schrijft over romans waarvan de auteurs met naam, toenaam en foto vereeuwigd worden in de krant en dat IK geen enkele naam zou weten van een onderzoeker die meteoorkraters heeft bestudeerd. Toch moeten er honderden zijn geweest. En niet alleen dat ik hun namen niet weet, ook Sibbelee zou hun namen niet weten, niemand weet die namen, uitgezonderd de enkeling die zich in de geschiedenis van de wetenschap heeft verdiept: een specialisme apart. Ook wat hij schrijft wordt door niemand gelezen, behalve door enkele andere enkelingen zoals hij, die zich ook toevallig in de geschiedenis van de wetenschap verdiepen en niet in duizend andere dingen die even wetenswaardig zijn. Zij ook, trouwens, weten dan alleen nog namen, misschien jaartallen, maar verder niets. Zelden of nooit brengen geleerden hun leven door in de nabijheid van waarnemers die hun biografie zouden kunnen schrijven.

Hoe gelukkig zou ik wezen als ik maar een enkel steentje vinden kon, dat van kosmische herkomst was. Een meteoriet. Ik bezweer dat niets mijn oog ontgaat in de ruimten waarover ik mijn voeten verzet. Maar er ligt enkel puin van de bergen in de omgeving.

Alweer achtergeraakt. Niet veel. Het wordt nu langzamerhand wel steeds moeilijker het hoofd op te heffen. Nog dieper voorover gebogen probeer ik mijn passen te versnellen.

Als zij eens Dido heette. Hoe kom ik aan die naam? Dido, koningin van Carthago, werd verliefd op Aeneas, de held die vluchtte met zijn vader op zijn rug. Zwaarder nog dan mijn rugzak.

Zeker heet zij geen Dido. Maar zo kan ik haar noemen. Ik weet haar adres niet, haar achternaam niet eens. Te laat om nog aan Eva te vragen. In geen weken zal ik aan wie ook kunnen schrijven.

Ik ben hier om iets te vinden. Ik moet iets vinden dat iedereen verbluft. De rest is bijzaak. Ansichtkaarten sturen kan de stomste toerist ook. Ik heb wel wat anders te doen. Toch zijn er genoeg dingen die iedereen kan en ik niet. Ik niet... en ik zou ze toch moeten kunnen.

Weer een rivier. Een brede. Hij wordt voortdurend breder terwijl ik naderbij kom. Alleen de sterke man is al aan de overkant. Hij wijst, hij roept. Arne, Qvigstad en Mikkelsen staan, ieder op een andere steen, te lachen in het wilde water. Het is of zij stuivertje wisselen spelen, maar bang zijn te worden getikt, terwijl zij van de ene steen naar de andere springen.

De rivier bruist als een waterval. Zijn boorden zijn zo moerassig, dat ik er bijna tot mijn knieën in zak. Ik blijf staan.

De steen waarop Arne staat is het dichtste bij. Hoe is hij erop gekomen? Het is een puntige rots, anderhalve meter bij de waterkant vandaan. Arne kan er niet op zijn gestapt. Hij moet een aanloop hebben genomen. Maar hoe, in dit moeras?

Verder weg zie ik Mikkelsen diep door zijn knieën buigen. Hij schreeuwt, vliegt met zwaaiende armen door de lucht en komt op de steen terecht waar Qvigstad staat. Zij grijpen elkaar vast aan hun bovenarmen, wankelen, komen in evenwicht. Dan stappen zij, alsof zij zevenmijlslaarzen aan hadden, de een na de ander naar de volgende rotsen en bereiken de overkant. De sterke man is alweer begonnen te lopen en zij lopen met hem mee.

Ik sta nog steeds aan de kant, kijk de rivier af stroomopwaarts, stroomafwaarts, maar zie geen enkele steen die binnen mijn bereik is.
Arne steekt een arm naar mij uit.
– Springen, zegt hij, je knieën zo ver mogelijk optrekken.
Springen! Mijn voeten zakken nu al langzaam dieper weg. Als ik kracht zet, schiet ik de grond in als een bom. Ik kan niet eens de hand van Arne bereiken. Hier blijven staan kan ook niet. Hem nog langer laten wachten kan evenmin. Verkeerd springen, vallen, mij doornat uit het water laten vissen, horloge bedorven, fototoestel vol water, het voedsel in mijn rugzak – niet alleen mijn eigen voedsel! – kletsnat, zwanedons

in mijn slaapzak doorweekt. Ik kan niet blijven staan en ik kan ook niet weglopen. De last die ik de anderen bezorgen zal door half verdronken aan de overkant te komen. Ze zullen te beleefd zijn om mij uit te lachen, daar ben ik niet bang voor.

Ik ben nergens bang voor. Er valt niets te vrezen voor iemand die geen keus heeft, iemand die maar één ding te doen overblijft: datgene wat hij niet kan! Ik stort naar voren, grijp naar Arne's hand, mis, sla in volle lengte tegen de steen waar hij op staat, mijn gezicht verpletterd, water tot mijn middel, enkels gebroken. Ik spring. Het is of ik Arne alleen maar vluchtig een hand geef ter begroeting. Mijn rechtervoet op de steen, de rubberzool verschuift geen millimeter, de linkervoet komt na, ik strek mijn rug, ik sta naast hem op een voetstuk in het tierende water. Hij bukt. Hij schept water op in zijn bekertje, hij geeft mij te drinken.

– Ik zal je fototoestel nemen en je kaartentas.

– Waarom? Ze zijn niet zwaar.

– Geef ze mij, dan blijven ze droog als je mocht uitglijden.

Hij licht de riemen van mijn hals en steekt zijn eigen hoofd erdoor. Dan neemt hij een grote stap, staat op de volgende steen, zijn andere voet komt met deze steen niet eens in aanraking, reikt al naar de volgende. Voor ik besef wat ik doe volg ik zijn voorbeeld. Zeven enorme stappen, waar het water wit schuimend onderdoor raast.

Ik ben erover. Ik sta naast Arne. Hij houdt fototoestel en kaartentas vast aan de riemen en hangt ze mij om alsof het ridderorden waren.

21

Als ik om een uur of vijf thuiskom en, wachtend dat Eva thee inschenkt, niets anders heb te doen, pak ik dikwijls het grote GEDENKBOEK MALLINCKRODT HEM AANGEBODEN DOOR ZIJNE LEERLINGEN uit de kast waar ook de andere boeken van mijn vader nog staan.

Altijd valt het open op de plaats waar er een uitslaande foto ingeplakt is, dubbel zo breed als het boek.

Het onderwerp van de foto bestaat uit de deelnemers aan het Botanisch Congres te Lausanne, juli 1947.

In vijf rijen achter elkaar zijn ze daar opgesteld, die deelnemers. De voorste rij, meest dames, zit op stoelen, de tweede rij staat, de hoofden van de andere rijen zweven daar weer boven, maar hoe dat kan, zie je niet. Ze zijn op stoelen gaan staan, natuurlijk.

Mijn vaders hoofd is in de achterste rij, bijna in het midden, hij is een van de weinige deelnemers die niet recht in de lens kijken. Je ziet hem in 'trois quarts', alsof hij bezig is iets te zeggen tegen – of eerder nog te luisteren naar – de zeer bejaarde baarddrager schuin voor hem. Wat een vergissing! De geleerde met de baard (Von Karbinski, Krakow) praat helemaal niet tegen hem.

Waar heb ik die naam Von Karbinski vandaan gehaald?

Heel eenvoudig.

Op de bladzijde tegenover de foto is, verkleind en zeer schematisch, de foto nagetekend. Je ziet feitelijk alleen het patroon waarin de hoofden zijn gerangschikt. Elk hoofd is weergegeven door een omtrek. Binnen die omtrekken staan nummers. De getallen corresponderen met een lijst van namen. Zo kun je gemakkelijk opzoeken hoe de afgebeelde deelnemers heetten en van welke universiteit ze afkomstig waren. Zo ben ik erachter gekomen dat de man schuin voor mijn vader, Von Karbinski uit Krakow is.

Maar er zijn twee hoofden waar geen nummer in staat, waar dus ook geen namen bij horen. Een behoort aan een meisje, helemaal links onderaan op de damesrij. Zeker een secretaresse die daar toevallig was, toen de foto gemaakt werd. Maar het andere hoofd is dat van mijn vader. Nog niet beroemd genoeg, denk ik, toen hij met de grote professor Mallinckrodt mee mocht naar dat congres in Lausanne.

Over een eeuw, over driehonderd jaar, als mijn moeder, mijn zuster en ik niet meer leven, zal iedereen die de moeite neemt, in het GEDENKBOEK MALLINCKRODT kunnen opzoeken wie er zoal deelgenomen hebben aan dat congres in Lausanne, juli 1947. Von Karbinski uit Krakow, Stahl uit Göttingen, Pelletier (Lyon), James (Oxford), maar als hun blik over het hoofd van mijn vader glijdt, weten zij niets.

Mijn moeder, Eva en ik zijn de enige bezitters van het gedenkboek die hem kennen: een van de jongste mannen op de foto, hoge zwarte kuif, geen bril, geen ouweherenboord met omgeslagen puntjes, nee, aangekleed volgens een mode die ook nu nog bijna niet ouderwets aandoet.

Alfred de Eerste (mijn grootvader heette Paul, mijn overgrootvader Jurriaan, maar mijn beroemdste voorzaat is Hendrik, Luthers predikant te Purmerend, auteur van *Parnassus kunstkabinet* of *Verzameling van weergadeloze dichtstoffen*, verschenen in 1735. Niemand leest het meer. Wij hebben er niet eens een exemplaar van).

Alfred de Eerste, mompel ik en zet het boek op zijn plank terug. Meestal kijk ik daarna in de spiegel. – *Kwam op jeugdige leeftijd om het leven. Nog voor hij de gelegenheid gekregen had zijn talenten volledig te ontplooien.*

Vreemd is dat ik dit herhaaldelijk doe, elke week een paar maal, nu al jaren: boek openklappen terwijl ik op thee wacht, mijn vader bekijken, verifiëren dat er in zijn hoofd geen nummer staat, mompelen Alfred de Eerste, enzovoort.

Niet vreemd dat ik er nu aan denk. Mogelijk worden Arne en Qvigstad later heel beroemd (Mikkelsen lijkt me te onbenullig). Een van de foto's die we in Skoganvarre hebben gemaakt komt in een boek, datum en namen eronder. Maar ook mijn naam moet onder die foto staan. Het moet.

22

Wij zijn nu al een heel eind langs de rivier gelopen, waar het terrein vlak is, ik bedoel dat het niet stijgt of daalt. Maar onze route kruist voortdurend de rivierlopen en het gezwoeg naar boven begint weer.

Zo wisselt voortdurend vlak terrein af met hellingen, stenen worden vervangen door mos, keien door veen en omgekeerd. Moeilijk wordt gemakkelijker en dan gemakkelijk weer moeilijker. Mijn voorzaat, de Lutherse dominee, zou het in omgekeerde volgorde hebben gezegd. Het meest zie ik op tegen de rivieren – hoeveel nu nog? Acht? Negen? Maar ook die zijn niet allemaal even diep.

Moeilijk wordt moeilijker, maar toch tot een zekere grens. Omhoog lopend kom je hoger, steil wordt steiler, maar daarna wordt het toch weer minder steil.

Op de kale plekken liggen steentjes, waarvan geen enkel de moeite van het oprapen loont.

Tussen de kale plekken in groeien pollen van planten met kleine roze bloemetjes. Ik weet niets van planten, ik kan nauwelijks bosbessen onderscheiden van dophei. De geel-en-witte bloemen van *Dryas Octopetala* zijn de enige die ik herken, omdat er een geologisch tijdperk naar genoemd is.

Als ik wat meer van planten af wist, zou ik wat te doen hebben zolang ik geen interessante stenen vind. Maar ik heb er nooit belangstelling voor gehad. Misschien ben ik er bang voor geweest, omdat mijn vader er zijn leven voor heeft gegeven. Slachtoffer van de wetenschap – mijn moeder noemt hem op plechtige momenten zelden anders dan zo.

Aan alle kanten door bergen omringd nu. Alsof wij liepen op de bodem van een schaal, die afgedekt wordt door een deksel van zwarte wolken, maar niet geheel. Het deksel is er half af gegleden en door de zo ontstane kier komt de zon binnen, geel als messing.

Arne is naast mij blijven lopen. Hij vraagt:

– Heb jij geen honger?

– Jij dan?

– Vreselijk en ik heb het koud. Bij de volgende rust moeten wij iets eten.

Wij eten elk een droog stuk knäckebröd bij de volgende rust en een handvol rozijnen.

Beneden komen, water opscheppen, vier bekers achter elkaar leegdrinken, het zweet bevriest bijna op je lichaam, door moeras waden, daarna de poolwilgen, dan de dwergberken. De bodem veert niet meer op onder je voetstappen. Ik heb zoveel adem nodig dat ik er maar met moeite toe kom mijn mond een ogenblik te sluiten om smakkende bewegingen te maken in de hoop mijn slijmvliezen weer enigszins te bevochtigen.

Ik moet de rug van m'n rechterhand loom onder het muggennet wringen, om het zweet uit mijn wenkbrauwen te vegen. De stank van de muggenolie prikkelt mijn ogen. Of misschien heb ik, tegen de uitdrukkelijke voorschriften in, de olie wel in mijn slijmvliezen gewreven.

Nog harder wordt de bodem, geen dwergberken meer; stenen. Zelfs tussen de stenen is de bodem niet vlak. Gekwelde spieren vormen ijzeren manchetten om mijn enkels en de rugzak is zo zwaar of ik een wagen met meelzakken voortsleep.

Deze helling is lang. Langer dan de vorige?

Arne loopt voorop, hij is het eerst boven,

houdt stil, zijn achterwerk tegen een rots. De sterke man en Mikkelsen leunen tegen dezelfde rots. Qvigstad loopt voor mij en zoekt een andere rots van geschikte grootte. Ik kom naast hem staan, leun. Hij offreert mij een sigaret. Ik sla het muggengaas omhoog om te kunnen roken. Mijn gezicht komt vol muggen. Als de sigaret brandt, sla ik het net weer naar beneden, moet het zo ver mogelijk van mijn gezicht houden om er geen gat in te branden. De rook blijft hangen onder het gaas en ik barst uit in hoesten. Mijn oren suizen en nog nooit heb ik mijn hart met zo'n kolossaal geweld horen slaan. Het binnenste van mijn borst lijkt uit plaatijzer vervaardigd, waarin een hoog opgevoerde motor van gepolijst staal mij zonder mededogen voortstuwt in het leven.

Qvigstad zegt iets, dat ik niet versta.

– Wat zeg je?

Hij brult nu:

– Anna Bella Grey! Een beeldschone vrouw met twee hoofden en drie tieten!

Hoe kom je daarbij? – maar die vraag is te onnozel om uit te spreken. Hoeft ook niet.

– Ik heb een naaktfoto van haar gezien! schreeuwt Qvigstad. Ongelofelijk! Onder de gordel helemaal normaal. Dringen de mogelijkheden tot je door? Een tiet in je mond en dan nog een in iedere hand. En dat is lang niet alles. Wat zal zij met twee hoofden, dat wil zeggen twee monden... je moet er niet aan denken.

Stilte. Op doffe toon gaat hij voort:

– Overigens ben ik alleen potent bij negerinnen.

– Hoezo?

– Sinds ik in Amerika geweest ben. Eenmaal een negerin, altijd een negerin. Als een tijger die mensenvlees heeft geproefd.

– Is dat hetzelfde?

– Ik denk het wel. Het is mijn ingeschapen puritanisme. De psychiaters beweren dat het komt doordat een negerin onmogelijk mijn moeder kan zijn geweest.

Je maakt je wijs dat het is omdat een zwarte huid van betere kwaliteit is, soepeler, zachter, geen pukkeltjes, puistjes, meeëters, rode vlekken van de zenuwen, haren op plaatsen waar ze niet horen. Echt een huid voor mensen zonder kleren, hè. Maar onderbewust zie je in iedere blanke vrouw het evenbeeld van je moeder en bij je moeder ben je impotent, juist omdat je oorspronkelijk alleen maar wilde met haar.

Hij blaast rook uit.

–Misschien zoeken de psychiaters het te ver. Ikzelf denk dat het is, doordat ik in Noorwegen geboren ben waar geen negerinnen zijn. Daardoor heb ik als klein jongetje nooit aan een negerin gedacht, toen andere kleine jongetjes mij op een lugubere manier vertelden wat naaien betekende.

Hij gooit zijn sigaret op de grond, vermaalt hem met z'n hak tot er geen spoor meer van terug te vinden is en loopt verder zonder nog iets te zeggen.

Ik laat mij naar voren vallen en mijn val licht de rugzak van de steen. Mijn eerste stappen lijken meer op wankelen. Zelfs smakken maakt mijn mond niet vochtig meer. Zweet, van zout verzadigd, druipt langs mijn neusvleugels en brandt op mijn gebarsten lippen. Aeneas liep met zijn vader op zijn rug van Troje naar Rome.

Beneden aan de helling ligt de grens van de schaduw die de Vaddasgaissa werpen. Het is half vier en als ik de schaduw verlaat, voel ik dat de zon alweer warmer is dan toen wij bij de bergen kwamen. Ik hurk bij een beekje en slurp drie bekers water leeg. Waar zijn we?

Mikkelsen is niet meer te zien. Al over een

volgende, kleinere heuvel heen. Arne verdwijnt ook. Zelfs Qvigstad raakt steeds verder voor. Maar eenmaal zal ik ze inhalen. En zo langzaam loop ik toch niet. Qvigstad is nu ook over de heuvel heen, maar nog niet geheel erachter weggezakt. Hij begint alweer te groeien! Nog een stap, nog twee en ik kan hem van hoofd tot voeten zien. Arne zie ik ook weer, ver weg, op een volgende helling. Mikkelsen? Ook Mikkelsen. Hij was alleen maar door een grote steen aan het oog onttrokken. Enkel de sterke man zie ik niet, waar is hij?

23

De sterke man ligt op zijn knieën en blaast in een vuur. Hij heeft er een soort kacheltje van stenen omheen gebouwd, waarop een koekepan staat. Het vuur kraakt. Verder is er niets te horen, nergens. Arne, Qvigstad en Mikkelsen zitten achter het vuur bij elkaar. De rook drijft langzaam en breed in mijn richting. Ik moet uit nevelen voor hen opduiken. Als ik zo dichtbij ben, dat het geluid van hun stemmen mij bereiken kan, hoor ik dat zij Noors spreken.

Ik doe mijn rugzak af en ga naast Arne op mijn buik liggen.

—Is dit de plaats waar wij blijven?

—Nee, maar we zijn er wel heel dicht bij.

Ik trek mijn kaartentas onder mijn buik vandaan. Arne wijst het punt aan waar we zitten, voor ik begonnen ben te zoeken. Tot het meer Lievnasjaurre is het nog vier centimeter op de kaart. Vier kilometer.

Wij eten brood met gebakken eieren en drinken volop koffie.

Er wordt hoofdzakelijk Noors gesproken omdat de sterke man erbij zit. Ik hoef niets anders te doen dan uit te rusten. De sterke man dooft het vuur, maakt de koekepan schoon, pakt alles wat gebruikt is weer in, haalt water voor ons. Kon hij maar blijven! Geen eten genoeg? Maar sherpa's moeten toch ook eten? Of eten die mos en stenen? Ik moet toch eens aan Brandel vragen hoe ze dat klaarspelen met zulke expedities. Nee, hoeft niet, de oplossing van dat vraagstuk is stom eenvoudig. Zij hebben honderd sherpa's op vier sahibs, vijfentwintig sherpa's kunnen gemakkelijk alles dragen wat zij zelf nodig hebben, vermeerderd met de bagage van één sahib. Maar één sterke man, hoe sterk ook, is voor ons vieren te weinig.

Ik hol de helling af naar de volgende rivier. Dat ik zoveel uren al gelopen heb met een rugzak zo zwaar als ik nooit eerder heb getorst, levert het bewijs dat ik niets hoef te vrezen. Ik mis alleen een beetje ervaring. Sterk ben ik genoeg. Wel ben ik moe, maar deze vermoeidheid lijkt op hoofdpijn, schijnt een tijdelijke kwaal, die niets te maken heeft met gebrek aan energie.

Deze rivier die ik nu nader, stroomt wel snel

maar is niet breed. Hij ligt vol stenen. Niet aan de kant blijven staan is het grote geheim. Niet schichtig naar links en rechts speuren welke steen het dichtstbij ligt, maar gewoon doorlopen, stappen, springen, zonder erbij na te denken, zoals je een trap af holt.

De eerste... de tweede... Niet naar het water kijken, maar naar de steen waar je voet naartoe moet, dan komt hij er vanzelf terecht...

O!

Godverdomme! Godverdomme!

Mijn rechtervoet op de steen, mijn linkervoet op de bodem van het water! Het kruis van mijn broek scheurt bijna! Het koude water kruipt op tegen mijn onderbuik. Arne kijkt om, komt terug. Qvigstad, Mikkelsen en de sterke man lopen verder, zijn goddank te ver weg om te bemerken wat er is gebeurd.

−It's nothing! It's nothing! roep ik tegen Arne. Ik verplaats mijn hele gewicht naar mijn rechtervoet, zet kracht, de voet glijdt van de steen en ik val op mijn knieën voorover.

Niets komt er nu meer op aan. Driftiger plonzend dan nodig is bereik ik de overkant.

−Mijn rugzak is droog. Er is niets aan de hand, niets!

—Nee, je kan zo niet verder lopen. Je moet droge sokken aantrekken, anders gaan je voeten kapot.

Arne doet zijn rugzak af en haalt er een paar sokken uit die tot een grijze bal ineengerold zijn. Gehoorzaam ga ik zitten en maak mijn schoenen los. Nagels breken op de natte veters. Bloed stroomt langs mijn scheenbenen. Ik stroop mijn broekspijpen op, veeg mijn knieën af met een zakdoek. Alleen geschaafd, maar ik voel pijn tot in mijn ruggemerg.

Arne geeft mij ook een handdoek. Ik moet mij laten helpen. Als ik het niet doe, veroorzaak ik nog meer oponthoud. Ik kan niet tegen hem op, ik heb geen routine, ik hoor niet thuis in dit land zoals hij.

—Het spijt me, mompel ik in het Engels, ik ben erg onhandig, ik ben altijd erg onhandig geweest. Ik probeer mij goed te houden, maar het lukt niet altijd. Het spijt me.

24

Bergen met vlakke toppen en hoekige steile hellingen. Het lijken potscherven in het gigantische vergroot. Zo ziet een mier de brokken van een gebroken tegel waar hij tussendoor kruipt. Zo zie ik de bergen, maar ik hef mijn hoofd nu alleen nog maar op om vluchtig te kijken welke kant de anderen uitlopen. Mijn schouders worden alleen nog door de schouderbladen verhinderd naar achteren dubbel te klappen onder het gewicht van de rugzak. Zouden de riemen eraf glijden langs mijn armen... vrij... Onzinnige fantasie. Langs de riemen grote zweetdoorweekte plekken, door al mijn kleren heen. Dat is de waarheid. Of de druk van het leer het vocht uit mijn vlees perst.

Ben ik moe? Het interesseert mij niet. Zou ik willen dat ik niet verder zou hoeven te lopen? Geen denken aan. Wel komt de gedachte in mij op dat er toch een verschrikkelijke wanverhouding bestaat tussen de lichamelijke inspanning waartoe ik ben gedwongen en de wetenschappelijke arbeid op zichzelf. Ik ben te vergelijken met de uitvinder van de eerste elektromotor. Honderdvijftig jaar geleden. In die tijd bestond er geen geïsoleerd koperdraad, kon je dat niet overal kopen, zoals nu, in iedere lampenwinkel. Dus moest die uitvinder de zijden bruidsjapon van zijn vrouw aan repen scheuren, om er koperdraden mee te omwikkelen. Hij was te arm om ruwe zijde te kopen. Maandenlang deed hij het stompzinnigste werk dat je kunt bedenken: dunne koperdraden omwikkelen met rafels zijde. Vergeleken met de tijd die hij daaraan heeft besteed, heeft het verrichten van de eigenlijke uitvinding korter dan een bliksemflits geduurd.

Ah! Nooit eerder in al mijn studiejaren heb ik zoveel onmisbaars moeten doen, waar ten slotte toch geen spoor van overblijft. Als mijn proefschrift klaar is, zal er met geen woord gewag worden gemaakt van ontvelde schouders, geschaafde knieën, de beukende hoofdpijn, de muggen en de vleesetende vliegen. Ik zal er niet over peinzen er met wie dan ook over te praten. Daarover en over alles wat nog komen kan... perhaps.

Ik denk aan de duizenden onderzoekers die er,

net als ik, niet over gepeinsd hebben er met wie dan ook over te praten: schuldeisers, honger, brandwonden, lange tochten voor niets, tegenwerking, bedrog.

Ik geef toe aan een onbedwingbare neiging mijn fantasie te laten gaan over de verschrikkelijkste van alle mogelijkheden: dat het allemaal voor niemendal zou blijken te zijn. Hoeveel enorme keien liggen er op de Drentse hei, die misschien door een oermens jarenlang zijn verwrikt en versleept, elke dag een halve meter... Jaren is hij ermee bezig geweest, dag in dag uit, 's nachts sliep hij bij zijn steen.

Paarden waren er niet. Laten we hopen dat ze wisten hoe een boomstam als hefboom te gebruiken. Hij werd oud, de oermens. Hij werd veel vlugger oud dan wij. Hij was op zijn dertigste jaar een grijsaard, die hunebedbouwer. Toen werd hij ziek en kon niet verder zwoegen. De steen lag nog lang niet dicht genoeg bij de twee of drie andere grote stenen, dat wij, zijn nageslacht, op het idee komen te zeggen: –Kijk! Een hunebed!

Aan niets is te zien dat een mens zijn leven eraan besteed heeft die steen, in onze ogen niets dan een willekeurige steen, voort te wrikken over de hei. Het lijkt gewoon maar een steen die op de hei ligt, zoals er hier en daar nu eenmaal een grote steen ligt op de hei... Geen prehistoricus heeft er enige belangstelling voor. En trouwens... is het niet om in tranen uit te barsten? Ook van die andere stenen, de hunebedden, weet niemand zelfs maar hoe de mannen *heetten* die ze tot hunebedden bij elkaar hebben gesleept. Niemand zal het ooit ontdekken. Niemand in het hele heelal die het weet. En al wordt er over duizend jaar een uitvinding gedaan waardoor het mogelijk zal worden die namen te achterhalen, dan zal ik ze nog niet weten. Ik zal doodgaan zonder het te weten, zoals Christiaan Huygens gestorven is zonder te weten dat het ooit mogelijk zou worden in Den Haag te zien hoe rebellen en soldaten elkaar doodschieten op San Domingo, zoals Julius Caesar nooit geweten heeft dat Amerika bestond. De Azteken brachten iedere avond een mensenoffer, omdat ze dachten dat anders de zon de volgende ochtend niet zou opkomen. Sinds mensenheugenis hadden ze dat zo gedaan, zoals wij 's avonds de wekker opwinden. Niemand zou gewaagd hebben te proberen wat er gebeuren zou, als ze het eens een keertje oversloegen, om te kijken of de zon dan werkelijk niet meer zou opkomen.

Is er ooit een Azteek geweest die gezegd heeft:
– Maar dat is krankzinnig wat hier gebeurt!

Wie durft vertrouwen dat het op een wereld waar al zoveel offers totaal voor niets gebracht zijn, mogelijk is ook maar een enkel offer te brengen dat zin heeft?

Ik heb een steentje gezien, dat er anders uitziet dan de andere steentjes. Ik buk. De rugzak komt met een smak naar voren. Ik moet mijn linkerarm uitstrekken om mijn evenwicht te bewaren. Ik raap het steentje op.

Niet zwaarder dan een ander steentje. Een stukje gneiss, zoals er hier miljoenen liggen. Alleen omdat ik de moeite genomen heb het op te rapen, steek ik het in mijn zak.

Op de helling die ik nu afdaal, ligt een dunne nevel alsof de bodem kookt. In de diepte glanst onder de nevel een watervlakte. Een meer, groter dan de andere meren: Lievnasjaurre!

Arne loopt, in de verte, voorop. Waar zal hij stilhouden, waar zal ik hem zijn rugzak zien afleggen?

Ik kijk op mijn horloge: het is vier uur.

Om half zes staat Arne stil op de vlakke top van een heuveltje, dicht bij het water en doet zijn rugzak af. De sterke man komt bij hem, ook hij legt zijn rugzak en de driepoot van de theodoliet op de grond. Maar Qvigstad en Mikkelsen blijven rustig staan praten, tegenover elkaar, hun duimen in de draagriemen. Die hebben geen haast, die hoeven zeker niet op adem te komen.

Zij staan er nog net zo, als ik een kwartier later vlak bij hen ben. Langzaam schuif ik een riem van mijn schouder, laat de rugzak dan voorzichtig op de grond vallen. Qvigstad haalt een pakje sigaretten te voorschijn. Hij onderbreekt zijn in het Noors gevoerde gesprek met Mikkelsen, geeft mij een sigaret en zegt:

– De pieren vinden het lijk van een hyena even lekker als het lijk van een paradijsvogel. Heb je daar ooit over nagedacht? Mikkelsen niet.

Dan loopt hij weg om de sterke man ook een sigaret te geven.

Arne zegt in het Engels:

– Vijftig kronen is genoeg.

Wij halen alle vier onze portefeuilles te voorschijn en brengen vijftig kronen bij elkaar. Mikkelsen heeft de rugzak van de sterke man al uitgepakt. Een blikje sardines en een pak knäckebröd voor onderweg laten wij hem houden en hij schudt ons allemaal de hand en zonder zelfs maar een minuut te hebben gezeten, gaat hij er weer vandoor, dezelfde weg terug.

–He was very strong man indeed, zegt Mikkelsen.

Een vreemd soort levendigheid maakt zich van ons meester, alsof de zon, die nu weer doorkomt en alweer hoger staat, ons onverbiddelijk meesleurt in haar ritme, slaap of geen slaap. Ik voel mij trouwens zo wakker of ik pas uit bed kom. Arne vraagt mij het visnet uit mijn rugzak te halen.

Alle vier lopen wij naar de oever van het meer met het net. Het is de bedoeling dat het rechtop als een gordijn in het water wordt gehangen. Vissen moeten met hun kieuwen blijven haken in de mazen.

Een lichte wind is opgestoken. Wij ontvouwen het net en de wind duwt de struiken, die aan de waterkant staan, in de mazen. Het is een geluk dat wij met zijn vieren zijn. Een man alleen zou het niet lukken de ragdunne nylondraden los te krijgen van de zwiepende takken.

Bijna even moeilijk is het droog hout te vinden voor een vuur. De poolwilgen zijn te nat, de dwergberken te taai. Er groeit op sommige plekken een soort harshoudende struik die nog het beste brandt, maar daar moet je lang naar zoeken. Het vuur dooft voortdurend, al liggen we er om beurten op onze buik in te blazen.

–De Lappen, zegt Arne, nemen onder hun bloezes berkebast mee om vuur te maken.

Qvigstad maakt een eind aan het gezwoeg en het natuurleven met een scheut petroleum. Wij koken koffie in het keteltje en eten grote stukken brood met vlees uit blik. Deze soort vlees heet Lørdagsrull. Merk Viking. Hoe bestaat het.

Langzaam kauwend laat ik mijn ogen over het landschap gaan. Aan de overkant van het meer is een eenzame berg, bijna zo puntig als een suikerbrood. Een berg zoals mensen die nooit bergen gezien hebben, zich voorstellen dat een berg is. Een berg zoals kinderen in Nederland een berg tekenen. Zijn naam is Vuorje (spreek uit: Woerje). De lage zon geeft zijn top een karmijnkleur en op zijn zwarte voet ligt een grote sneeuwvlek.

25

Nu zijn Qvigstad en Mikkelsen in hun lichtgroene dubbeldakstent, tent waarvan het dak vastgenaaid is aan het grondzeil. Kist van tentdoek, aan de voorkant afgesloten door een driehoek van muskietengaas. Geen insekt kan daar naar binnen. Voor ze zijn gaan slapen, hebben ze alle muggen gedood met hun spuitbus. Dus zijn ze net zo lang tegen de plaag beschermd als zij in de tent blijven. Adempauze in het gevecht dat dag en nacht duurt.

Ik lig naast Arne die snurkt en doe geen oog dicht. Ik vraag mij af of ik ooit zal slapen. Arne's tent heeft de vorm van een piramide, in het midden omhoog gehouden door een bezemsteel, die al eens een keertje is gebroken, want ongeveer op de helft is er koperdraad omheen gewikkeld.

Een grondzeil heeft deze tent niet. Een los stuk plastic moet verhinderen dat vocht uit de grond in onze slaapzakken trekt.

Het tentdoek is wit van kleur en met allerlei lappen versteld, net als Arne's kleren. Het is alleen aan de hoeken vastgestoken met pennen in de grond. Wij hebben er rondom stenen tegenaan gelegd, dat de wind er niet al te hard onderdoor blaast, maar tegen de muggen kunnen wij ons op geen enkele manier verdedigen. Ze verzamelen zich in de top van de piramide, waar ik recht tegenaan kijk, als ik op mijn rug lig. Groepsgewijze komen ze naar beneden om zich op onze handen en gezichten te verzadigen.

Maar dat kan toch niet? Daar moet ik vandaag of morgen onder bezwijken als ik nachten achter elkaar niet slaap. Ik duw de slaapzak naar beneden en ga zitten. Zorgvuldig smeer ik mij nog eens in met muggenolie. Daarna zet ik het hoedje op en knoop het muggennetje dicht onder mijn kin. Ten slotte kruip ik zo diep mogelijk in de slaapzak, trek alle ritssluitingen omhoog, steek ook mijn armen erin en probeer roerloos te blijven liggen. Mijn gesloten oogleden vormen rode gordijnen. De zon is nu al zo hoog en fel, dat je in de richting van waaruit hij op de tent schijnt niet meer kunt kijken.

Arne snurkt. De fjelljo hanteert zijn heggeschaar. De andere vogels piepen, krijsen, vliegen over met wapperende vleugels. Op mijn benen verzamelt het zweet zich in druppels die ik kriebelend naar beneden voel glijden. Muggen en vliegen doen de toonhoogten van hun gezoem rijzen en dalen volgens het Dopplereffect. O, je weet het precies als ze vlak bij je oor zijn. Ik heb in de loop van de dag, met veel succes, een techniek ontwikkeld ze dood te slaan tegen de zijkant van mijn hoofd, zonder te kijken, alleen op het gehoor. Ik gaf ze de sonargestuurde doodklap. Maar nu kan ik niet slaan en het moet trouwens niet nodig zijn. Het muggennetje beschermt mij immers volledig? Alleen die prik in mijn neus vertrouw ik niet. Ik sla mijn ogen op. Boven mijn rechteroog zit, op het gaas, een mug. Het net rust op de punt van mijn neus. Ik heb mij niet verbeeld dat ik gestoken ben, dat kan heel goed door het net heen zijn gebeurd. Door te blazen weet ik te bewerken dat het netje een paar centimeter van mijn neus af komt te staan en doordat het een zekere stugheid bezit, blijft het zo. Als ik tenminste mijn hoofd niet beweeg.

De mug die mij heeft gestoken, is teruggekeerd naar boven om over zijn heldendaad op te snijden. Twintig, dertig broertjes en zusjes van hem komen kijken of het waar is wat hij beweert. Strijken neer. Zien met één oogopslag dat ze er net niet bij kunnen.

Eén oogopslag! Ik krijg nog kramp in mijn ogen door te proberen die muggen op zo korte afstand duidelijk te zien.
 Mijn ogen weer dicht, beluister ik wat de muggen bespreken.
 –Hij heeft gelogen, zegt er een, hij heeft niet gestoken, hij heeft alleen maar geroken.
 –Inderdaad, dat zal het wezen, zegt z'n broertje, het ruikt hier namelijk verdomd lekker.
 –Wat je lekker noemt!
 –Lekker! Jazeker! Jij bent nog te groen om de lucht van mens met muggenolie lekker te vinden.
 –Net een klein kind dat nog geen mosterd op zijn vlees lust!
 Ook moeder doet een pedagogische duit in het zakje.
 –De muggenoliefabrikanten zijn al lang tot andere gedachten gekomen. Ze maken tegenwoordig muggenolie waardoor mensen nog lekkerder ruiken dan vroeger, in plaats van minder lekker.

Welke flauwiteiten kan ik nog meer verzinnen om mijn gevoel voor humor niet te verliezen, zo kostbaar in hachelijke omstandigheden?

Ten slotte moeten er een paar ontdekt hebben dat ik niet hermetisch afgesloten ben. Voorzichtig kruipend, rijkelijk puttend uit de te boek gestelde ervaringen van beroemde speleologen, hebben zij zich in het donker gewaagd en zijn de slaapzak binnen gedrongen. Dit is niet uit te houden.

Ik ruk de treksluitingen los en ga rechtop zitten. Het lijkt of er een golf hete stoom uit de slaapzak vrijkomt, als ik de bovenkant terugsla om naar mijn benen te kijken. Hier en daar druppels bloed. Geen muggen waren het. Horzels. Maar de muggen hebben waargenomen wat ik heb gedaan en komen de capitulatie vieren. Van voet tot kruis moet ik mijn handen heen en weer laten gaan om ze te verjagen. Sommige muggen schijnen te denken dat de haren op mijn schenen een prachtige speciaal voor hen ontworpen camouflage zijn. Misrekening die de donderslag van mijn hand afschuwelijk wreekt. Maar wat kan mijn hand beginnen tegen honderdduizend muggen? Evenveel als God met de echte bliksem tegen zondaren: fascisten, communisten, kapitalisten, christenen, islamieten, boeddhisten, animisten, de ku-klux-klan, de negers, de joden, de arabische vluchtelingen, de chinezen, de japanners, de russen, de duitsers, de hollanders op java, de amerikanen in vietnam, de engelsen in ierland, de ieren in engeland, de vlamingen, de walen, de turken en de grieken en verder (heb ik iemand overgeslagen?) iedereen die ook zondigt.

Ik steek een sigaret op, kruip de tent uit. Au, au, mijn kapotte knieën.

Buiten ligt mijn druipnatte broek over een paar struiken, om te drogen. Nat en wel, mijn benen met moeite in de plakkende pijpen wringend, trek ik hem weer aan en ook mijn kousen.

Zo ga ik boven op de slaapzak liggen. Mijn handen kan ik niet beschermen. Dan maar niet.

Nu gaat het er alleen maar om slaap te krijgen. Eerst een beetje slaap, ogen dicht, handen rustig gevouwen op de maag. Ontspannen. Dan een beetje meer slaap, ja nu ben ik echt slaperig, ik doe mijn mond open, heb ik het gevoel of ik gaap? Ja, want er komen tranen in mijn ogen. O, wat is het heerlijk nu te slapen, dit is pas het echte gapen, namelijk als je mond langer openblijft, dan je voorzien had en hij dichtvalt zonder dat je hem dichtdoet. Het wordt nu immers tijd dat ik slaap. Nacht in nacht uit niet slapen – hoe moet ik dan het geniale onderzoek verrichten dat de dood van mijn vader zal moeten wreken... Ik moet slapen, maar hoe? Slapen als het buiten voortdurend lichter wordt... is als... waarmee zal ik het vergelijken? Minder kleren aantrekken als de winter invalt. Of als... verdomme! Niet genoeg dat Arne snurkt met een geluid als van een houten schip dat langzaam uit elkaar breekt op een rots, nu begint ook nog de rug van mijn hand steeds heftiger te jeuken. Mijn hart klopt voelbaar nijdiger en voor ik weet wat ik doe, heb ik mijn ogen open en kijk naar de hand. Er zitten vijf bulten op en drie muggen, hun geringde achterlijven omhooggebogen als schorpioenen. Ik sla ze dood, schiet de vochtige overblijfsels van mijn huid, ga rechtop zitten en krab de bulten langzaam en zorgvuldig.

Arne houdt op met snurken. Ik kijk naar hem om. Ook hij heeft zijn ogen open.

– Misschien worden we er in het hiernamaals zwaar voor gestraft, zegt hij.

– Of ze ons hier nog niet genoeg straffen. Wat een schepping die erop ingericht is dat miljarden wezens er alleen in leven kunnen blijven door andere wezens bloed uit te zuigen. Ik heb dorst.

–Ik ook.

Hij komt half uit z'n slaapzak, pakt zijn veldfles en een kartonnen doos met Sunmaid-rozijnen.

Wij nemen ieder een handje rozijnen en kauwen ze langzaam fijn met een mondvol water. Arne zegt:

–Niet zelden denk ik aan de mogelijkheid dat de mensen er wat hun rang in de schepping betreft, totaal verkeerde denkbeelden op na houden. Staat er niet geschreven: de eersten zullen de laatsten zijn? Mogelijk worden we in het hiernamaals ontvangen door een leger van muggen die daar de functie van minister uitoefenen. En op een hoge troon zit, scepter in de hand, het mond- en klauwzeervirus dat de baas over alles blijkt te zijn.

Hij wacht even, schiet dan in de lach.

–Verdomme, ik lijk Qvigstad wel. Als je het fijne van de zaak wil weten, moet je Qvigstad vragen. Dat is een metafysicus. Die weet alles van het hiernamaals, de toekomst duizend jaar na nu, het leven na de atoomoorlog, embryo's in reageerbuizen.

26

Qvigstad houdt met gestrekte arm een tak tussen duim en wijsvinger. De tak hangt als een schietlood naar beneden. Een afgeknot zijtakje, onder aan de tak, is door de kieuw van een grote dode vis gestoken.

–Zie je wel! Rooie buik!
–Blijf even staan!
Ik breng mijn fototoestel aan mijn rechteroog.
–Houd hem iets hoger!
Scherp, in het midden van de foto de vis, de tak en de hand die de tak vasthoudt. Daaraan de arm van Qvigstad, naar achteren vervagend tot aan zijn hoofd, dat buiten de scherpte zal blijken te liggen, maar toch herkenbaar zijn. Ik maak de foto met grote lensopening. Ook de berg Vuorje op de achtergrond en de zwarte wolken in de blauwe lucht zullen vaag worden afgebeeld.

–Met die baard en die hoed lijk je wel een struikrover. In het land zonder struiken.

Het toestel in mijn handen houdend als een

pastoor zijn brevier, doe ik een stap naar hem toe.

—Dit is een meerforel, zegt hij, naar de vis wijzend, rooie buik. Veel groter dan die andere forel.

Ik zou nog iets tegen hem willen zeggen, maar er schiet mij niets te binnen. Qvigstad is een van die mensen aan wie je zou willen vragen: Wat denk je eigenlijk over mij (maar wanneer stel je nu zo'n vraag?) en dan zou hij antwoorden: Helemaal niets (maar wie geeft nu zo'n antwoord?)

Mikkelsen komt op ons af en met z'n drieën lopen wij naar de tenten terug. Mikkelsen neemt de tak met de vis van Qvigstad over en zegt:

—Het is geen wonder dat de stichters van grote godsdiensten meestal vissers zijn geweest.

—Hoe dat zo? vraag ik, om vriendelijk tegen Mikkelsen te zijn.

—Van alles wat er op de wereld gebeurt, is het leven onder het wateroppervlak het meest onzichtbaar voor de mens. De waterwereld is het minst de onze. Daarom is waterwereld machtigste symbool van hiernamaals. Hemel wordt weerspiegeld in het water. Van alle mensen is visserman degene die het meest vertrouwd is met de wereld van water. Hij halen er nooit geziene wezens uit naar boven, hij dalen erin af als hij schipbreuk lijden. Daarom zijn alle grote profeten altijd vissers.

–En ze verzuipen! zegt Qvigstad. Zou zijn heel intelligent opgemerkt, als jij geschiedenis had geschreven.

Bij de tenten gekomen, gaat hij op de grond zitten en maakt de vis schoon met net zo'n groot mes als de Lappen bij zich dragen.

Arne is bezig het net zigzag op te vouwen, Mikkelsen gaat pap koken op de primus. Ik heb niets te doen. 't Is waarschijnlijk beter metgezellen helemaal niet te helpen dan van de wal in de sloot. Zij hebben al tientallen van zulke tochten gemaakt. Zij weten precies hoe alles gedaan moet worden, in elk geval hoe zij willen dat het wordt gedaan. Als ik zou aanbieden hen te helpen, ze zouden te beleefd zijn om mijn aanbod af te slaan, maar ze zouden bij zichzelf denken: Het kost maar tijd hem uit te leggen wat er van hem verlangd wordt en omdat hij het nooit eerder heeft gedaan, doet hij het langzamer dan ik zelf.

Ik ben al blij dat zij geen enkele toespeling maken op het voetenbad dat ik gisteren genomen heb. Recht zich te beklagen hebben zij

trouwens niet. Ik heb geen oponthoud veroorzaakt. Ik heb de inhoud van de rugzak droog weten te houden en over de pijn in mijn knieën geef ik geen kik. Om toch iets te doen loop ik naar Arne's tent en haal mijn aantekenboek te voorschijn. Ik herlees mijn gisteren gemaakte aantekeningen en voeg er hier en daar wat aan toe. Veel waarnemingen die een nieuw gezichtspunt kunnen opleveren, heb ik nog niet gedaan. Iets gezien dat de stoutmoedige hypothese van Sibbelee kan steunen evenmin. Is het alleen de honger die mij een lam gevoel in de maag geeft, de lucht van brandende petroleum, aangebrande pap en gebakken vis? Ondertussen denk ik: wat is de grens van de wetenschapsbeoefening? Iets zoeken dat door niemand nog gevonden is, maar het dan zelf ook niet kunnen vinden – mag dat nog wel het bedrijven van wetenschap heten, of alleen maar gebrek aan geluk? Of gebrek aan begaafdheid? Wie zal het zeggen? Een verschrikkelijke angst komt bij mij op: terug te moeten keren met niets. Alleen een serie mooie kleurenfoto's, aardig om in de familiekring te laten zien. En verder geen enkel resultaat. Niets waar Sibbelee of Nummedal van onder de indruk raakt.
– Breakfast ready! roept Mikkelsen.

Ik kom bij hen zitten.

Het dringt steeds meer tot mij door dat Mikkelsen door Qvigstad geregeld voor de gek gehouden wordt.

Ik heb Mikkelsen nog nooit zien lachen en hij heeft het soort gezicht dat voor die reactie totaal ongeschikt is. Zijn grauwigwitte vel, met gelig donshaar begroeid, houdt zijn pappige gestalte maar met moeite bijeen. Zijn armen zijn dik en blubberig als de armen van een harpiste. Alleen door zijn laarzen, zijn oude hoed zonder randje, die hij nooit afzet, zijn vuile houthakkershemd, wekt het geen verwondering dat hij toch heel wat presteert. Hij is in staat elk gewicht te torsen, de gevaarlijkste sprong maakt hij zonder moeite.

Op een caféterras, netjes aangekleed (blauw blazertje, flanellen pantalon) zou je hem voor niet veel anders dan moeders liefste suikersnoeper kunnen houden, die zijn zakgeld grotendeels aan bloemen voor mama uitgeeft. Het soort jongen dat na twee dagen militaire dienst door iedereen 'bolle' genoemd wordt... zolang hij er tenminste niet eentje in elkaar slaat. Niemand hoeft eraan te twijfelen dat Mikkelsen daartoe in staat is, zonder een geluid te maken, zonder dat zijn melige gezicht een spier vertrekt.

Natuurlijk zegt Qvigstad nooit iets waardoor Mikkelsen genoopt zou worden te laten kijken wat hij kan. Maar Qvigstad is het wel altijd oneens met hem, als hij wat zegt en hij zegt bijna nooit wat.

–En toch, zegt Mikkelsen, toch kan niemand ontkennen dat een god er moet zijn die gemaakt heeft alles.

–Het aantal stellingen die door niemand ontkend kunnen worden, is eindeloos, zegt Qvigstad, net zo ontelbaar als de manieren waarop het atoom niet gesplitst wordt. Daar hebben we niets aan.

Ik eet vis met een vieze vork van een vies bord. Deze vis smaakt zo verrukkelijk, dat ik in vervoering een toespraak zou willen houden! Voor het ecrst begrijp ik de filosofen die terug naar de natuur willen! Ik ben gelukkig. Ik eet een vis zo nobel van smaak, zo vers als er in geen enkele wereldstad voor geld noch goede woorden is te krijgen. Deze vis heeft, behalve het net waarin hij is gevangen, behalve de pan en de margarine en de lucifers waarmee het vuur is aangestoken, niets aan de beschaving te danken. Nu weet ik waarom de negers en de indianen zich nooit hebben uitgesloofd de handmixer en de ijskast uit te vinden, nu kan ik niet meer lachen om de boetpredikanten die de beschaving een collectieve krankzinnigheid noemen. Is er geen Lap in de buurt? Ik ben bereid hem aan mijn hart te drukken. Ik begrijp hoeveel rijker hij is dan wij.

—En toch, hakkelt Mikkelsen in gebroken Engels, toch moet god heelal hebben geschapen, want alle volkeren hebben in die geest gedacht.

—En wat bewijst dat dan?

—Dat mens het niet zonder een verklaring kan stellen.

—Ach, loop door. Het bewijst alleen maar dat hij tevreden is met een verklaring die geen verklaring geeft.

Arne trekt mij aan de mouw en zegt:

—Let op. De grote Qvigstad komt op dreef!

—Kijk, jongen, zegt Qvigstad, de moeilijkheid waar al die zogenaamde goden altijd overheen stappen, dat is het materiaal. Lees de Edda, of wat je maar wilt. Snorre Sturlason beweert dat in de oertijd Niflheim en Muspelheim geschapen werden. Waarvan? Staat niet in de Edda, vraag het niet aan Snorre. Tussen Niflheim en Muspelheim gaapte de grote kloof Ginnungagap, waarin de koude stromen die uit Niflheim kwamen, tot ijs verstarden. Uit Muspelheim vielen vonken op het ijs en uit de paring van ijs en vuur ontstond de dubbelgeslachtelijke reus Ymir.

Ik kan het me levendig voorstellen hoor, daar gaat het niet om. Maar waar het allemaal vandaan kwam, krijg je niet te horen. Ymir ging slapen en Ymir zweette in zijn slaap. Zodoende ontstonden onder zijn linkeroksel een man en een vrouw.

– Verder is alles duidelijk, zeg ik, als er eenmaal een man en een vrouw zijn, kan iedereen de rest van de geschiedenis raden.

– Dat dacht je maar. De ene voet van Ymir paarde met zijn andere voet en daaruit ontstond Bor. Bor, weet je wel, die bij de reuzin Bestla drie zonen verwekte: Odin, Vili en Ve.

– En toch, zegt Mikkelsen, al die absurde verhalen verhinderen niet aan te nemen dat er een god is, die het heelal gemaakt heeft. God is een groot mathematicus, Einstein heeft het zelf gezegd.

– Einstein zei: een mathematicus, en Snorre Sturlason zei: zweetvoeten. Hiermee wordt alleen maar bewezen dat iedereen alleen kan praten over waar hij zelf verstand van heeft. Aan de verklaring van de herkomst van het materiaal heeft de dolste derwisj zich nog niet durven wagen. Het enige waar ze niet mee verlegen zitten, is te vertellen wat de een of andere god ermee gedaan heeft.

Arne zegt:

–Soms zijn die verhalen niet eens zo fantastisch. Neem voor Niflheim Skandinavië, achtduizend jaar geleden en voor Muspelheim het Middellandse-Zeegebied, de Vesuvius, de Etna, waarover misschien verhalen naar het noorden waren doorgedrongen. Als je dat bedenkt, verschilt de mythologie niet eens zo erg veel van de geologie.

–Hoor je dat, Mikkelsen, een belangrijk punt! zegt Qvigstad, de praatjes van jouw volkeren hebben, als het moet, een nuchtere verklaring.

–Ik praat niet over zevenhonderd jaar geleden, toen Snorre Sturlason dat allemaal opgeschreven heeft, ik heb het ook niet over achtduizend jaar geleden. Ik heb het over het begin. Niets verhindert mij aan te nemen dat er een god is geweest, die eenmaal is begonnen.

–Waarom een god? Waarom het ingewikkeld te maken met een wezen dat niemand ooit gezien heeft? God is een woord dat niets betekent.

–Het betekent: hij die alles geschapen hebben.

–Doe me een plezier! 't Is toch veel eenvoudiger aan te nemen dat de mens alles geschapen heeft, was het alleen maar omdat we weten wat het woord mens voorstelt. We weten dan weliswaar nog niet wie de mens geschapen heeft, maar dat hindert niets, want door wie god geschapen is, weten zelfs de grootste theologen niet. Dus is het simpeler en eerlijker de hele omweg over god te vermijden en te zeggen dat de mens alles heeft gemaakt. Het bewijs komt nog wel. Er zijn hoopvolle tekenen die in die richting wijzen. Iedere mythologie immers heeft twee uiteinden. Het begin, de schepping aan de ene kant. En aan de andere kant de totale ondergang: Ragnarok, Godenschemering, Apocalyps. Nou, de totale ondergang, die hebben we al in onze hand. Waarom dan de schepping niet? Einstein met z'n god als een wiskundeleraar! Stel je dat eens goed voor: god! De alwetende wiskundige, natuurkundige, chemicus, bioloog! Bijna niemand heeft de afschuwelijke consequenties van dat idee doorzien!

Want ga na wat die god dan moet zijn.

Op een dag heeft hij een aantal ingewikkelde problemen bedacht, als een schoolmeester. Het totaal van deze problemen was de kosmos. In deze kosmos plaatste hij een wezen, mens genaamd, dat van niets wist. Vervolgens ging god achter z'n lessenaartje zitten kijken wat de leerlingen ervan terechtbrachten.

Nou! Ze prakkizeren er niet over hun huiswerk te maken! Ze gaan met elkaar naar bed, zonder te weten dat er kinderen van komen, slaan mekaar dood, eten elkaar op. Het duurt duizenden jaren voor ze een taal bedenken, nog eens duizenden jaren voor ze het schrift uitvinden. God wordt benauwd en publiceert gauw een boek waar alle oplossingen verkeerd in staan. Rustig laat hij de ene generatie afschuwelijk aan zijn einde komen door besmettelijke ziekten, waar de volgende generatie een geneesmiddel tegen vindt. Ether bestond al driehonderd jaar, voor iemand de narcose ontdekte. Had God vergeten in de Bijbel te openbaren. Tot dan toe was het bovendien gebruikelijk, als je been werd afgeschoten in een veldslag, dat de overgebleven stomp in een pot kokende olie werd gedoopt. God snoof meedogenloos de geuren op.

Glimlachend laat hij een paar miljoen oude vrouwtjes levend verbranden als toverheks. Hij laat hele steden uitroeien door cholera, tyfus en pest, voordat hij het microscoop laat uitvinden om de verwekkers van die ziekten te ontmaskeren. De mens is, kortom, zoals een Duitser het eens genoemd heeft: der ewig Betrogene des Universums. Ik ben dol op die uitspraak. Er gaat geen dag voorbij dat ik hem niet bij mijzelf herhaal.

Op de school van de schepper zakt ook de knapste scholier altijd weer voor zijn eindexamen. God deelt voortdurend nullen uit. Wat moeten we van een dergelijk godsbeeld denken? We kunnen alleen maar vaststellen dat we het niet nodig hebben. God heeft misschien wat betekend voor primitieve volkjes, die dachten dat de beschaving altijd zou blijven zoals zij was. Maar wij die de wereld voortdurend veranderen, wij bewijzen met iedere ontdekking dat we het universum zelf hadden kunnen scheppen. De zon is een grote thermonucleaire reactie en het brein een kleine computer, tot het uiterste geminiaturiseerd. Wat zal hier op een dag uit voortvloeien? De conclusie dat we het universum ook zelf hebben gemaakt.

–Gek dat de autobiografie van die scheppers niet bewaard gebleven is, zegt Mikkelsen.

–Zelfs als het historisch gezien niet zo zou wezen, dan zullen we het op den duur toch kunnen bewijzen en dat is het enige dat telt. Ook de dinosaurus heeft geen autobiografie geschreven, maar de geologen zijn er om te vertellen hoe hij heeft geleefd.

Er kunnen vroegere mensengeslachten hebben bestaan, nog verder op het technische pad gevorderd dan wij – maar onze kindskinderen komen binnen een paar miljoen jaar net zo ver. Let maar op! De stenen, de organismen, de zon, het is allemaal door mensen gemaakt, in gigantische laboratoria.

–En waar kwamen die laboratoria dan vandaan?

–Ik weet dat het moeilijk bewezen kan worden, maar nog moeilijker is het te bewijzen dat het niet zo is. Ga maar na:

Geen gebrek aan tijd. Het hoeft niet miljarden jaren geleden gebeurd te zijn, maar miljarden tot miljardste machten verheven. Zo lang geleden als je wilt. Het is ondenkbaar dat de tijd ooit begonnen is. Alles wat daarover beweerd wordt, moet onzin zijn. Als er oneindig grote getallen bestaan, is de tijd ook oneindig. Daarin kan alles gebeurd zijn en als ik zeg *alles*, bedoel ik *alles*. Wat ik hier zit te vertellen, over die mensen, over die laboratoria, is nog maar een bagatel vergeleken bij alles wat er nog meer gebeurd moet zijn en waar we nog niets van af weten.

Mikkelsen zegt:

–Maar als je zo praat, moeten er ook mensen op andere planeten, desnoods in andere melkwegstelsels zijn.

–Waarom niet?

–Als die mensen er zijn of zijn geweest, moeten zij het veel verder op het gebied van de ruimtevaart hebben gebracht dan wij.

–Ja. Nou?

–Het is alleen maar vreemd, weet je, dat er nog nooit, in geen enkele geologische laag die ouder dan het Tertiair is, ook maar een enkel menselijk spoor is aangetroffen, geen pijlpunt, geen bijl, laat staan een motor van een raket, of de transistor van een vliegendeschotelcommandant.

–Luister je dan niet? Ik zit je te vertellen dat *alles* door mensen gemaakt is: de radiolarieën, de brachiopoden, de archeopterix, de boomvarens, *alles*.

—Maar die lijken veel te veel op alles wat nu ook nog leeft en waarvan we zeker zijn dat we het zelf niet gemaakt hebben.

Qvigstad trekt zijn voeten onder zich, strekt zijn armen naar voren en staat op, zonder zich te steunen.

—De baby van een siamese tweeling, zegt hij, heeft twee navels. Wist je dat?

Arne en ik schieten in de lach. Mikkelsen ziet eruit of hij ook dit opbergt bij alle wetenswaardigheden die hij te horen gekregen heeft.

27

Nieuwsgierig waarom alles wat Arne bezit er zo armoedig uitziet, heb ik hem gevraagd of hij goed met zijn vader kan opschieten.

Mijn vraag brengt hem in verbazing:
– Jij dan niet?
– Ik was zeven jaar toen mijn vader doodging.
– Dan heb je hem nauwelijks gekend.
– Nee, maar ik moet veel van hem gehouden hebben. Soms denk ik dat ik er nog altijd op uit ben hem een genoegen te doen.
– Wie weet.
– Ik geloof niet in voortbestaan na de dood, maar soms lijkt het of ik dingen doe waarvan ik onderbewust hoop dat mijn vader ze ziet. Misschien omdat ik niet wil erkennen dat ik ze doe met het oog op mijn moeder, die nog leeft.
– Jij denkt wel diep na over de dingen, vindt hij.
– Het is toch heel eenvoudig. Als ik helemaal niet wist wie mijn vader was, als ik een vonde-

ling was geweest, zouden mijn daden misschien precies eender zijn als nu, terwijl ik me dan bij alles wat ik deed wel heel andere motiveringen zou voorstellen. Dus jij kunt goed opschieten met je vader?

– Te goed misschien. Mijn vader, weet je, is nogal rijk. Hij heeft altijd veel succes gehad. Ik ben zijn enige zoon. Dat schept ook problemen. Wel te rusten.

Zonnige ochtend. Elk van ons gaat alleen op pad. Mijn vel is glad, droog en bruin. Door de zon of door vuil en muggenolie, kan ik niet uitmaken. Aan wassen hebben wij geen van vieren behoefte. Over scheren wordt zelfs niet gepraat. Warm water ervoor maken is te veel moeite en met koud water zou het te pijnlijk worden, nog afgezien van de muggebeten. De ongeschoren baard doet de wangen jeuken, maar heeft praktisch nut als bescherming tegen de insekten.

Zo nu en dan probeer ik al zonder muggennetje voor mijn gezicht te lopen, wat minder benauwd is. Mikkelsen en Qvigstad dragen helemaal geen muggennetten. Qvigstad's baard is zeker te stug en Mikkelsen wordt waarschijnlijk te onsmakelijk gevonden.

Ik loop de hele dag rond, maar vind niets dat mij van dienst kan zijn voor mijn sensationele hypothese. Ternauwernood heb ik een halve pagina van mijn aantekenboek kunnen volschrijven met waarnemingen.

Om zes uur, op weg terug naar de tenten, zie ik Arne weer. Hij is op een omslachtige manier bezig een foto te maken van een grote bultrots. Zelf staat hij op een andere rots, blok van twee manslengten hoog.

Arne doet een soort gymnastiek. Laat zich door zijn knieën zakken, beweegt het hoofd naar voren en naar achteren met zijn camera ervoor. Ik neem een aanloop en kom naast hem staan. Hij drukt op de sluiter van z'n Leica en mompelt:

–Perhaps...

–Waarom zeg jij toch altijd perhaps als je een foto maakt?

–Mijn foto's worden meestal niet goed.

–Wat zeg je nou! Foto's maken kan iedereen tegenwoordig. Lees er eens een boekje over.

–Dat is het niet. Kijk, de lens zit los in de vatting. Daar komt de misère vandaan.

–Koop een nieuw toestel. Vraag er een aan je vader.

–O, die. Altijd als hij me ziet, informeert hij

met veel sarcasme of ik nog foto's heb gemaakt. Zodra ik de rommel heb laten zien, biedt hij me een nieuwe Leica aan.

–Nou dan.

–Ik durf niet.

–Wat is eraan te durven om een nieuw fototoestel van je vader cadeau te krijgen?

–Het komt doordat ik mezelf niets gun.

–Een goede camera zou je voor je werk gebruiken, niet voor jezelf.

–Dat maakt voor mij geen verschil. Ik voel mij ongelukkig met alles wat nieuw is, alles wat geld gekost heeft. Ik gun mezelf niets. Dat heb ik altijd gehad. Soms word ik ervan verdacht dat ik gierig ben. Ik zou gierig wezen als ik spaarde, maar sparen doe ik niet. Weet je nog dat wij vannacht over jouw vader praatten?

–Ja. Hoezo?

–Bij mij heeft het niets met mijn vader te maken, dat ik mijzelf niets gun. Maar het is toch ook een voorbeeld van rekening houden met iets waar ik niet in geloof.

–Waar geloof je dan niet in?

Arne wrijft met zijn vrije hand in zijn nek, over zijn haar, de Leica houdt hij nog steeds in zijn andere hand.

– Je hoeft geen antwoord te geven, mompel ik bedeesd. Het gaat me eigenlijk niets aan.

– Nee, nee, ik heb het wel eens aan iemand in de trein verteld, die ik helemaal niet kende. Ik geloof, dat wil zeggen het is alsof ik geloof, want ik geloof het niet, dat als ik mijzelf meer ontzeg dan anderen zichzelf ontzeggen, dat mij dan eenmaal iets geweldigs te beurt zal vallen.

– Wat dan?

– Dat ik iets van groot gewicht ontdekken zal.

– Maar hoe kun je dat bereiken door foto's te maken met een kapotte camera?

Arne stopt de camera lachend in het versleten tasje. Alles wat ik hem voorhoud heeft hij al honderd keer eerder gehoord, ook van zichzelf. Toch zet hij de discussie voort. Om te kijken of hij mij, tegen beter weten in, van de sokken kan praten?

– Columbus, zegt hij, heeft Amerika ontdekt in een roeiboot.

– Er waren nu eenmaal geen betere boten in zijn tijd.

– Hij heeft het toch maar gedaan.

– Dat was eenmaal en nooit meer. Amerika hoeft niet twee keer te worden ontdekt. Je landgenoot Thor Heyerdahl is naar Hawaii gevaren op een vlot, maar dat was al lang ontdekt.

– Hij wou ontdekken dat je er ook op een vlot kon komen.

– Wil jij dan ontdekken dat je met een oude Leica...

– Ach nee. Maar ik zou het verschrikkelijk vinden eropuit te trekken met de nieuwste tent, de duurste instrumenten, de kostbaarste camera en dan met geen enkel resultaat van betekenis te komen opdagen.

Wilde ik om het gesprek te beëindigen van de rots af stappen? Wat gebeurt me?

De wereld flitst langs mij heen, ik slaak een gil. Met een schok kom ik op mijn voeten terecht. Mijn hoofd doet zo verschrikkelijk pijn dat ik mijn ogen niet meer open durf te doen. Ik lig languit tegen de rots aan. Ik voel het gesteente aan mijn handpalmen, maar zie niets meer. Arne staat naast mij en pakt mij onder mijn schouders. Ik probeer te lopen, maar kan mijn rechterbeen niet verzetten. Er stroomt bloed in mijn rechteroog. Met mijn linkerhand probeer ik Arne weg te duwen, want ik roep:

– I'm allright! I'm allright!

Maar hij laat me niet los. De wereld verschijnt weer in mijn hersens, als gezien door de bodem van een bierglas. Nadat ik met de rug van mijn hand in mijn oog geveegd heb, zit niet alleen mijn hand vol bloed, maar ook mijn rechterbroekspijp. Hoe kan dat?

Ik lig tamelijk dicht bij een groot vuur, in mijn onderbroek. Mikkelsen is bezig zes forellen te bakken. Zo nu en dan vlaagt de rook over mij heen.

De wind is onbestendig.

Mijn linkerhand glijdt over mijn linkerbeen van boven naar beneden en terug om de muggen te verjagen. Mijn rechterbeen hebben ze gewassen en verbonden. Opengescheurd van enkel tot knie. Op mijn voorhoofd zit met leukoplast een dikke prop watten vastgeplakt, die mijn ogen beschaduwt.

Ik rook een sigaret, maar het smaakt niet, zoals altijd in de buurt van bradende margarine. De val heeft ook een reep opperhuid afgescheurd van het etui waar mijn kompas in zit. Mijn kostbare kompas! Ik klap het open en bekijk mijn voorhoofd. Ziet eruit of er een grote, onsmeltbare sneeuwbal tegenaan is blijven zitten. Ook mijn baard verdient de aandacht. Hij is lichter van kleur dan mijn hoofdhaar, dat heb ik tot dusverre nooit zo beseft. Wat een ontdekkingen kun je nog doen, als je jezelf al jaren kent. Ook dringt voor het eerst tot mij door wat een mogelijkheden tot camouflage een baard verschaft.

– Tevreden over je baard?

Qvigstad komt naast mij zitten. Ik klap het kompas dicht en stop het weer in het etui.

– Scheren, mijmert Qvigstad, onbegrijpelijke uitvinding. Waarom is de man al duizenden jaren gedwongen er winter en zomer bij te lopen als een ontbladerde boom? Niemand die het weet. Maar aan de andere kant, je zou zeggen zulke waardige baarddragers als Mozes, Sokrates of Marx, die hadden zeker reden hun gezicht maar liever niet meer te laten kijken.

Hij steekt een sigaret in zijn mond en houdt zijn hand in mijn richting. Ik geef hem mijn lucifers.

– Merci. Ken je deze? Twee kolonialen moeten voor de dokter komen. De dokter ziet op het in elkaar geschrompelde ding van de ene een blauwe tatoeage, letters, een woord, alleen de eerste en de laatste letter kan hij lezen, een *s* en een *e*. Wat is dat? Ja, weet u, dokter, op eenzame nachten in het oerwoud wordt dit soms duidelijk leesbaar en dan staat er *Simone*.

Simone?

Ja begrijpt u, dokter, dat is de naam van mijn vrouw en het zien van die naam behoedt mij voor alle verleiding.

Goed. Daarna bekijkt de dokter die andere koloniaal en hij ziet een soortgelijke tatoeage: *s e*. Ook een Simone? Nee dokter. Wat dan? Nou, daar staat *Souvenir d'une nuit chaude passée en Afrique Occidentale Française*.

Qvigstad breidt zijn armen uit of hij aan een kruis hangt en schreeuwt:

– Zóóóó lang! Dirty bugger, ha!

Wij eten daarna knäckebröd, gebakken vis en kaas. Arne zet ondertussen koffie en Mikkelsen komt met een fles cognac te voorschijn, die gedeeltelijk door de koffie wordt gemengd.

Arne heeft het bloed uit mijn broekspijp gewassen en zegt als hij hem mij teruggeeft:

– Je had wel dood kunnen wezen.

Ik had wel dood kunnen wezen. Maar ik ben niet dood. Ik heb het overleefd. Ik ben niet eens ernstig gewond.

Denkend aan mijn vader trek ik de broekspijpen over mijn pijnlijke knieën, muggen verpletterend.

Waardoor precies ging hij dood toen hij viel? Is hij op zijn hoofd terechtgekomen? Of is er tegelijk met hem een steen naar beneden gerold die hem getroffen heeft? Waarom heeft hij niet alleen maar zijn knie gekneusd? Dan zat ik misschien wel niet hier. Dan was ik mogelijk fluitist geworden.

Ik ben niet bijgelovig, maar wat is dan de oorzaak dat ik dit toch allemaal zit te bedenken? Waarom komt de gedachte bij mij op dat ik voorlopig gered ben? De val die ik heb gemaakt, is een repliek van de fatale val die mijn vader maakte. Dezelfde kwade geest die hem in de afgrond geworpen heeft, heeft mij voortgestuwd naar soortgelijke avonturen als de zijne, om mij een soortgelijke dood te doen sterven. Maar het is mislukt. Ik heb mijn tol betaald. Ik heb het overleefd. Ik ben niet dood, mijn wonden zijn onbetekenend. Ik heb de geest laten kijken dat ik sterker ben dan hij. Voortaan zal hij mij met rust laten.

Als ik niet bijgelovig ben, hoe komt het dan dat ik zulke dingen toch verzin?

Ik rijg mijn riem weer door de lussen aan mijn broek en maak het kompasetui er weer aan vast. Het ziet er nog altijd uit of het weinig gebruikt is

– en ik heb het al zoveel jaren. Het ziet eruit of het nieuw is en de verse beschadiging van het leer is, ook al, nieuw. Maakt helemaal niet dat het etui er minder nieuw uitziet dan voordien, integendeel.

Waar ligt de grens tussen beschadiging en slijtage?

– Alfred! Kijk daar! Kijk daar!

Arne, Qvigstad en Mikkelsen staan met hun drieën naar de overkant van het meer te kijken. Mikkelsen heeft een prismakijker in zijn handen. Ik sta op, zie niets, zie dan plotseling wat zij bedoelen.

De hellingen van de berg Vuorje lijken in beweging gekomen te zijn. Het is of de bodem, de planten en de sneeuwvlekken voeten gekregen hebben.

Ik verman mij en strompel naar Arne toe.

– Luister! Luister goed!

Ik luister met open mond. De lucht is vervuld van een soort gebrom, ik weet niet hoe ik het geluid omschrijven moet. Een geknor, een gegrom van een groot horizontaal wezen dat zich over de hele helling heeft uitgespreid.

Door de kijker gezien, is het net of je de dieren kunt horen knagen. Ze zijn beige of bruin, maar ook dikwijls wit met vlekken hier en daar. Om beurten laten wij het schootsveld van de kijker over de dalwand glijden om te zien of we de herder van de dieren kunnen ontdekken. Maar hij is misschien wel een kilometer verderop. Langzaam dalen ze af naar de rivier.

–De wind is in onze richting, zegt Mikkelsen, als we willen, kunnen we er veel dichterbij komen.

–Ze zijn eigenlijk even schuw als wilde dieren, vertelt Arne. Zodra ze je ruiken, gaan ze ervandoor.

Rendieren. Fabelwezens van kerstkalenders en ansichtkaarten. Herten met geweien van vilt. Exotisch en door overmaat van beroemdheid banaal geworden. Maar dat rendieren voortdurend grommen heb ik nooit geweten, nooit ergens gelezen en ik zou het nooit hebben kunnen vermoeden.

Ik strompel voort, de anderen achterna, om zo dicht mogelijk bij de rendieren te kunnen komen. De lage zon werpt mijn schaduw voor mij uit, die tienmaal langer is dan ikzelf ben. Iedere voetstap komt op andersoortig terrein terecht: mos, een struik, een steen en maakt een ander geluid. Daardoorheen alleen het ruisen van de rivier. Enkel als ik stilsta, bereikt het grommen van de rendieren mij, zoals je hartslag alleen tot je doordringt als je stil in bed ligt. De voorsten staan al in het water en nog verontrust onze aanwezigheid hen niet. Wij horen nu ook het klingelen van de bellen die sommige bokken dragen. Maar zelfs dit geluid geeft ons niet aan de bewoonde wereld terug.

Over de rivier, opgestuwd door het dal, naderen lage wolken, zo laag dat zij de grond raken. Flarden witte mist, in lagen die ons een gestreept uiterlijk geven. Wij lopen langzaam naar de tenten terug.

  Het is half twee 's nachts. De wolken bewegen zich sneller dan wij, onderscheppen de zon. Het wordt voelbaar koud, in een paar tellen. Bij de resten van ons vuur drinken wij de rest van de koffie, staan dan op om te gaan slapen. Qvigstad keert zich nog half om als hij vlak bij zijn tent is en roept:

  –O! Een jonge naakte negerin die niets zegt, alleen maar lacht!

Arne en ik zijn tot onze kin in de slaapzakken gekropen. Het is nu niet zo'n kwelling meer, omdat de wolken de temperatuur hebben doen dalen. Maar de muggen willen zeker schuilen voor de naderende regen en de top van de piramide hangt er zo vol mee, dat je er honderden vernietigen kunt alleen door je hand naar ze uit te steken en dicht te knijpen.

Wij eten rozijnen, drinken water en roken nog een sigaret.

Arne filosofeert:

—Weet je nog waar we over stonden te praten, toen je die kleine zwaartekrachtmeting ging verrichten?

—Ja?

—Het is vreemd dat feitelijk niemand iets voor zichzelf doet. Ik ben spaarzaam om het noodlot te vermurwen en jij denkt dat je vader je ziet.

—Mijn vader bestaat evenmin als jouw noodlot dat goedkeurend knikken moet op den duur en je belonen voor je ascetisme.

—Maar je moeder, vraagt hij, je moeder leeft toch nog wel?

—Ja.

—Het zal niet gemakkelijk voor haar geweest zijn in haar eentje kleine kinderen groot te brengen.

–Gemakkelijk niet, maar toch wel een beetje minder moeilijk dan je zou denken.

Hij heeft een onderwerp aangesneden waar ik niet gauw over uitgepraat raak.

–Mijn moeder, zeg ik, is de grootste essayiste van Nederland. Ze is dat al vrij vlug na mijn vaders dood geworden en ze heeft het jaren volgehouden.

Elke avond zat ze te schrijven aan de huiskamertafel op een grote kantoorschrijfmachine. Nu nog. Om klokslag acht uur begint zij. Om tien uur zet zij koffie, pauzeert met die koffie tot kwart over tien. Mijn zusje en ik krijgen dan ook een kopje. Zelfs toen wij klein waren kregen wij dat. Daarna moesten we naar bed, maar sliepen natuurlijk niet gauw in. Tot twaalf uur konden wij de schrijfmachine van mijn moeder horen.

Zij schrijft elke week twee artikelen voor twee weekbladen, voorts een halve pagina voor het zaterdagavondbijvoegsel van een groot dagblad en dan ook nog, eens in de maand, een artikel voor een algemeen cultureel tijdschrift. Alles over buitenlandse literatuur. Samen dertien artikelen in de maand, waarin dertig boeken worden besproken. Bovendien reist zij door het hele land om lezingen te houden. Zij is een onbetwistbare autoriteit. Iedereen die iets over Hemingway, Faulkner, Graham Greene, Somerset Maugham, Sartre, Robbe-Grillet, Beckett, Ionesco, Françoise Sagan, Micky Spillane of Ian Fleming te berde wil brengen, leest eerst wat mijn moeder over hen heeft geschreven en gaat dat dan navertellen zonder bronvermelding. Zij is draagster van het Legioen van Eer en doctor honoris causa van de kleinste universiteit in Noord-Ierland, de naam wil me op het ogenblik niet te binnen schieten.

Natuurlijk kreeg ze iedere maand veel meer dan dertig boeken ter bespreking. Soms wel vijftig.

– En las ze die allemaal?

– Ze las er geen een. Ze sloeg ze niet eens open om de ruggen niet te knakken. Ze schreef alleen de titels van de boeken en de namen van de auteurs heel nauwkeurig op kaartjes. De meeste critici doen dat niet eens. Van tijd tot tijd kwam er een opkoper die ons een kwart van de winkelprijs betaalde voor die splinternieuwe boeken.

– Maar hoe kan je moeder er dan artikelen over schrijven?

– We zijn geabonneerd op de *Observer*, op *The Times Literary Supplement* en op de *Figaro Littéraire*.

Mijn moeder kritiseert uitsluitend boeken waarover in die bladen artikelen hebben gestaan. O, heel openlijk, hoor! Zo nu en dan citeert ze de *Observer* of de *Figaro* in extenso, met bronvermelding, vooral op avonden dat zij niet zo goed gedisponeerd is er zelf nog wat bij te verzinnen. 'Vanavond een vluggertje,' zegt ze dan. Er zijn tenslotte boekbesprekers die het nog veel bonter maken. Maar mijn moeder is uiterst consciëntieus. Heeft daaraan een volledige dagtaak. Werkt ook op zondag. Ze legt dossiers aan over alle auteurs van wie ze boeken ter bespreking krijgt. Er staat bij ons een grote eikehouten kast in de huiskamer, die volledig gevuld is met mappen. Al die artikelen in de buitenlandse bladen die ze gebruikt, knipt mijn moeder uit en bewaart ze zorgvuldig. Soms komt het voor natuurlijk dat op de achterkant van een artikel, een ander artikel is gedrukt dat zij ook nodig heeft. Als ze zo'n artikel uitknipt, moet ze het andere verknippen. Geen nood hoor, dan tikt mijn moeder dat andere artikel eerst netjes over.

Arne vertoont een flauw lachje.

—Ach, zeg ik, misschien ontmoet je mijn moeder nog wel eens. Een klein mager vrouwtje, zwarte ogen, dunne lippen, dunne vingers, wijs- en middelvinger van de rechterhand geel gekleurd door nicotine. Zij rookt drie pakjes sigaretten per dag. Gaat om twee uur 's nachts naar bed en staat 's ochtends om zeven uur op, nu al jarenlang. Mijn zusje en ik hebben een rijke jeugd gehad omdat zij zo hard werkte. Zelfs als mijn vader was blijven leven, zouden we niet zoveel geld hebben kunnen uitgeven als we deden, want mijn moeder kan helemaal niet met geld omgaan. Altijd nieuwe kleren, begrijp je, nooit werd er iets gerepareerd, want daar had mijn moeder geen tijd voor.

'In de tijd die ik nodig heb om een paar sokken te stoppen kan ik een artikel schrijven, waarmee ik genoeg verdien om vijf paar nieuwe sokken te kopen,' zei ze altijd. We aten elke week wel een paar keer in een restaurant, want eten koken vond zij ook al zonde van haar tijd.

Ik heb soms medelijden met haar. Ik lees nooit een boek, bang te ontdekken dat ze er onzin over geschreven heeft. Ze schrijft overigens over alle boeken min of meer hetzelfde. Als het een Engels boek betreft: dat de schrijver de techniek van het schrijven goed beheerst, dat hij een superieur gevoel voor humor heeft, dat zijn personages zo menselijk zijn en het verhaal zo goed geconstrueerd is. Als het over een Frans boek gaat, heet de auteur intelligent, lucide, uiterst erudiet, lichtvoetig soms, en hij schrijft met een al dan niet belangrijke persoonlijke inzet. Ach, mijn moeder is zo'n schat! Ik zou haar niet durven vragen of zij zelf vindt dat haar kritieken iets te betekenen hebben.

– Maar al zou zij vinden van niet, dan zou zij nog altijd kunnen zeggen: ik heb het voor mijn kinderen gedaan.

– Dat kan een inbreker ook.

– Wie zou eerlijk durven zeggen dat hij altijd alleen maar aan de kost is gekomen door oorspronkelijk te zijn? Denk eens aan Sauerbruch, de beroemde chirurg. Op zijn oude dag wist hij niet meer wat hij deed, de mensen hadden zich nog beter door een kwakzalver kunnen laten opereren dan door Sauerbruch. Maar iedereen moest en zou naar de beroemde Sauerbruch. Zijn assistenten waren wel zo verstandig hun mond niet voorbij te praten. Van groot tot klein, allemaal eindigen we als bedrieger. Om meer te verdienen maken de bakkers het brood niet zo lekker als mogelijk zou zijn, de autofabrikanten leggen het erop aan dat je auto binnen vijf jaar versleten is, garagehouders schrijven rekeningen voor reparaties die ze nooit hebben verricht, horlogemakers blazen in een klok en laten je vijftig kronen voor schoonmaken betalen. Iedereen komt als een inbreker aan de kost.

– Ik denk dikwijls aan de schrijvers van de boeken die mijn moeder bespreekt. Hebben twee, drie jaar zitten zwoegen, hebben bij gebrek aan mensen die genoeg van hen hielden dat zij hun iedere confidentie durfden te doen, gedacht: wacht eens, ik zal een boek schrijven, wordt in duizenden exemplaren verspreid, misschien zijn er een of twee lezers die van mij zullen houden. En wat gebeurt? Zij krijgen de kant en klare kletspraatjes van mijn moeder en consorten te slikken. Als het geen beledigingen zijn. Dat komt ook voor in deze branche. Dat is zelfs normaal.

– Maar hoeveel schrijvers zijn geen dieven die zich laten betalen voor praatjes die iedereen zelf ook wel had kunnen verzinnen? Of ze schrijven duizend pagina's over iets dat ze ook in honderd pagina's hadden kunnen vertellen?

– Toch moet het iets geweldigs zijn, bij jezelf te kunnen zeggen: ik heb succes en ik heb het niet gestolen, ik heb niemand voor de gek hoeven te houden.

– In een wereld waar iedereen iedereen voor de gek houdt? Een wereld waar bijna niets met zekerheid bekend is? Och kom.

– Daarom juist. Niet alleen eerlijk zijn, maar ook de enige.

– Wie zal het zeggen? Niemand weet hoeveel bedriegers niet beter weten of ze zijn altijd doodeerlijk geweest.

– Op een bepaalde manier haat ik mijn moeder en alles wat zij doet. Het is of zij mij een onuitwisbaar slecht voorbeeld geeft. Alsof zij voortdurend zegt: Kijk naar mij! Zolang je eredoctoraten, ridderordes en geld krijgt, heb je je niets te verwijten. In haar gezelschap voel ik mij altijd als iemand die niets anders doet dan alles voor zichzelf nodeloos moeilijk maken. Als iemand die per se met goud wil betalen, in een land waar iedereen met papier betaalt.

– Allemaal staan we onder een geweldige druk van onze omgeving, familie, vrienden, kennissen, relaties. Dat zijn de enigen voor wie we iets betekenen, of niets. Of je moet zorgen dat je wereldberoemd wordt, maar wie lukt dat?

– Als mijn moeder werkelijk begaafd was, dan zou ze mij een beter voorbeeld geven, of een ander soort druk op mij uitoefenen.

—Dacht je dat kinderen van genieën er beter aan toe waren dan jij? De geschiedenis leert dat ze aan de drank raken, in de gevangenis terechtkomen of zich opknopen. Waardoor? Doordat een kind van een genie meestal geen genie is, want daarvoor worden er te weinig genieën geboren. Dus wat moet hij doen? Een genie worden als zijn vader, het enige dat meetelt in zijn wereld, is hem onmogelijk. Dus doen de kinderen van de genieën het laatste dat er voor ze overblijft: ze worden niemendal.

—Ik weet dat het moeilijk is. Om integer te zijn en alleen te kunnen wezen, moet je iets ontdekken dat het de moeite waard maakt ervoor te lijden.

—Maar dan zal hij die niets nieuws ontdekt, onmogelijk integer kunnen wezen, behalve op de manier van Don Quichot.

—Hoe is Galilei te benijden die rustig ongelijk kon bekennen terwijl hij gelijk had. In vergelijking met de bewijsbare waarheid is integriteit een bagatel.

—Als je dat maar goed begrijpt. Daardoor zijn de meeste geleerden ook zo karakterloos. En grotendeels hebben ze nooit iets ontdekt dat de vergelijking met de waarheid van Galilei doorstaan kan!

28

Muggen en vliegen tikken tegen het tentdoek, aan de binnenkant, aan de buitenkant. Arne snurkt. Maar de zon schijnt nu tenminste niet. Alle zijden van de piramide zijn even vaalwit en als ik mijn oogleden sluit, zie ik bijna geen licht. Nu slapen. De slaapzak is ook niet te benauwd, mijn benen doen bijna geen pijn als ik ze niet beweeg, de grond voel ik al niet meer, mijn voorhoofd klopt, maar hoofdpijn heb ik niet. Die prop watten is erg warm. Zal ik morgen eraf halen. Kunnen de vliegen de bloedkorsten opeten. De theorie is dat wonden bij dieren vlug en vanzelf genezen, doordat de vliegen ze schoon houden. Moeten schone vliegen zijn natuurlijk, vliegen die geen vuil overbrengen. Hier is in de verre omtrek geen vuil te vinden, hier zijn de vliegen schoon.

Het tikken wordt zwaarder, sneller, regelmatiger. Lijkt wel regen. Een koude druppel valt op mijn gezicht. Heb ik toch geslapen? Ik richt mij half op om in alle hoeken te kijken. De tent lekt overal. Arne blijft snurken. Het water maakt zwarte plekken op de lichtgele zijde van mijn slaapzak.

Het water vormt plassen in de kuilen van de stukken plastic waar wij op liggen. Wat te doen? Het is natuurlijk maar een kleinigheid: een beetje water. Maar in de gebruiksaanwijzing van de donszak staat dat hij onder geen beding met water in aanraking mag komen. 'Kan de isolerende eigenschappen onherroepelijk bederven.' – En dat dan te tellen bij alles wat ik al bedorven heb: geen luchtfoto's, gewond.

Ik schud Arne aan zijn arm. Hij slaat zijn ogen op, mompelt iets. Ik kruip uit de slaapzak. Arne wijst dat ik van het stuk plastic af moet gaan. Ik rol de slaapzak in elkaar en kruip in een hoek van de tent. Koud water stroomt over mijn rug. Arne pakt het plastic op, laat het water eraf lopen en spreidt het dan ondersteboven weer over de grond. Zelfs onze laarzen en schoenen staan vol water. Ik keer ze om. Ten slotte stoppen we alles wat niet nat moet worden in de rugzakken, trekken onze kleren aan en gaan liggen in onze regenjassen, overdekt door een roffel van regen.

Arne presenteert mij de doos met rozijnen.

–Wij zijn arme mensen, zegt hij, heel arme mensen. Sommige denkers geven hoog op over de scheppende arbeid, zoveel verhevener en interessanter dan het routinewerk van busconducteurs, werksters, fabrieksarbeiders en ongeschoolden. Geen enkele cultuurfilosoof praat ooit over alles wat de scheppers voor niets doen.

–Over de meeste scheppers wordt altijd weinig gepraat. Over stuntgeneraals, politici en andere bedriegers, daar wordt veel over gepraat, niet over scheppers.

–En dan de mislukte scheppers, zegt hij. Wat is nu eigenlijk het verschil tussen fabrieksarbeiders en intellectuelen? Mijn schrikbeeld is altijd geweest leraar te moeten worden. Vijftig jaar lang elk jaar hetzelfde beweren. Je zou zo graag eens iets nieuws willen vertellen, maar het is je niet gegeven het te ontdekken.

–Het kan nog erger, zeg ik, hoeveel vakken zijn er niet, waarin niets nieuws meer te ontdekken valt? En nog veel afschuwelijker is het alleen talent te hebben voor iets dat eigenlijk niemand nodig heeft. Zo'n vak als Grieks. Van die vijfhonderd leerlingen op een gymnasium, is er hoogstens één die er belang in stelt, nog twee anderen zijn later dankbaar dat ze er kennis mee hebben gemaakt. De rest kan, als ze de school verlaten, niet eens Homerus vlot lezen en ze hebben er alleen iets van geleerd om het zo gauw mogelijk weer te vergeten. Zo'n leraar Grieks levert de ene generatie na de andere af met een gebrekkige kennis van het Grieks, zonder dat hij daar wat aan kan doen. Om het goed te leren is er geen tijd en er is geen tijd omdat niemand het echt nodig heeft. Hoe moet zo'n man z'n zelfrespect behouden?

–Door z'n plicht te doen, z'n onbegrijpelijke plicht, die hem is opgelegd door z'n onbegrijpelijke geboorte in een onbegrijpelijke wereld, net als wij allemaal.

–Dat is de straf voor wie niet in staat is werkelijk scheppende arbeid te verrichten.

–Optimist! Denk je dat het verschil zo groot is? Alle intellectuele beroepen bestaan uit het continu verrichten van dingen die, apart genomen, heel eenvoudig zijn, na een gigantische voorbereiding. Een ei bakken op de top van de Mount Everest, dat is het.

–Denk je? De uitvinder van de telescoop hield twee vergrootglazen achter elkaar, een voor z'n oog en het andere met gestrekte arm voor zich uit. Wat een kolossale uitvinding was dat niet!

– Maar als je in die tijd een vergrootglas hebben wou, kon je niet naar een opticien gaan om er een te kopen. Dan kon je het zelf gaan zitten slijpen. En daar zit de moeilijkheid.

Hij heeft gelijk dat daar de moeilijkheid zit en ik neem nog een handvol rozijnen.

– Als student, zegt Arne, ben je aan een verschrikkelijke zinsbegoocheling ten prooi. Je hebt voortdurend het gevoel verder te komen. Je leest het ene boek na het andere. Je legt examens af. Je krijgt diploma's. Geestelijke groei, denk je. De tastbare bewijzen mag je mee naar huis nemen, aan iedereen laten kijken. Er wordt feest gevierd als je voor een examen slaagt. Alles en iedereen suggereert je dat je vorderingen maakt, zolang je examens doet. Ik heb een student gekend die zijn diploma's ingelijst aan de muur had. Maar daarna? Als je het laatste examen hebt gedaan?

De rest is het eigenhandig polijsten van een brilleglas. Of dagenlang sjouwen met veertig kilo op je rug. Of in natte kleren op de natte grond liggen. Excuseer me, het is mijn schuld.

Ik had al lang een nieuwe tent moeten kopen. Qvigstad en Mikkelsen liggen lekker droog, die hebben nergens last van. Maar geloof me, met een nieuwe tent eropuit gaan en dan niet terugkomen met een geweldige ontdekking, ik denk niet dat ik het zou kunnen uithouden.

Neem het me niet kwalijk. Jij bent er de dupe van. Het is natuurlijk een onzinnig idee van mij. Maar toch, als je veel pijn voor niets geleden hebt en het is voor niets, dan kun je tenminste zeggen: ik heb mij ingespannen, ik heb mijn best gedaan, dan weet je tenminste dat het niet door je luiheid komt. Excuseer mij. I'm terribly sorry.

Terribly sorry, mompelt hij, gaat liggen met zijn arm onder zijn hoofd, slaapt in, snurkt.

Het is of hij aldoor geslapen heeft. Een slaapwandelaar, nee een slaapredenaar. Maar hij slaapt.

Ook ik wil slapen.

In plaats daarvan word ik klaarwakker van angst. Als ik aan de mogelijkheid denk dat ik tegen het eind van de zomer naar Nederland terug zou moeten keren, zonder iets te hebben bereikt! Alleen met de troost: ik heb er pijn voor geleden, ik heb mijn best gedaan.

Wat is de betekenis van Arne's toespraak onder de striemende regen, half in zijn slaap? Is het niet of hij mij de toekomst voorspeld heeft, of hij mij nu al troosten wil, mij nu al een verontschuldiging wil verschaffen?

Gruwelijk voorteken? Juist Arne is het met wie ik het nauwst gelieerd ben. Het had tenslotte ook Qvigstad kunnen zijn.

Qvigstad bijt in de wereld met grote witte tanden. Hij zwaait zijn hamer als een god. Hij springt over de rivieren met de grootste lasten op zijn rug. Als hij ergens stilstaat en rondkijkt is het of alles wat hij overziet zijn eigendom is. Hij werpt zijn hengel uit en de vissen bijten onmiddellijk. Arne moet ik de eerste eetbare vis nog zien vangen met z'n aluminium pannetje waaromheen een nylonsnoer is gewikkeld.

Overigens is hij niet minder sterk dan Qvigstad. Misschien sterker. Misschien zou Qvigstad er niet tegen kunnen op kapotte laarzen te lopen, in een lekke tent te slapen, dag en nacht muggen. Wie weet zou Qvigstad geen oog dichtdoen, maar Arne snurkt. Zijn ooglid trilt alleen maar even en gaat niet open, als er een druppel over kruipt.

Het roffelen van de regen vermindert als de wind harder huilt. Aan het licht valt nu helemaal niet meer te zien of het al dag wordt.

29

De regen is nog niet opgehouden, houdt niet op voorlopig.

Met zijn vieren zitten wij in de tent van Qvigstad en Mikkelsen, in het midden waarvan de primus staat te branden. Arne en ik proberen, moeizaam onze slaapzakken omhoog houdend, ze te drogen zonder ze te schroeien. Er komt natuurlijk niet veel van terecht. Te bedenken dat, toen ik die eerste nacht natte voeten had gekregen, Arne erop stond dat ik droge sokken zou aantrekken. Nu zijn al onze kleren doorweekt en we zullen ze niet droog krijgen voor er weer zonnige dagen komen. Doorweekt mijn sokken, mijn schoenen. Doorweekt de donszakken die aanvoelen als knoedels stopverf. Mikkelsen heeft een thermometer. Het is buiten drie graden boven nul, vertelt hij.

Op de plaatsen waar wij zitten, vormen zich natte plekken om Arne en mij heen. Qvigstad en

Mikkelsen kijken naar ons alsof we twee katten waren die zij uit een put hadden opgevist. Alle dingen in hun tent zijn methodisch gerangschikt. Hun laarzen liggen in plastic zakken buiten, onder het afdak van het dubbele dak dat ver uitsteekt. Aan hun voeten hebben zij Lappenpantoffels van soepel leer, om het grondzeil niet te beschadigen. Zelfs de muggen die zo nu en dan nog binnenkomen en onmiddellijk worden doodgespoten, vegen zij netjes op een hoopje.

Om de beurt scheuren wij zes velletjes van de closetrol en gaan naar buiten, in de andere hand het pioniersschopje. Moet wel.

Mijn regenjas over m'n hoofd getrokken, de jaspanden wijd uiteen houdend om ze niet te bevuilen, sta ik te poepen in de stortregen. Mijn gekwetste been is te stijf om te hurken. Het oppervlak van het meer lijkt op gehamerd tin. De rendieren van gisteravond zijn nergens meer te bekennen. Ik spits mijn oren, maar kan niets onderscheiden dan de wind en de regen. Waar zijn de rendieren naartoe? Nergens kunnen zij schuilen. Net zo nat als ik zijn ze. Ik moet even geduldig worden als zij. De muggen doen zich te goed aan mijn billen, mijn dijen. Ik trek de watten van mijn voorhoofd en begraaf ze tegelijk met het andere vuil onder drijfnat mos. Als ik mijn broek ophaal, merk ik dat ik gemakkelijk een stroompje water uit mijn hemd kan wringen. Warm water, door mijn lichaam verwarmd.

Natuurlijk kan de primus niet eindeloos blijven branden. Nu minder dan ooit, want als de regen niet ophoudt, zullen we voortdurend op petroleum moeten koken. En waar halen we nieuwe petroleum vandaan, als het beetje dat wij bij ons hebben, op is?

En, als het niet gauw beter weer wordt, hoelang zal het dan wel duren tot de dwergberken droog genoeg zijn om te willen branden?

Misschien, denk ik, duurt de regen een week, twee weken. Ik durf Qvigstad niet te vragen hoeveel petroleum er nog is, maar veel kan het niet zijn. Als we geen vuur meer kunnen maken, is het enige wat wij nog kunnen eten: brood, knäckebröd en blikjes. Zelfs koffie zetten is dan niet meer mogelijk. En voor hoeveel dagen is er nog brood?

Ik bedenk dit zonder paniek, eerder geamuseerd. Het enige waar ik bang voor zou wezen, is teruggaan naar Skoganvarre om beter weer af te wachten. Maar daarop heeft niemand zelfs maar een toespeling gemaakt. Qvigstad staat op en Mikkelsen draait de primus uit. Zij trekken hun regenkleding aan, behangen zich met kaartentassen, knielen, maken de sluitingen van de tent los, halen hun laarzen naar binnen, doen het natte plastic eraf dat zij weer buiten leggen, enzovoort. Alles even doelmatig. Grote golven muggen komen naar binnen als zij naar buiten gaan. Arne sluit de tent weer, ik wacht af of hij de spuitbus pakken zal, maar het idee schijnt zelfs niet bij hem op te komen.

–Ik heb geen zin hier de hele dag te blijven zitten, zeg ik, dat helpt toch niet.

–Nee.

Muggen zijn onder mijn haren gekropen en steken in mijn schedel.

–Kom dan, zeg ik.

–Mag ik je been eens zien?

–O nee, alsjeblieft niet! Het gaat uitstekend!

Ik wentel mij op mijn buik en kruip op één knie naar buiten. Dat is nog niet zo gemakkelijk.

's Avonds zes uur heb ik minstens tien kilometer door de regen afgelegd. Op het laatst denk je er niet meer aan, zo min als iemand die zwemt voortdurend bij zichzelf zegt: wat is het nat. De sterkte van de regen is trouwens erg ongelijk, net als de helling van het terrein, net als alles. Soms is het wel twintig minuten bijna droog.

Ik heb acht ronde kleine meertjes bestudeerd. Ben eromheen gelopen, zorgvuldig kijkend of er aan hun randen misschien een verhoging is te zien. Meteoorkraters zijn immers dikwijls omringd door een lage wal van materiaal dat uit het gat is gedrukt, toen de meteoriet insloeg. Ik zie niets dat het vermelden waard is. Steeds langzamer beweeg ik mij vooruit, steeds nauwkeuriger zie ik hoe de regendruppels in de waterspiegels priemen en het water geschrokken opspat, opspuit als het sap uit een tomaat.

Verder heb ik niets gezien.

Wel zo nu en dan een steen opgeraapt.

Als ik weer in de buurt van de tenten kom, zie ik Arne die zit te tekenen. Voor ik bij hem ben, ik hoop zelfs voor hij mij ziet, gooi ik de stenen weg. Bang dat hij zou vragen: waar heb je die voor verzameld? Ik zou er geen antwoord op weten te geven.

Overigens blijkt uit niets dat Arne mij heeft opgemerkt. Hij tekent. Zijn rechterknie rust op de grond, op de stenen, zijn linkerknie houdt hij opgetrokken in een rechte hoek, als de helft van een stoel. Die gebruikt hij als tafeltje voor zijn aantekenboek. Hij heeft er een stuk helder plastic overheen om het papier te beschermen tegen de regen en tekent met zijn hand onder het plastic.

Ik ben er verre van zijn aandacht te durven trekken. Ah! De eenzame natuurvorser in het onbewoonde poolgebied! Hoe indrukwekkend is hij aan de arbeid. Ik kan er geen andere dan deze plechtstatige woorden voor vinden, maar dat betekent niet dat ik hem belachelijk vind. Eerder heb ik het gevoel dat ik mijn ogen voortdurend neergeslagen houd, terwijl ik naar hem toe loop.

Arne kijkt beurtelings naar het landschap en naar zijn papier. Hij tekent met een klein geel potloodstompje, maar de punt ervan is onberispelijk geslepen en op het achtereinde zit een metalen puntbeschermer. Goedkoop, maar efficiënt.

Ik sta nu schuin achter hem.

Hij tekent met snelle haaltjes die rijk aan uitdrukking zijn. Zo'n landschapstekening zou ik niet kunnen maken. Eigenlijk houd ik ook niet van tekenen en dat spijt mij genoeg.

Op de rechterbladzijde van het boek maakt Arne de tekening, op de linkerbladzijde staan notities. Ik kan ze niet lezen, want ze zijn in het Noors geschreven, maar ik zie genoeg om te begrijpen dat het heldere, nauwkeurige aantekeningen moeten zijn. Geen doorhalingen, geen geknoei; duidelijke nummering; natuurlijk aandoende indeling in paragrafen. Aantekeningen die niet onmiddellijk hun waarde verliezen als ze niet teruggelezen kunnen worden door degene die ze gemaakt heeft. Aantekeningen die nog waarde hebben als Arne het boek verliezen mocht en het vijftig jaar later teruggevonden zou worden, of als hij plotseling mocht doodgaan.

Aantekeningen zoals ze gemaakt dienen te worden door de wetenschappelijke reiziger, namelijk met de gedachte: hier ben ik, nu. Ik moet alles waarnemen wat er hier valt waar te nemen, NU. Ik moet alles wat ik opmerk noteren in een ondubbelzinnige, voor ieder duidelijke vorm. Ik moet mij ervan bewust zijn dat alles wat mijn aandacht ontsnapt of wat ik vergeet op te schrijven, voor altijd verloren is, want terugkomen om nog eens een tweede keer te kijken, is een onpraktische luxe.

–Dag, zeg ik, ik ben jaloers, zo mooi als jij tekent.

–Zo?

Hij werkt verder. Zijn tekening ziet eruit als een plaat in een leerboek.

–Bij mij, zeg ik, wordt het maken van aantekeningen altijd door ongeluk achtervolgd. Vulpennen verlies ik, ballpoints willen niet meer schrijven zodra ik op reis ben en de punten van mijn potloden breken onophoudelijk.

–Dan moet je een puntbeschermer kopen, zegt hij en laat trouwhartig de puntbeschermer kijken die achter op zijn stompje zit. Is heel goedkoop en met dat ringetje kun je hem goed vastzetten.

Hij demonstreert het, hij schuift het op en neer.

–Zijn die dingen in Holland niet te krijgen?

–Nee, lieg ik. Nooit eerder gezien.

–Ballpoints, zegt Arne, een van die nieuwigheden die alleen zijn uitgevonden om de mensen meer te laten betalen voor iets dat ingewikkeld is, zodat ze niet goedkoper uit zijn met iets dat eenvoudig is en al eeuwen voldoet.

Ik ben het met hem eens. Maar zelfs met al mijn zakken vol scherp geslepen potloden, zou ik nog niet zo kunnen tekenen als hij.

Ik ga zitten op een grote steen, een eind bij hem vandaan, om hem niet langer te storen.

Als Qvigstad gesteentemonsters sorteert, schrijft hij op de blaadjes van een speciaal bloknootje een nummer, de datum waarop hij het brok gevonden heeft, de vindplaats, bekijkt de steen nog eens met zijn loep, schrijft de vermoedelijke naam op, scheurt het blaadje af en verpakt het met de steen in een zakje van watervast papier. Soms verzamelt hij wel tien van zulke monsters op een dag. Ieder monster weegt toch minstens twee ons. Iedereen kan uitrekenen dat zijn bagage zodoende per dag twee kilo zwaarder wordt. Hij schijnt er nooit over na te denken. Ook is zijn rugzak waarschijnlijk rekbaar, vergroot zich dagelijks met het volume van de stenen die hij verzameld heeft. Ik heb nog nooit een opmerking gehoord waaruit ik kon opmaken dat het Qvigstad zorgen baarde.

Of Mikkelsen. Mikkelsen verzamelt gruis en zand in zakjes, maar ook voor een grote kei deinst hij niet terug. Legt hij boven op z'n kleren in zijn rugzak, bij wijze van souvenir.

Ik zie ze achter elkaar over een heuvel komen, hengels over de schouder.

Qvigstad heeft alweer een vis, ditmaal een hele grote, waarvan hij de Engelse naam niet weet, maar wel natuurlijk de Noorse: Harr.

Harr. Ik schrijf de naam op in mijn boekje. Zij kijken of ik geen spelfouten maak.

Wij gaan de groene tent binnen en Mikkelsen steekt de primus aan.

Even later komt Arne.

–Honger, zegt hij.

–Honger, zegt Qvigstad. Laatst sprak ik (*onverstaanbaar*) die naar India is geweest. Voor een welfare-program van de Verenigde Naties, geloof ik. Honger, zei hij, de Europese reiziger struikelt er over de hongerlijders, maar zelf gaat hij dineren in het Hiltonhotel.

Ik zeg tegen hem: Als jij werkelijk van andere klei gebakken was dan Hitler of Himmler, had je dat niet kunnen doen. Je had, laat ons zeggen, achtduizend kronen reisgeld bij je. Die had je kunnen verdelen onder vierduizend hongerlijders. Daarvan hadden vierduizend hongerlijders ieder een dag hun buik kunnen vol eten. Het lijkt een druppel op een gloeiende plaat, maar een dag eten moet toch een onvergetelijk feest zijn voor iemand die zijn hele leven met een lege maag heeft rondgelopen. Zelf had je dan natuurlijk te voet of met geleend geld van een consul, naar het dichtstbijzijnde vliegveld moeten gaan. Niet leuk, goed; je reisje mislukt, toegegeven. Maar dat is niks in vergelijking met de honger van vierduizend hongerlijders.

–Wat zei (*onverstaanbaar*)?

–Hij zei: Dat had ik natuurlijk graag gedaan. Maar ik had het geld niet gekregen om weg te geven. Ik moest een rapport schrijven voor het Social Science Relief Program Committee!

–Zo moet iedereen wat.

–De bewakers van Auschwitz moesten hun gezinnetjes onderhouden en een krokodil kan ook niet van de wind leven. Jezus wat stinkt het hier.

De tent staat blauw van de rook, maar de vis smaakt goed. Er wordt brood bij gegeten dat van water is doorweekt. Wiens schuld is dat? Toch niet de mijne!

–Algehele ontwapening onder internationaal toezicht, zegt Qvigstad, weet je wat dat is? Dat is zoiets als een gat hebben in de rug van je linkerhand en dan proberen met diezelfde linkerhand daar een pleister op te plakken.

Hij kijkt naar Mikkelsen, die, denk ik, zich dikwijls met deze soort problemen bezighoudt, maar Mikkelsen zegt niets terug.

—Ik zou graag een uitvinding willen doen, zegt Qvigstad, de cancan, die had ik graag willen uitvinden, maar dat is al gebeurd. Verder weet ik geen uitvinding die ik zou willen hebben gedaan.

Arne maakt een opmerking tegen hem in het Noors. Ze praten nu alle drie een tijdje in het Noors. Ten slotte trekken zij hun regenkleding weer aan, ik doe hetzelfde op hun voorbeeld. Zeker willen Qvigstad en Mikkelsen nog gaan vissen en wij tweeën zullen wel naar onze tent terug moeten, want die van Qvigstad is te klein om er met z'n vieren in te slapen.

Als ik buiten sta, dringt het tot mij door dat men begint zijn bezittingen bij elkaar te pakken.

Ik vraag niets. Ik pak mijn rugzak in en help Arne de kletsnatte tent afbreken en opvouwen.

—Een tent opvouwen die niet droog is, dat is erg slecht voor een tent, bedenkt hij, zorgelijk.

Ja, ja, erg slecht voor die mooie tent van hem.

Maar wat meer zegt, een natte tent is ook zwaar om te dragen. Hoeveel kilo zou het schelen? Drie? Vier?

Daarbij komt dan nog het water van de donszak. Je kunt hem uitwringen (streng verboden, zegt de gebruiksaanwijzing) maar ook dan nog bevat hij liters water (bederft de beste donszak onherroepelijk, zegt de gebruiksaanwijzing).

Het kan mij allemaal niet meer schelen, omdat er toch niets aan te doen is. Voortdurend houd ik mijzelf voor dat ik een natgeregend rendier ben of een zwemmer.

Arne en ik zijn nog eerder klaar dan Qvigstad en Mikkelsen. De regen vermindert weer enigszins, gaat over in motregen, verstuift zelfs tot natte damp.

Ik sjor de rugzak op mijn natte rug. Hoeveel zwaarder nog dan eergisteren? Ik kan het niet schatten. Ik ben blij dat mij de hoede over het houten theodolietstatief weer is toevertrouwd. Daarmee voel ik mij aanmerkelijk veiliger.

Achter elkaar aan lopen wij naar de rivier Lievnasjokka, waarin het meer Lievnasjaurre zich versmalt. Nergens is de rivier minder breed dan honderd meter en hij lijkt ook vrij diep. Grote stenen steken hier en daar boven het water uit, maar nergens zie ik een reeks die tot de overkant reikt. Wij lopen een heel stuk langs de oever. Nergens een keten van stenen die allemaal niet verder dan een voetstap van elkaar af liggen.

Arne, Qvigstad en Mikkelsen hebben dat allang begrepen. Qvigstad wijst naar een plaats waar zelfs helemaal geen stenen zijn en Mikkelsen en Arne komen bij hem staan en knikken.

Zij gaan zitten en trekken hun laarzen uit. Het wordt waden.

–Sokken kun je beter aanhouden, zegt Arne, dan zijn de stenen minder glibberig.

De rivierbodem is volledig met rolstenen bedekt.

Mijn schoenen, met de veters aan elkaar geknoopt, hang ik om mijn hals. Ik zet eerst het statief voor mij in de rivier, klem mij met twee handen vast en stap zoveel mogelijk òp de stenen, niet ertussen. De kou van het water drijft tandartsboren in mijn voeten.

Maar het statief is mij van weinig nut. Bij elke stap het te moeten verplaatsen, houdt in dat ik veel te lang op dezelfde stenen moet blijven staan. Ondraaglijke pijn aan de voetzolen, spierkramp in de enkels van bezorgdheid uit te glijden. Ik neem het statief daarom maar onder mijn arm en hol naar voren, zo vlug als ik kan. Met wijd opengesperde ogen probeer ik onder de golfjes en het schuim te ontwaren waar ik mijn voeten het beste kan neerzetten.

Mis! Mijn rechtervoet glijdt uit, ik verlies mijn evenwicht, kom op mijn rechterhand terecht. Zo vorm ik een paar tellen een driepoot in het water, waarin mijn rechterarm tot over de elleboog verdwenen is en dat ik koud tegen mijn onderbuik voel klotsen. Mijn linkerarm steekt omhoog om ten minste mijn polshorloge droog te houden, mijn kaartentas schept water. Het statief zie ik wegdrijven, daarna blijft het gelukkig steken. Er komt een gevoel van trage, maar ijzersterke rust over mij. Langzaam haal ik mijn rechtervoet naar mij toe, kan mij dan oprichten.

Qvigstad en Mikkelsen staan, ver weg, aan de overkant naar mij te kijken. Arne is omgekeerd en loopt in mijn richting. Zo vlug ik kan strompel ik naar het statief en grijp het voor Arne erbij is. Uiterst op mijn gemak neem ik daarna een plastic bekertje uit mijn broekzak, vul het en drink het leeg.

Qvigstad en Mikkelsen draaien zich om en lopen weg, zoals de mensen op een kade weglopen, nadat een schipper erin geslaagd is zijn jongste kind dat overboord gevallen was, weer op te halen met een haak.

30

Het terrein waar wij nu lopen is tamelijk vlak en zo rotsachtig, dat er bijna niets groeit en het ondanks de voortdurende regen niet doorweekt is. De bovenste laag van de bodem bestaat uit gele scherven van een schisteus gesteente. De leek die niet weet wat dit is, moet het maar opzoeken of voor kennisgeving aannemen. Een van de oorzaken waardoor de meeste leesboeken altijd over dezelfde dingen handelen, is de bezorgdheid van de auteurs dat iedereen zal kunnen begrijpen waar het over gaat. Vaktermen zijn uit den boze. Hele categorieën van bezigheden en beroepen zijn nooit in een roman beschreven, omdat het zonder vaktermen onmogelijk zou zijn de werkelijkheid te benaderen. Van andere beroepen: politie, dokters, cowboys, zeelui, spionnen, bestaan alleen de karikaturen die corresponderen met de waanvoorstellingen van de leken voor wie de lectuur is bestemd.

In dit tamelijk vlakke gebied komen wij herhaaldelijk langs ronde gaten die met water gevuld zijn, zo helder, dat het bijna zwart lijkt. Kleine gaten, grotere. Ronde, ja de meeste zijn rond, sommige ovaal. Doodijsgaten? Geen spoor van een wal eromheen die opgeworpen zou kunnen zijn door een inslaande meteoriet. Ik raap steentjes op en gooi ze teleurgesteld weer weg. Wie zal ooit weten wat het mij kost, mij voortdurend te bukken in mijn drijfnatte kleren, met veertig kilo op mijn rug, fototoestel en kaartentas bungelend voor mijn borst, het zware houten statief in een van mijn handen? Als ik een meteoriet zou vinden – de vondst, de grote vondst – dan nog zal ik er in mijn dissertatie niets over kunnen zeggen dan de plaats waar ik hem opgeraapt heb, een kaartje erbij met een kruisje dat deze plaats aangeeft, verder niets. Niemand zal weten hoe het gegaan is. Als iemand zich bij mijn mededeling al enige menselijke omstandigheid voorstelt, zal hij hoogstens denken: hij wandelde daar, fijn, 's zomers in het Hoge Noorden, romantisch. Een vreemd gevormde steen trok zijn aandacht, hij raapte hem op. Hij deed een geweldige ontdekking.

Hij raapte stenen op en moest ze allemaal weer weggooien.

De berg Vuorje, bij het meer waar wij vandaan komen, is vanhieruit nog duidelijk te zien, nu de wolken plotseling wegtrekken. De enige hoge berg in de hele omtrek.

Ons nieuwe kamp ligt midden tussen twee kleine meertjes, die omzoomd zijn door groen moeras.

Stroken water lopen tussen het groen, maken soms rechte hoeken met elkaar, als waren het sloten gegraven door ververs. De hemel is zwart, diepblauw en donkerrood, of drie kleuren verf door elkaar heen gelopen zijn zonder zich te vermengen. De zon komt nu en dan bloot en geeft dan zelfs nog wat warmte.

Ik laat mijn ogen over dit eenvoudige landschap gaan, nergens door bomen versluierd en toch zo geheimzinnig. Het is kaal en maakt geen kale indruk door de talloze kleurschakeringen van de nietige planten, de mossen, de grote keien en de lege plekken. Er is niemand in de wijde omtrek en er zal ook niemand komen opdagen en toch kun je het geen eenzaam landschap noemen. Waarom niet? Ik weet het niet. Ik word bevangen door een vreemde fantasie: er altijd blijven, er niet meer weggaan, tot ik over een paar maanden insneeuw en pijnloos doodvries.

Over pijn gesproken. Mijn opengescheurde rechterbeen is nu opgezwollen van enkel tot knie en het vel is zo strak gespannen, dat de geringste aanraking het gevoel geeft of een speld er tot de kop in gestoken wordt.

Maar mijn ogen staan wijder open dan ooit, mijn oren gloeien, mijn hoofd suist, ik ben zo moe als ik mij nu al niet meer kan voorstellen dat ik ooit nog eens zijn zal, maar ik voel geen spoor van slaap. Geen mens weet waartoe hij in staat is, voor hij alles geprobeerd heeft.

Wij zetten de tenten op en trekken zoveel mogelijk natte kleren uit om ze te drogen te leggen. Mikkelsen heeft onderweg een rendiergewei opgeraapt en is kinderachtig genoeg het mee te sjouwen als een toerist. Hij had het boven op zijn rugzak gebonden, zodat het leek of het op zijn hoofd zat. Nu steekt hij het voor de tent in de grond en gebruikt het om er zijn sokken op te drogen. Aanstaande winter zal het op zijn studentenkamer boven zijn bed hangen, dat weet ik zeker.

Qvigstad en Arne lopen naar het water met het visnet.

Ik probeer het dons in mijn natte slaapzak door de bekleding heen zoveel mogelijk los te plukken. Misschien valt de schade nog mee.

Terwijl ik daarmee bezig ben, valt mijn oog op Mikkelsen. Hij ligt op zijn buik voor hun tent en kijkt... Hij kijkt door een stereoscoop. Hij heeft een stuk plastic op de grond gelegd en daarop liggen foto's die hij met twee tegelijk door zijn stereoscoop bestudeert. Wat zijn dat voor foto's? In de zwarte randen lijken witte punaises afgedrukt, maar dat zijn de meegefotografeerde klok en hoogtemeter. Luchtfoto's!

Ik laat de slaapzak vallen en loop naar hem toe.

Mijn hart klopt zo hoog in mijn keel, dat het lijkt of het naar buiten wil komen.

–Zeg, heb jij luchtfoto's?

Een domme vraag, toegegeven.

–O.K., zegt Mikkelsen en blijft door zijn stereoscoop turen. Ik sta voor hem en kijk recht op zijn kruin die, eerder dan met haar, begroeid lijkt met gore pluizen van stof.

–Heb jij foto's van het hele gebied? vraag ik opnieuw.

Hij richt nu zijn hoofd op en wentelt zich op zijn zij. Steunend op zijn elleboog, kijkt hij mij van onderaf aan.

–Ja. Ik heb luchtfoto's van alle plaatsen waar ik moet zijn.

Hij wijst op een kaart die naast hem ligt. Dezelfde kaart die ik zelf ook heb, die kaart op eigenlijk veel te kleine schaal, waar geen details op zijn te zien, maar grotere kaarten bestaan niet.

Ik hurk naast hem.

–Zonder luchtfoto's kun je hier niets beginnen, zegt Mikkelsen, I'm very glad I have those airpictures.

–Airphotographs, herhaal ik, zogenaamd. Het klinkt frikkerig natuurlijk, maar ik moet toch iets terugdoen.

–Hoe heb je die luchtfoto's gekregen?

–Van Nummedal.

–Heeft Nummedal er nog meer? Dezelfde bedoel ik, duplo's van deze.

–Weet ik niet. Deze hier zijn uit het instituut van Hvalbiff. Nummedal heeft ze geleend van Hvalbiff.

–Wanneer?

–Dat weet ik niet.

–Probeer het je te herinneren.

Hij geeft geen antwoord, wentelt zich weer op zijn buik, legt twee andere foto's onder de stereoscoop, maar voor hij gaat kijken, veegt hij de overige foto's op een stapeltje en draait het stapeltje om met de rug naar boven.

Ik haat Mikkelsen op dit ogenblik zo ontzettend, dat ik bijna geen adem kan halen. Ik bedenk dat ik aan een monsterlijke samenzwering ten prooi gevallen ben.

Zou het zo niet gegaan kunnen zijn:

Sibbelee schreef Nummedal een brief over het onderzoek dat ik ging doen. Nummedal heeft gedacht: aha, eindelijk een gelegenheid mij te wreken op Sibbelee. Sibbelee heeft hem immers, ettelijke jaren geleden, tegengesproken op een belangrijk congres.

Nu heeft Sibbelee iets nodig van Nummedal. Natuurlijk is het onder professoren niet gebruikelijk dergelijke verzoeken vlakaf te weigeren. Bovendien is Nummedal daar veel te geraffineerd voor. Hij pakt het anders aan. Hij ontbiedt zijn leerling Mikkelsen bij zich, suggereert dat Mikkelsen wel eens een interessant onderzoekje ter hand zou mogen nemen – *mijn onderzoek*.

Mikkelsen zei ja en amen. Waarom zou hij

trouwens hebben geweigerd? Nummedal vraagt bij Hvalbiff alle foto's op die *ik* mogelijkerwijs nodig kan hebben. Daarna schrijft Nummedal een brief aan Sibbelee. Dat is de brief die ik nog altijd in mijn portefeuille heb. *Ik wens uw leerling een voorspoedige reis naar Oslo.* w.g. *Ørnulf Nummedal.*

Leerling in kwestie maakt voorspoedige reis naar Oslo en presenteert zich op afgesproken uur. Nummedal heeft intussen zijn instructies gegeven. Veel instructies zijn dat niet. Nee. Eigenlijk helemaal geen instructies. Hij verzuimt zijn portier mee te delen dat er iemand wordt verwacht. Eenvoudiger kan het niet. Ondanks de van niets wetende portier, slaag ik erin het gebouw binnen te dringen. Nummedal hoort mij de trap op komen. Hij zet zich in postuur achter zijn bureau. Speelt de onnozele. Luchtfoto's? Natuurlijk hebben wij hier foto's! Ondertussen wist hij precies welke foto's ik moest hebben en even precies wist hij waar ze waren. Die hele middag, interessante beschouwingen ten beste gevend waar ik niets aan had, de Grote Leermeester uithangend, heeft hij geweten dat ik mijn tijd liep te verknoeien.

Dit beschimmelde vlees hier aan mijn voeten had mijn luchtfoto's. Het kent geen Engels, ik kan het niet uitleggen wat er in mij omgaat. Het stomme varken. En het is gek, als ik er wat tegen zeg, wordt ook mijn eigen Engels veel slechter. Ik wil hem... ik kijk rond of Arne en Qvigstad in de buurt zijn. Tegelijkertijd weet ik zeker dat ik Mikkelsen toch de hersens niet zal intrappen. Ik loop om hem heen, hijgend. Niets blijft mij verborgen: ik weet dat mijn rondlopen een surrogaat is voor de schop in zijn gezicht die ik Mikkelsen gemakkelijk en onverhoeds zou kunnen toedienen.

Is er iets ergers op de wereld dan bezeten te zijn van een plan dat je nooit zult uitvoeren, plan dat alleen in de droomwereld waarin je almachtig bent tot iets zou leiden? Mikkelsen doodtrappen, hem niet eens met mijn handen aanraken, niet eens met mijn linkervoet. Alleen met de rechtervoet tegen zijn gezicht schoppen. Hij doet niets terug, stuiptrekt, dat is alles, slaakt een roestige kreet bij elke nieuwe trap, hikt, beweegt ten slotte niet meer uit zichzelf, wordt alleen nog in beweging gebracht door mijn schoppende voet.

Ik laat hem liggen, steek de foto's in mijn

kaartentas, loop heen, onvermoeibaar, schrijd over rivieren op vleugels, weet precies waar ik zijn moet. Zes, zeven meteoorkraters heb ik op de luchtfoto's met één oogopslag gezien. Zeven kleine en een grote in het midden. Wat is dat? Een paar met glanzend glazuur beklede aardappels trekken mijn aandacht. Bij het oprapen voel ik het al: zevenmaal zo zwaar als een gewone aardappel, driemaal zo zwaar als een normale steen van die grootte.

Het zijn meteorieten.

31

–Ben je in training voor de hinkstapsprong?

Of ik wakker word, zie ik plotseling Qvigstad en Arne vlak bij mij staan. Arne lacht.

–Wat bedoel je? vraag ik en bedenk met schaamte dat er een soort dreiging in mijn stem ligt.

–Je kunt nog aardig uit de voeten.

Ik verga van pijn. Mijn linkerkuit raakt in kramp, ik kan nauwelijks blijven staan, het is of er breinaalden door het merg van mijn botten worden gestoken.

–Hij heeft luchtfoto's, zeg ik.

–Ik versta je niet, wat zeg je?

–Hij heeft mijn luchtfoto's, herhaal ik, maar nauwelijks luider.

–Jouw luchtfoto's? Wat bedoel je?

–Ik ben expres een dag in Oslo gebleven, vertel ik met mijn ogen op Qvigstad gericht, om bij Nummedal de luchtfoto's te halen die hij beloofd had te zullen geven. Maar toen ik daar kwam, zei Nummedal: ik weet van niets. Hij zei dat ik maar naar Trondheim moest gaan, naar direktør Hvalbiff, als ik luchtfoto's wilde hebben. Ik ging naar Trondheim. Maar in Trondheim kreeg ik ook nul op het rekest, want Trondheim had die luchtfoto's al lang geleden aan Nummedal gegeven. Nummedal heeft zich alleen maar van de domme gehouden. Nummedal wist heel goed dat Mikkelsen die luchtfoto's had.

Ik heb Qvigstad nog nooit met zoveel belangstelling naar mij zien kijken. Arne staat schuin achter hem.
 –Arne, zeg ik, je weet wat ik je verteld heb, toen je mij vroeg of ik geen luchtfoto's had.
 –Heb ik je dat gevraagd?
 –Ja, dat heb je mij gevraagd. Die luchtfoto's die nergens waren te vinden. Het hele instituut doorzocht in Trondheim, met direktør Oftedahl.
 –Oftedahl? Ik herinner me er niets van. De directeur heette Hvalbiff, zei je? Zo'n naam bestaat niet eens. Kan niet in het Noors.
 –Ja, Hvalbiff. Maar Hvalbiff was er niet.
 –Jammer, zegt Qvigstad, een man om in te bijten.

– Ach zo, zeg ik toonloos. De heer Qvigstad is een humoristische kannibaal. Maar die naam klonk zo.

– Hvalbiff betekent walvissenvlees, zegt Arne.

– Smaakt precies als ossevlees maar is veel zachter, doceert Qvigstad, en gek hè, bij zo'n beest, een walvis, geen spoortje vet.

– Hvalbiff – of hoe je z'n naam moet uitspreken – was er niet, zeg ik, ik ben ontvangen door een geofysicus, Oftedahl, die van niets wist. Hij begreep wie ik bedoelde met Hvalbiff.

– Ach kom, zegt Qvigstad, maar laten we gaan zitten.

Zijn stem klinkt bezorgd. Wat is er toch met mij aan de hand? Ze doen of ik een klein kind ben dat staat te huilen, maar mijn ogen steken van droogte.

– Ja goed, gaan zitten, zeg ik.

Arne gaat zitten, ik ook, Qvigstad loopt naar z'n tent en komt terug met de cognacfles.

We zitten met z'n drieën op een rijtje.

– Het is maar, zeg ik, dat Mikkelsen die foto's heeft, dezelfde die ik in Oslo had moeten krijgen. Nummedal moet geweten hebben dat Mikkelsen ze had. Er is lang genoeg van tevoren om gevraagd. Dan had Nummedal kunnen antwoorden: Nee, dat gaat niet. Of hij had een tweede serie afdrukken kunnen laten maken. Maar niets daarvan. Hij heeft me voor niemendal naar Oslo laten komen en toen ook nog voor Piet Snot naar Trondheim gestuurd.

–Nou, nou, zegt Arne, dat maak jij er nu van. Ik herinner me weer dat je het mij verteld hebt. Maar het is heel best mogelijk dat Nummedal gedacht heeft dat ze er in Trondheim echt wel raad op zouden weten.

–Natuurlijk, zegt Qvigstad, of het was Nummedal helemaal door het hoofd geschoten. Hij is oud, hij is bijna blind. Hij is altijd al een beetje getikt geweest, trouwens. Heeft hij die doofstomme portier nog?

–Een doofstomme portier? Een blinde portier bedoel je.

–De blinde geleerde met de blinde portier! Die is geweldig!

Qvigstad legt zijn hand op mijn schouder en doet een grote scheut cognac in mijn plastic beker.

Ik drink en zeg langzaam:
–Een blinde portier.
–Hoe wist je dat hij blind was?

– Het was een invalide met een zonnebril op.
– In die vestibule waar de zon nooit schijnt!
– En hij voelde met zijn vinger aan de wijzers van zijn polshorloge hoe laat het was.
– Een blindenhorloge, zegt Arne.
– Blindenhorloges, zegt Qvigstad, daar worden na elke oorlog grote zaken in gedaan. Hoef je niet te vragen hoe hardleers de mensen zijn. Blind! En dan nog niet weten hoe laat het is!

Hij staat op en loopt naar de plaats waar Mikkelsen nog steeds ligt te studeren.

Even later komt hij met Mikkelsen terug, die de stapel foto's in zijn ene hand heeft en de stereoscoop in de andere.

– Of course, zegt Mikkelsen, you may look at ze pictures if you like. Iet ies my pleasure.

Hij legt de foto's en de stereoscoop naast mij neer en loopt weg.

Ik ga op mijn buik liggen net als Mikkelsen een ogenblik geleden nog lag, zet de stereoscoop onder mijn ogen en pak de foto's. Heeft Mikkelsen ze met opzet in de verkeerde volgorde gelegd? Ze horen immers in paren bij elkaar. Iedere foto overlapt een andere gedeeltelijk. Zonder dat ik wat gevraagd heb, helpt Arne mij bij het uitzoeken. Eigenlijk wordt het uitzoeken grotendeels door hem gedaan: hij kent het terrein immers veel beter dan ik, hij herkent de foto's met één oogopslag en kan mij onmiddellijk wijzen met welke stukken van de kaart de foto's corresponderen.

Ik kijk.

Ik ben nauwelijks geïnteresseerd in de plaatsen waar de foto's genomen zijn. Zie ik gaten? Meertjes, die op meteoorkraters lijken, ja of nee?

Mijn ogen gaan heen en weer. Het lijkt of zij de foto's baan na baan afvegen met een penseel. En dat penseel moet ronde gaten tegenkomen, die gedeeltelijk door een lage wal zijn omringd, zoals de afdruk van een paardehoef in een zandweg. Probeer het zelf maar: gooi een bal of een steen schuins in droog zand. Het projectiel zal er een kuil in maken en het zand uit dat kuiltje gedeeltelijk opstuwen tot een kleine ringwal.

Grote meteorieten vallen op een soortgelijke manier. De materie waaruit ze bestaan vliegt in brokken uiteen die diep in de grond dringen – maar soms ook niet. Soms springen ze omhoog en komen in de omtrek terecht met niet veel meer kracht dan of iemand ze weggegooid had.

Dat zijn de meteoorstenen die door verzamelaars worden opgeraapt. Soms ook verdampt de meteoor volledig in een enorme explosie, door de hitte die bij het inslaan ontstaat. Alles wat dan nog aantoont dat onze planeet verrijkt is met een stukje van een andere, lang geleden vergane planeet, is een gat met een ringwal.

De foto's zijn tienduizendmaal zo klein als het landschap in werkelijkheid is. Je ziet het door de stereoscoop in drie dimensies. De bergen lijken zelfs hoger dan ze in werkelijkheid zijn en je kunt gemakkelijk onderscheiden waar de grond begroeid is en waar niet. Water van beken, rivieren en meren verraadt zich door een egaalzwarte kleur. Water is daardoor het gemakkelijkst te herkennen en in alle gaten staat water. Ik bekijk ieder gat, ieder meer, beoordeel de omtrek van hun oppervlak, probeer de steilheid van hun oevers te schatten. Zo op mijn buik liggend, lijkt het werkelijk of ik op de vloer van een vliegtuig lig en door een kijker naar een zwarte en grijze wereld kijk.

Arne's stem spreekt namen uit, waar ik nauwelijks naar luister. Zo nu en dan hef ik het hoofd op van de stereoscoop om belangstelling te veinzen voor de dingen die hij op de kaart aanwijst.

Ik kan er mijn gedachten niet bij houden als een ander probeert mij iets uit te leggen. Het is of ik alles wat ik werkelijk weten wil mijzelf wel uitleggen kan. Ik heb niemand nodig. Arne's hulp ook niet.

Het spijt me, het spijt me. Hij gelooft niet in Sibbelee's hypothese. Hij heeft er geen belang bij want hij is een leerling van Nummedal. Hij kan mij niet helpen aan het enige dat ik werkelijk nodig heb: een meteoorkrater.

Ik heb alle foto's bekeken. Gaten en meren genoeg, maar geen enkele van de zwarte vlekken is anders dan de rest. Er is op de foto's niets te zien dat mij redelijkerwijs kan doen hopen een uitzonderlijke ontdekking te zullen doen. Ik kan de moed wel opgeven.

Arne is nog bezig, goedmoedig en behulpzaam, uit te zoeken waarin de foto's van het kaartbeeld verschillen, enz. enz. Ik moet mij tot het uiterste bedwingen om niet op te staan en hem toe te schreeuwen: Laat maar! Het hoeft al niet meer! Ik heb het al gezien! Er is hier niets voor mij te vinden waarmee ik eer kan inleggen, waarmee ik het ongeluk van mijn vader kan goedmaken! Ik ga terug! Ik verknoei mijn tijd! Ik ben niet in de wieg gelegd om monnikenwerk te verrichten, ik ben niet een soort boekhouder van het vrije veld, ik wil niet beschrijven, maar ontdekken! Alles wat hier gevonden kan worden, is op andere plaatsen van de wereld ook al beschreven. Ik wil geen inventaris opmaken, ik ben geen archivaris zoals negenennegentig van de honderd onderzoekers! Ik wil iets opzienbarends vinden! Maar hier is niets te vinden dat niet al eens eerder gevonden is!

Ik zeg geen woord. Ik speel komedie, ik houd mij koest als een schooljongen die met slaag is bedreigd. Wat zou ik anders kunnen doen?
  Al vind ik dan geen meteoorkrater, ik kan niet beweren dat ik helemaal niets vind, al heeft wat ik vind met geologie niets te maken, al is het helemaal niet onder te brengen in de wetenschappen van aarde of kosmos. In geen enkele wetenschap voorlopig. Hier is sprake van een geval door Wittgenstein beschreven, waarin de manier, waarop iemand ertoe gekomen is iets te begrijpen, verdwijnt in datgene wat hij begrepen heeft. Alsof je zou zeggen: dat heb ik begrepen nadat

ik sterke koffie had gedronken. Maar de koffie heeft niets te maken met wat ik begrepen heb.

Ik begin namelijk te begrijpen hoe de wereld in elkaar zit, althans mijn wereld: de wereld waarin ik een enorme taak volbrengen moet, de wereld waarin ik succes moet hebben.

Ik bedenk, en het is onvoorstelbaar stompzinnig dat ik het nu pas ontdek, dat ik die luchtfoto's natuurlijk al lang in handen had moeten hebben voor ik hiernaartoe vertrok. Veel eerder. In Amsterdam had ik ze al moeten hebben. Ik had tegen Sibbelee moeten zeggen: voor ik de luchtfoto's van dat gebied gezien heb, is het nutteloos eraan te beginnen.

Maar dit is nog niet mijn voornaamste ontdekking.

Voornamer is dat er een groot wantrouwen tegen Sibbelee in mij opkomt. Sibbelee immers heeft zoveel meer ervaring dan ik.

Ik, dertig jaar jonger en tenslotte eigenlijk nog maar een student, ik ga op reis als mijn leermeester mij dat aanraadt. 't Is misschien dom, maar vergefelijk. Want Sibbelee's oordeel beslist over de vraag of ik knap ben of niet, of ik carrière zal maken dan wel mislukken. Ik had onmogelijk kunnen beginnen met hem tegen te spreken.

Niet onvergefelijk, eerder onbegrijpelijk is het, dat Sibbelee mij heeft laten gaan zonder die foto's. Sibbelee had moeten zeggen: –Ik heb Nummedal om die luchtfoto's gevraagd, maar hij stuurt ze niet. Dan kun je beter een ander onderwerp uitzoeken. Want, als men zich oriënteren kan met zo'n soeverein en modern hulpmiddel als de luchtfoto, zou het onzinnig wezen op goed geluk, zonder luchtfoto's de wildernis in te lopen. Even absurd als het zou zijn, wanneer een modern schip zonder kompas, radio en radar de oceaan zou oversteken.

Sibbelee is niet gek. Het is onmogelijk dat Sibbelee niet op die gedachte gekomen is. *Maar hij heeft zijn mond gehouden.*

Hij heeft mij laten gaan. Waarom?

Waarom? Met de foto's en de stereoscoop in mijn handen strompel ik naar Mikkelsen en vlak bij hem gekomen, zeg ik:

–Heel veel dank dat ik die foto's heb mogen bekijken.

–Already ready? vraagt hij.

–Yes. Ready.

–Please, put zem before my tent, will you?

Ik doe wat hij mij vraagt, leg stereoscoop en foto's op het stuk plastic voor hun tent.

Waarom heeft Sibbelee mij toch laten gaan? Het moet iets te maken hebben met de vijandschap die Nummedal tegen Sibbelee koestert. Wat wil hij? Als hij iets wil, dan zal het zeker zijn: dat ik wat ontdek waardoor Nummedal in het ongelijk wordt gesteld.

Ook al weer zo'n punt in al mijn ellende. Pas in Oslo heb ik ontdekt dat Nummedal niet de beste vriend van Sibbelee was. Nooit heb ik dat kunnen vermoeden. Nooit heb ik uit de verhalen van Sibbelee kunnen opmaken dat de wereldberoemde Nummedal niet zo'n hoge dunk had van Sibbelee. Natuurlijk! Sibbelee zal het wel uit zijn hoofd laten aan zijn studenten te vertellen: de grote Nummedal heeft niet zo'n hoge dunk van mij.

Diep in gedachten strompel ik de helling af, bij de tenten vandaan. Pas als ik aan de rand van het water ben, begin ik weer op mijn omgeving te letten. De zon wordt van wolken bevrijd en de rimpels op het meer veranderen in dun vloeibaar rood koper. Verder niets te horen, niets te zien, behalve de muggen rondom mijn hoofd.

—Dit is, zeg ik hardop en plechtig, een heel belangrijk ogenblik in het leven van een onervaren jongeman.

Ik bevind mij in een situatie waarin mij niets anders overblijft dan dat te doen, waarvan ik vrees dat het verkeerd is. De verkeerde richting ingeslagen, maar het is te laat om terug te keren. Op het verkeerde paard gewed, maar de wedstrijd is al half voorbij. Does Alfred go to the races today? No, he doesn't. Als ik immers de conclusies trek uit alles wat ik nu geconstateerd en bedacht heb, kom ik tot de slotsom dat ik zo gauw mogelijk naar Nederland terug dien te gaan, dat ik tegen Sibbelee moet zeggen: Het spijt me, professor. Dit onderzoek zal u noch mij opleveren wat we ervan verwachten. Ik groet u.

En dan? Ik weet alleen dat ik iets groots verrichten moet, maar wat het is, weet ik niet. Hoe erachter te komen?

Mijn moeder zal mij niet begrijpen, als ik terugkom met de boodschap dat ik het bijltje erbij neergelegd heb, omdat ik heb begrepen, dat het onzin is wat ik doe. Ze zal denken dat ik ziek geworden ben. Sibbelee zal mij niet begrijpen. Niemand zal mij begrijpen.

Wat moet ik beginnen?

Ik kijk rond over het vlakke meer, over de hellingen waarop niets beweegt. Bijna nooit zijn hier mensen geweest. Iets moet er toch te vinden zijn. Iets dat nog nooit eerder is gevonden. Er zijn zo weinig plaatsen op de wereld overgebleven waar nog niemand geweest is.

– Alfred! Where are you?

Ik word geroepen om te eten. Feitelijk is het of ik uit logeren ben. Zij bedisselen alles. Zij beschouwen mij als een gast. Uit gastvrijheid is het ongetwijfeld dat Qvigstad aan Mikkelsen is gaan vragen of ik zijn luchtfoto's zien mocht.
 Terwijl ik naar de plaats loop waar zij rondom de primus zitten, bedenk ik dat Arne misschien wel eens bij zichzelf zegt: Als er hier meteoorkraters waren, zouden wij Noren ze ook wel zelf kunnen vinden. Daar hoeft niet speciaal iemand voor uit Nederland te komen.
 Zelfs Arne, die toch mijn vriend is, die ik het beste ken van alle drie, zelfs hij zou dit wel eens kunnen denken. Want ik kan mij toch moeilijk voorstellen dat Arne al die tijd niet geweten heeft dat Mikkelsen in het bezit van de luchtfoto's was.

Mismoedig, ja zelfs argwanend, bang dat zij mij achter mijn rug hebben zitten uitlachen, ga ik zitten. De pap is klaar. Mikkelsen wil de lepel uit de pan nemen, maakt een ongelukkige beweging, de pan valt om, de pap stroomt over de primus die sissend en walmend dooft.

Wij springen op, vloeken in verschillende talen, lachen.

Arne verdeelt wat er nog in de pan is overgebleven over drie bordjes, schrapt zelf de pan uit met z'n lepel. Van nieuwe pap koken kan geen sprake zijn. Veel petroleum is er toch al niet meer.

Wij eten ook nog ieder twee stukken knäckebröd. Een met kaas, die elke dag intensiever beschimmelt in zijn van vet doordrenkte papier, een met honing uit een tube.

–Misschien, zegt Qvigstad, is de tijd nabij, dat men computers kan construeren die intelligenter zijn dan de menselijke hersens, zelfs die van de grootste geleerden. Zulke computers kan men dan de opdracht geven nieuwe computers te ontwerpen die nog intelligenter zijn. Zodra we een computer hebben uitgevonden die problemen bedenken kan zó moeilijk dat zij onmogelijk in enig menselijk brein hadden kunnen opkomen – en als we dan ook nog andere computers hebben die zulke problemen kunnen oplossen – is het einde van de wetenschap aangebroken. Dan wordt de wetenschap een sport. Zoiets als schieten met pijl en boog op een folkloristisch feest, of roeien, of snelwandelen.

–Of schaken, zegt Arne.

–O nee, schaken niet, want dan zijn er al lang computers die niemand verslaan kan. Of je kunt alle mogelijke combinaties opzoeken in een soort logaritmentafel die door computers is berekend. Alles is tegen die tijd uitgerekend. Goed schaken zou dan een kwestie van geheugen worden. Nee, schaken gaat eruit. Je vraagt je wel af waarmee de mensen zich dan nog zullen amuseren.

Arne: –Net als nu: met dobbelen, kletsen, hengelen en voetballen en alle dagen hetzelfde in de krant lezen en alle dagen hetzelfde op de TV zien.

Qvigstad: –Goed, ja. Maar de buitengewone mensen dan. Er zullen heel wat talenten ongebruikt blijven. Wat een idee! Te denken: ik heb een talent, maar alles wat ermee gedaan kan worden, is al gedaan. Er is al lang een machine die meer talent heeft dan ik.

–Wij zijn hele arme mensen, zegt Arne. De

wetenschap zal voortdurend anoniemer worden. Roem en eer zullen er niet meer aan te behalen zijn. De geleerde individuen zullen verzinken in hun eigen ontdekkingen. Eenmaal is de hele natuur bekend en voor de mensen die haar bekend hebben gemaakt, zal niemand zich meer interesseren.

–Anoniem, zegt Qvigstad, als de uitvinders van het vuur, het wiel en de priktol. Maar toch zal het nog lang duren voor de universiteiten ophouden toga's, graden en eredoctoraten uit te delen.

–Maar tegen die tijd, zegt Mikkelsen, worden dat kwestie van toeval. Net zoals nu sommige mensen beroemd worden om dingen die niets bijzonders zijn. Net zoals nu: honderdduizend meisjes van wie niemand ooit gehoord hebben, hebben goed figuur en maar eentje worden Miss Universe en komen in de krant.

–Lekkere tieten, zegt Qvigstad, is toch nog wat anders. Er bestaan een heleboel kleine meisjes die daar een heleboel lol aan beleven. Zonder in de krant te komen of zo, maar wel in de huiselijke kring. Dacht je niet?

–Een wiskundeknobbel of de speurzin van een ontdekkingsreiziger, wat je moeten daarmee beginnen in huiselijke kring, als de machines het beter doen en alles is ontdekt?

—Iedereen die een beroemd geleerde wil worden zal wel niet goed wijs zijn, zegt Qvigstad.

Ja, dat zegt hij. Waar denkt hij aan? Wil hij mij troosten?

—Zoals de iguanodons te gronde gegaan zijn aan hun grootte, beweert hij, zo zal de menselijke soort eenmaal uitsterven aan het besef van zijn overbodigheid.

32

Aan de slaapzak voelen: nog te nat. Dan maar proberen zonder slaapzak te slapen, gewoon aangekleed.

Om vier uur – elk half uur kijk ik op mijn horloge, Arne snurkt – wordt het zo winderig dat de vodden van de tent klapperen. Ik verwelkom de wind die de muggen verdrijft. Maar onzichtbaar zijn de bloeddrinkende vliegen binnengekomen, kruipen in mijn overhemd, in mijn mouwen. Zij doen geen pijn, maar laten dikke bloeddruppels achter. Zij gaan niet op de vlucht om hun gerechte straf te ontkomen. Ik verpletter ze onder de top van mijn wijsvinger. Kleine zwarte vliegen, kleiner dan de vliegen die in ons land op de jampot azen.

Op mijn elleboog leunend kijk ik naar Arne. Hij ligt met zijn gezicht naar mij toe, zijn hoofd op zijn handen. Zijn mond hangt open, zijn slechte gele tanden zijn te zien, tot ver achter op zijn kaken. De tanden van een oude man. Zijn hele gezicht is nu al versleten. 't Lijkt of hij nu al veel langer geleefd heeft dan de periode waar zijn lichaam voor berekend was. Zijn ogen zijn niet gesloten, maar weggezakt onder zijn oogleden. Zijn dichte stoppelbaard suggereert tegelijkertijd ouderdom, verval en verwaarlozing. Hij ziet eruit als een verkankerde reus, een zwakzinnige troll en het gesnurk dat hij uitstoot lijkt de enige taal te zijn die hij beheerst. Ik kan er niet van inslapen, elke nacht opnieuw. Toch weet ik zeker dat ik zo nu en dan slaap. Want ik word wakker van de stilte als ik zijn gesnurk niet meer hoor. Altijd is Arne dan niet meer in de tent. Ik kijk regelrecht in de punt van de piramide waar de muggen zich verzamelen, ga rechtop zitten, een smaak van verrotting in mijn mond. Uit de veldfles neem ik grote slokken water en steek een sigaret op. De muggen gedeeltelijk verjagend met mijn hand, deels wegblazend met rook, zit ik een minuut of tien te peinzen. Als de sigaret op is, steek ik mijn hand met het stompje onder het tentdoek door naar buiten en begraaf het met mijn vinger.

Mijn rechterbeen kan ik niet meer optrekken. Het is gezwollen en vertoont vreemde kleuren. Maar ik moet er nog op kunnen lopen. Lopen zal gemakkelijker zijn dan de voet omhullen met een natte sok. Daarvoor moet ik bewegingen maken die een al te pijnlijke overeenkomst vertonen met kamergymnastiek, waar ik veel te weinig aan gedaan heb, toen het nog geen pijn deed. Schommelend met mijn bovenlichaam, kan ik ten slotte de ingang van de sok over de rechtopstaande tenen van de voet aan het gestrekte been krijgen. De andere sok is geen probleem. Ik sta op, stap in mijn schoenen en kruip naar buiten. Het is half elf.

Een branderig zonnetje.

Aan een schuin in de grond gestoken tak hangt de koffieketel boven een houtvuurtje. Verder zie ik niets. De groene tent van Mikkelsen en Qvigstad is verdwenen. Wat is er nu aan de hand? Arne zie ik evenmin. Pas nadat ik de helling op gelopen ben, ontwaar ik hem aan de oever van het meer, waar hij bezig is het blauwe net op te vouwen.

Beurtelings naar hem kijkend en naar de ketel, vraag ik mij af hoe ik mij het nuttigst maken kan: door hem te gaan helpen of door op het vuur te passen – maar dan duurt het langer voor ik te weten kom waar Qvigstad en Mikkelsen zijn gebleven. De dunne tak waaraan het keteltje hangt begint te branden, terwijl de vlammen eronder uitdoven.

Zo vlug mogelijk strompel ik ernaartoe. De ketel zou beter op stenen kunnen staan, maar stenen van de goede grootte zie ik niet hier in de buurt. Een dikkere tak evenmin. Het valt nog niet mee een ketel water aan de kook te krijgen zonder primus.

Op mijn knieën liggend blaas ik in het gloeiende hout. Droog mos en droge dwergberkjes schuif ik er voorzichtig in.

Als Arne met het net terugkomt, kookt het water eindelijk met kleine belletjes. Arne heeft alleen het net, geen vis.

– Waar zijn Qvigstad en Mikkelsen gebleven?
– Die zijn twee uur geleden al vertrokken.
– O, ik dacht al. Enfin, als wij dan vanavond komen opdagen, zitten ze met gebakken forellen op ons te wachten.
– Ik ben bang van niet.
– Waarom niet?
– Wij gaan ergens anders naartoe. Ik zal de kaart halen.

Arne haalt de kaart, terwijl ik koffie in het kokende water gooi. Er zal knäckebröd met honing uit een tube moeten worden gegeten, want

Qvigstad en Mikkelsen hebben de melkpoeder en de havermout meegenomen.

Arne gaat zitten met de kaart. Ik vraag en het kost mij nogal wat zelfoverwinning:

– Was er een speciale reden dat zij er zo vlug vandoor gegaan zijn?

– Speciale reden? Hoe bedoel je?

– Ik had wel afscheid van ze willen nemen.

– O, bedoel je dat. Maar je sliep nog.

Hij vouwt de kaart open en neemt zijn leesglas ter hand.

– Is het de bedoeling, vraag ik, dat we ze op den duur weer ergens ontmoeten?

– Nee, dat zal denk ik niet goed mogelijk zijn.

Ik ga naast Arne zitten. Mijn snorharen zijn al zo lang dat ik ze met mijn onderlip naar binnen kan halen en erop knabbelen, op het ritme van vage gedachten die, treurig, zich nu met dit en dan weer met wat anders bezighouden.

Arne legt uit, dat in verband met het onderzoek van Qvigstad, die twee naar het noorden zullen lopen, daarna gaan ze terug in de richting van de berg Vuorje en zo weer naar Skoganvarre.

Voor ons daarentegen is het het beste als we naar het zuiden gaan – Tot hier... – hij wijst een dunne stippellijn, die op de meeste andere kaarten allicht een weg zou voorstellen, maar op deze eigenlijk niet.

Het is, verklaart hij, een route, in het terrein hoogstens zichtbaar als een spoor van tien centimeter breed, gemarkeerd door stenen. Dit laatste wil zeggen dat op de grote stenen waar het spoor toevallig langs komt, vroegere voorbijgangers een klein steentje hebben neergelegd. Deze manier een spoor te markeren is algemeen gebruikelijk in Noorwegen.

Langs dit spoor werd in vroeger tijden wel eens post vervoerd door een koerier. Is men bij een grote steen, waarop een kleine steen ligt, dan is het meestal mogelijk de volgende grote steen waar een klein steentje op ligt, te herkennen in de verte. Zo kan men zijn richting bepalen. Het is de gewoonte dat iedereen die van het spoor gebruik maakt, weer een klein steentje legt op grote stenen die hun kleine steentjes door een of andere oorzaak kwijtgeraakt zijn: wind, smeltende sneeuw. Want het spoor is niet alleen op de kaart, ook in werkelijkheid een stippellijn. Soms honderden meters uitgewist, weggespoeld, dichtgegroeid.

Hij legt het leesglas neer om koffie in te

schenken en knäckebröd te smeren. Ik bekijk de kaart nog eens, mij afvragend of de weg die Arne uitgedacht heeft, voor mij wel zo voordelig is. Als we het spoor dat hij bedoelt gevonden hebben, zullen we het volgen naar het oosten en uiteindelijk een plaats bereiken die op de kaart Ravnastua heet. Een plaats of dorp is het helemaal niet. Arne heeft mij verteld wat er is te vinden: een huis, bewoond door een Lap, met een paar bijgebouwtjes die als logeergelegenheid dienst doen. Natuurlijk komt er bijna nooit iemand, zelfs 's zomers niet. Het wordt in stand gehouden door de staat, als een toevluchtsoord in de onherbergzame woestenij. Het dorp dat daar het dichtste bij ligt, is Karasjok, maar zelfs daarvandaan is Ravnastua zo ver en zo moeilijk te bereiken, dat Ravnastua geen toeristen trekt. Hoogstens een enkele excentrieke visser. Zo nu en dan een paar biologen of geologen. Of Lappen die in moeilijkheden zijn geraakt. Arne is er twee keer geweest en hij was dan de enige gast. Levensmiddelen en andere benodigdheden worden er aangevoerd met rupsvoertuigen.

Wij zijn er nog minstens honderdvijftig kilometer vandaan, als we de tocht maken zoals Arne aanwijst, met alle omwegen en dan langs dat oude koeriersspoor. Dit achter de rug, zal ik in elk geval het grootste deel van mijn onderzoekingsgebied hebben gezien. Het is heel logisch dat Arne zo wil lopen.

Maar de vraag waarom Qvigstad en Mikkelsen naar het noorden gegaan zijn, laat mij niet los.

De zon is heter en groter dan ooit. Dit belooft een drukkend hete dag te worden. Wel zijn er wolken in de lucht, kolossale, of er twintig atoombommen tegelijk ontploft zijn. Het is of zij uit hete gassen bestaan en niet uit water.

Ik sta op, trap de gloeiende takken uit, verspreid ze enigszins, gooi de ketel leeg, strompel naar het meer en spoel de ketel om.

Noren, dat heb ik al herhaaldelijk opgemerkt, zijn heel omzichtig in de omgang met elkaar. Noren wonen met z'n vier miljoenen in een land dat een oppervlakte van tienmaal Nederland heeft, maar Nederland heeft drieënhalfmaal zoveel inwoners. In Noorwegen wonen elf mensen op een vierkante kilometer, niet driehonderdzestig, zoals bij ons. In zo'n land is het nog wat bijzonders als je een ander menselijk individu tegenkomt. Je blijft op drie pas afstand van elkaar staan, maakt een lichte buiging, lacht vriendelijk, denkt ondertussen: 't kan net zo goed een struikrover wezen, reikt elkaar dan de hand, informeert behoedzaam naar welvaren en gezondheid. Zijn ze bij het afscheid nemen misschien minder vormelijk?

Dat kan ik mij niet voorstellen. Waarom zijn Qvigstad en Mikkelsen dan weggelopen zonder mij te groeten? Hoe vroeg zijn ze niet opgestaan om dat voor elkaar te krijgen? Ze hebben immers eerst nog ontbeten, hun tent afgebroken, gepakt. Arne hebben ze nog gezien. Ik moet wel diep geslapen hebben. Maar waarom hadden ze zoveel haast?

Zij wandelen hier rond, zoals een ander in een park, bedenk ik, terwijl ik met de schoongespoelde ketel langzaam terugloop. Zij komen hier jaar in jaar uit, zij zijn in hun eigen land.

Als ik mij over hen verbaas, verbaas ik mij over hen op dezelfde manier waarop de buitenlanders zich over de Nederlanders verbazen. Dat wij op fietsen balanceren in straten vol auto's en trams, langs diepe kanalen, overal mobiele afgronden des doods om ons heen.

Wat doe ik ook hier, zo ver van huis? Maximale resultaten worden niet noodzakelijk alleen door maximale inspanning bereikt, maar door iemand die zich maximaal inspant op een terrein waar hij toch al maximaal in het voordeel was. Het scherpst geschoten wordt niet door de beste scherpschutter, maar door de beste scherpschutter die het beste schootsveld heeft en het beste geweer.

Het is nooit, nergens en door niemand uitgesproken, maar ik zeg het bijna hardop tegen mijzelf: Maakt het niet een beetje de indruk of ik de Noren in hun eigen land wil komen beconcurreren? En heeft Nummedal het niet van het begin af zo opgevat? Laat hij maar komen, heeft Nummedal gedacht, laat hij zich maar te pletter lopen tegen een bergwand.

Misschien zou ik het gemakkelijker hebben, als ik de Noren die ik verder ontmoet heb, niet zulke aardige mensen had gevonden. Ja ook Mikkelsen, alles bij elkaar.

En neem nu Arne.

Hij heeft de tent al afgebroken als ik terugkom. Hij heeft zijn rugzak al gepakt. Wat zie ik? Voor mijn rugzak is er bijna niets overgebleven.

Tot dusverre heb ik onder andere het tentdoek gedragen en hij de twee delen van de stok.

–Waar is het tentdoek?

–In mijn rugzak.

–In jouw rugzak? Waarom?

–Het is beter als jij niet zoveel draagt, met die opgezwollen knie.

–Ik voel er bijna niets meer van.

–Daar gaat het niet om, maar het zou erger kunnen worden. En wat zou je dan moeten, als je helemaal niet meer vooruit kon?

–Dat zien we wel als het zo ver is. Kom geef mij de tent.

–Nee, nee, echt niet. Morgen misschien weer.

Hij begint al te lopen. Hij heeft zich ook meester gemaakt van het theodolietstatief.

–Arne, geef mij de driepoot!

Hij draait zich, terwijl hij lopen blijft, om: –Ja goed, een volgende keer.

Hij loopt verder.

Ik kniel en pak mijn rugzak in. Ik heb nu nauwelijks meer te dragen dan mijn persoonlijke bezittingen: mijn slaapzak, verder tandenborstel, zeep, wat ondergoed, enzovoort, dingen die ik grotendeels nog nooit heb uitgepakt. Blijft nog over voor mij om mee te nemen: twee pakken knäckebröd, zeven tubes honing, pak zout, de koffieketel en het grote visnet, maar dat bestaat uit gaten.

Zo snel mogelijk hinkend haal ik Arne in, die trouwens, zodra hij gezien heeft dat ik deed wat hij zei, langzamer is gaan lopen.
 –Zeg Arne, je moet het niet te gek maken.
 Ik bezweer dat ik dit zonder een spoor van schijnheiligheid zeg. Dat kan ik zelfs bewijzen. Ik ben eerder verontrust dan blij, dat hij bijna alles draagt en ik zo goed als niets. Zal hij er niet als dat nog lang duurt, genoeg van krijgen, dat wil zeggen genoeg krijgen van mij?
 Ondertussen zet Arne mij uiteen dat zijn vracht niet zwaar is:
 –Je vergeet zeker dat ik vorige jaren hier doodalleen geweest ben. Toen moest ik toch zeker ook de tent volledig dragen? Het doek, de stokken en bovendien het visnet?
 Ik doe mijn best hem te geloven. De overweging dat hij, als hij in zijn eentje was, geen eten voor twee zou hoeven mee te nemen, gaat ook niet helemaal op, want onze voorraden zijn al danig geslonken.

33

's Middags om drie uur zitten wij aan de rand van het diepste ravijn dat ik ooit gezien heb. Het is of een bijl van kosmische afmetingen de aardkorst hier heeft gekloofd. De wanden van de kloof zijn bijna loodrecht en met enorme scherpkantige rotsblokken bezet.

Daarlangs afdalen lijkt mij eerder iets voor echte alpinisten met touwen, klimijzers en honderd sherpa's die alles voor hun sahibs overhebben. Zo'n sherpa neemt zijn sahib desnoods op de rug. Of vier sherpa's dragen hem in een veldbed. Vier sherpa's... twintig sherpa's... desnoods tweehonderd. Geven hun sahib aan elkaar door, zoals de blussers van een brandende hooiberg een emmertje water aan elkaar doorgeven. Sahib rookt ondertussen rustig zijn pijpje, schrijft in z'n dagboek, schilt een ananas. Sahib krijgt zijn foto in de krant, toespraken, medaljes; de sherpa's een fooi.

Ik heb tot dusver ondervonden dat op deze

tocht niets voortdurend erger wordt dan het al is. Na klimmen volgt afdalen, regen houdt ook wel weer eens op, moeras wordt opgevolgd door droog terrein en zelfs de stenen waarop ik mijn enkels verzwik, zijn soms over lange afstanden afwezig. Kortom: net als altijd in het leven, een soort specifiek gemiddelde van ellende. Maar een helling zoals die waaraan wij nu zitten, is nog niet voorgekomen.

Ik kijk naar Arne, hoop dat hij er het eerst over beginnen zal, maar hij zegt alleen:

– We kunnen het beste hier eerst wat eten.

Het beste hier? Nauwelijks. Alle twee beginnen wij rond te lopen, op zoek naar droge takjes. Het duurt wel een kwartier voor we een paar handenvol brandstof hebben verzameld.

Zorgvuldig bouw ik een oven van drie bijna even grote keien. Arne zet de koekepan erop, ik ga op mijn buik liggen en ontsteek de eerste lucifer. Het hout brandt een ogenblik, daarna verdwijnt de vlam. Roodgloeiende takjes die verschrompelen blijven over. De tweede lucifer. Ik blaas uit alle macht. Arne heeft een blikje vlees opengemaakt en doet de inhoud in de pan. Ik strijk een derde lucifer af.

– Met de primus ging het beter.

—De primus was leeg. Qvigstad en Mikkelsen moeten ook vuurtjes stoken, net als wij.

Vierde lucifer. Zelfs nu, plat op mijn buik, kan ik in de afgrond kijken, zo wijd is hij. Terwijl ik uitrust van het blazen, komt mijn mond niet tot stilstand. Niet van honger maakt mijn keel slikkende bewegingen, glijden mijn tanden, als om zich te slijpen, voortdurend langs de binnenkanten van mijn lippen, gaat mijn tong radeloos heen en weer in het hol waar hij toch al vijfentwintig jaar in opgesloten zit.

Ach lieve Jezus, ik ben bang. Zelfs als ik van die rotswand te pletter zou vallen, morsdood, zou ik mij na mijn dood nog doodschamen. De kruk der krukken, de klungel uit de lage modderlanden. Qvigstad en Mikkelsen hebben hun geduld ermee verloren. Hij veroorzaakt te veel tijdverlies. Arne is te beleefd om iets te laten merken, maar hij denkt: was ik maar alleen. Ik zou vlugger opschieten. Ik zou mijn aandacht beter bij mijn werk kunnen houden. Ik zou niet hoeven sjouwen voor twee. Duivel in de hel! (Dit is het Noorse ekwivalent van godverdomme.)

Het is mij op dit ogenblik onmogelijk me voor te stellen dat niemand zich na zijn dood meer ergens voor kan schamen. Toch heb ik nog nooit zo heftig niet dood willen gaan als nu. En als een kaakslag treft mij de gedachte: is misschien ook mijn vader niet zo'n bijzonder behendige klimmer geweest? Was ook hij misschien al een paar keer gevallen voor hij doodviel? Hadden zijn tochtgenoten misschien al bij zichzelf gedacht: dit is de brekebeen van de expeditie, die bezorgt ons niets dan last en oponthoud? Zijn lijk heeft al hun plannen in de war gestuurd.

Ik zit rechtop, mijn linkerhand omvat mijn linkerkuit, in mijn rechterhand houd ik tussen duim en middelvinger een stuk brood, waarop ik met de rechterwijsvinger een stukje halfwarm vlees vasthoud. Ik vergeet een ogenblik te happen en mijn oog valt op mijn rechterpols, waar ik de slagader duidelijk zie kloppen. Dit is wel heel monsterlijk, dit is een van de afschuwelijkste manieren waarop de mens zich bewust kan worden van zijn dierlijkheid. Een dier. Is het niet of daar onder mijn vel een worm verborgen zit, die zijn rug krampachtig buigt en strekt om los te breken? – Stil maar, arm klein diertje, je bevrijding komt misschien vlugger dan je denkt en het wordt een grote teleurstelling voor je. Want jij kunt net zo min buiten mij bestaan, als een mossel in leven kan blijven zonder zijn schelp.

Ik steek het brood in mijn mond en begin te grinniken.

Ineens hoor ik hoe Eva, die aan God gelooft, mijn moeder zal troosten: –Huil niet, mama. Alfred is nu bij vader!

Zij wijst met haar vinger naar boven. Haar vinger met zorgvuldig gelakte nagel. Vervolgens neemt zij haar poederdoosje uit haar tasje om het spoor van een traan op haar wang weg te wissen. Ook haar vriendinnen besteden alle zorg aan haar nagels. Domme meisjes, die net als Eva aan God geloven. Eva als enige overgebleven, is onze familie voorgoed buiten staat revanche te nemen voor de dood van mijn vader. Wij mogen blij wezen als Eva het volgend jaar het eindexamen van de middelbare school voor meisjes haalt. Er hoeft zelfs niet op gehoopt te worden dat zij ooit elke week in zeven Nederlandse kranten navertellen zal wat de *Observer* en de *Figaro Littéraire* over twintig buitenlandse boeken schrijven. Maar over God zeuren kan zij goed. Ik probeer haar al lang niet meer te bekeren en als ik tegen haar zeg: –Begrijpen dat het woord god niets betekenen kan, is alleen maar een van die dingen waar jij te dom voor bent, antwoordt zij: –We zullen eens afwachten wat er van jou terechtkomt, met al je knapheid.

Ik kan het eten bijna niet doorslikken van het lachen. Mijn ambitie, iedere ambitie, wordt om te stikken van de lach, zo gauw je het gevoel hebt dat het er alleen maar om gaat je gelijk te bewijzen voor een dom meisje dat in God gelooft. Ik zal haar laten kijken waartoe ik het breng met al mijn knapheid! Want als ik verongeluk, zal zij met een gemanicuurde nagel naar de hemel wijzen en zeggen: –Hij is nu bij vader.

Wie weet, zal mijn moeder het nog geloven ook! De leeftijd en de opeenhoping van verdriet zouden haar werkelijk excuseren.

Ik sta op en de kloof wordt nog dieper. De tegenoverliggende wand van het dal is dofzwart en wordt nooit door de zon bestraald. Er ligt een kleine gletsjer tegenaan. Water stroomt eraf in diepe geulen en toch wordt hij nauwelijks kleiner, toch zal hij de zomer overleven.

Ik hijs mijn rugzak op mijn rug en wacht af wat Arne doet. Waar zal hij naar beneden gaan? Of zullen we eerst maar langs het ravijn lopen tot we ergens komen waar de wand minder steil is? Ik zeg geen woord, ik vraag niets. Arne schopt de stenen uit elkaar en trapt het laatste vuur uit de takken die toch al bijna niet meer branden. Een fjelljo vliegt over, strijkt neer, onzichtbaar door zijn schutkleuren, fluit morseseinen, drie korte achter elkaar, de letter S, de eerste letter van S.O.S.

In korter tijd dan de opsomming ervan duurt, besef ik alles wat mijn situatie hachelijk maakt en zonder nooduitgang: ik vrees wat Eva zeggen zal als ik mocht doodvallen. Maar als ik levend beneden kom, zal mijn angst te belachelijk geweest zijn om ook maar iemand te kunnen vertellen wat ik nu doorsta. Arne vragen een andere weg te kiezen is ook onmogelijk – nadat Qvigstad en Mikkelsen zich afgescheiden hebben en gelet op de vermoedens die ik over hun beweegredenen koester.

Nog nooit heb ik zo zeker geweten iets te beleven dat zo volkomen voor niets was en onmogelijk kan worden naverteld, als nu ik Arne achternaloop en de diepte van de afgrond als een onzichtbare binnenstebuiten gekeerde vloedgolf op mij aanstormt: Wàt ik ook doe, wàt mij ook zal gebeuren, ik zal het niet hebben gewenst.

Een geheim bewustzijn ontbloot zich.

Op dit moment gaat een tipje van de sluier omhoog die over het hele leven ligt: dat ik altijd en in alles weerloos, machteloos en vervangbaar als een atoom ben en dat alle bewustzijn, alle wil, hoop en vrees alleen maar manifestaties zijn van het mechanisme waarvolgens de menselijke moleculen zich bewegen in de peilloze kosmische materiedamp.

Arne loopt bijna recht naar beneden, glijdt een eindje, stapt op een steen, stapt op een volgende steen. Steeds sneller loopt hij, nee het is vallen, voortdurend door zijn voeten afgeremd. Hij bereikt een deel van de helling zo steil, dat het lijkt of hij alleen nog door een onzichtbare parachute tegengehouden wordt. Ik zie dat hij zijn lichaam, zoveel mogelijk zigzaggend, langs een denkbeeldig horizontaal vlak stuurt. Zijn schouder schuurt tegen de helling.

Diep beneden ligt de heldergroene bodem van het kloofdal. Water kronkelt zich er in dunne stroompjes overheen, zo doelloos, dat het lijkt of het erop gemorst is, maar het blikkert als vloeibaar staal.

Ik concentreer mijn aandacht op mijn voeten, ik zet de ene voet voor de andere, merk niet meer dat ik ademhaal, mijn bloed bonst in mijn keel. Ik grijp mij vast aan de nietige kruiden die in spleten op de rotswanden groeien, alsof ze mij zouden kunnen redden, mocht ik uitglijden. Belachelijk! Meestal raken hun wortels al los zodra ik ze aanraak. Wat zal er gebeuren, als ik uitglijd... Met mijn kop tegen een steen slaan, of terechtkomen tussen twee rotsen in, beklemd raken als een wig, borstkas ingedrukt, botten gebroken? Misselijk van bezorgdheid zie ik dat Arne de bovenrand van een brede tong los puin bereikt, een waaier van kleine stenen die tot ver in het dal reikt als een loopplank. Een steenlawine die daar tot rust gekomen is. Arne zakt er tot over zijn enkels in, maar heeft geen enkel gevaar meer te duchten. Daar komen! Daar is het eind van mijn kwelling!

Zonder meer iets te vrezen spring ik van steen naar steen, houd mij niet meer vast, kan gillen van pijn in mijn gekwetste knie, maar ik bemerk dat ik even elegant en vlot afdaal als ik het Arne heb zien doen. Of ik een trap af liep, zonder erbij na te denken. Ik kijk nauwelijks nog waar ik mijn voeten zet, zie afwisselend de groene bodem van het dal en het witte vlak van de gletsjer aan de overkant. Plotseling wordt mijn vaart gesmoord in het zand van de puinwaaier. Ik sla half voorover, richt mij weer op, hol dan, door niets bedreigd, verder naar beneden.

Mijn oren vullen zich met het ruisen van water. De muggen zijn mij trouw gebleven en omzwermen mijn hoofd als elektronen een atoomkern. Koude lucht stroomt van de ijslaag op de muur tegenover mij naar mij toe. Ik moet m'n hoofd ver achterover buigen om de hemel nog te zien: een blauwe gekartelde streep. Smakkend gaan mijn schoenen door het groen: veenmos en poolwilgen. Ik kom aan het water, buk en drink er achter elkaar twee bekers van. Het is zo ondiep, dat we er zonder onze schoenen uit te trekken doorheen kunnen lopen. Rusteloos de overkant afspeurend, op zoek naar een plaats waar de wand het beste te beklimmen zal zijn, ga ik Arne achterna, verwachtend dat hij het wel zal weten. Over de gletsjer? Maar die loopt dood op een loodrecht amfitheater van steen.

Aan de overkant van het water begin ik te voelen dat ik steeds dieper wegzak in het mos. Het mos verdwijnt, wordt opgevolgd door zwarte modder. Ik raak aan alle kanten omringd door poolwilgen die mij tot het middel reiken. Arne is al bezig naar boven te klimmen. Hoe is hij daar gekomen? Mijn schoenen lopen vol. Ik moet mijn benen steeds hoger opheffen om vooruit te komen. Het water staat al tot mijn knieën. Ik voel het zitvlak van mijn broek nat worden. Maar wat moet ik doen? Fototoestel en kaartentas die voor mijn borst hangen, probeer ik nog droog te houden door ze op te tillen, moet ze loslaten, heb allebei mijn handen nodig om niet te vallen. Steeds sneller moet ik mijn voeten verplaatsen, nog hoger moet ik ze optillen. Elke seconde dat ik langer op dezelfde plaats sta, zak ik een decimeter dieper in het veen. Ook mijn bovenlichaam raakt doorweekt, maar van zweet. De muggen strijken neer op mijn gezicht, in mijn ogen. Mijn hijgende mond zuigt ze naar binnen, ik voel ze op mijn tong, op mijn huig. Ik schreeuw niet, want niemand kan mij helpen. Ten einde raad laat ik mij voorover vallen, dwars over een opeenhoping van wilgen. Ze slaan plat en vormen een net dat mij tegenhoudt. Langzaam trek ik mijn linkervoet los, weet hem op drie platliggende wilgen te plaatsen, trek dan de rechtervoet los, richt mij op.

Water stroomt uit mijn rugzak, mijn windjack en mijn broek, als ik eindelijk weer op het droge ben. Heeft Arne iets gezien? Ik geloof het niet. Toevallig of dank zij meer ervaring, heeft hij gelopen op plaatsen waar het veen minder dik was, of het grondijs minder diep. Hij heeft geen idee van de moeilijkheid die ik heb moeten overwinnen. In een langgerekte zigzaglijn klim ik naar boven, voeten dwars tegen de helling.

De gletsjer maakt een gedruis alsof in een grote zaal honderd badkuipen voortdurend overlopen. Groezelig als een laken in geen maanden gewassen, is de kleur van het ijs. Pleksgewijze is het zo dik met stof en gruis bedekt, dat het wit niet meer is te zien. Onder mijn voeten kraken de scherven van het leigesteente als glas.

Na elke afdaling is klimmen een verademing. Klimmen is geen langzaam vallen, zoals dalen. Soms, midden op een helling, een ogenblik diep ademend, sta je stil en kijkt naar beneden en wordt door angst overrompeld.

Je zou wel terug willen gaan, maar bedenkt onmiddellijk dat teruggaan even gevaarlijk is als verder gaan en gaat verder.

34

Ik kan nog niet begrijpen dat ik erdoorheen gekomen ben, niet gevallen, nauwelijks uitgegleden. Arne heeft mij een van zijn sigaretten gegeven. De mijne zijn doorweekt. Wij zitten op een vooruitstekende rots, als op een bank, recht boven de gletsjer. Arne heeft niets gezegd over mijn natte toestand, hij moet in de gaten hebben dat ik mij die kleine ongelukjes verschrikkelijk aantrek.

Ik doe mijn schoenen uit, keer ze om en laat het water eruit lopen.

Ik zeg:

—Het is een gek idee dat er van al die miljarden dingen die er op aarde gebeurd zijn en gebeuren, op den duur geen spoor overblijft.

Hij:

—Maar een even gek idee zou het zijn als er ergens een administratie van zou bestaan.

Ik:

—In zo'n administratie zou alles beschreven

moeten worden wat er van seconde tot seconde op de wereld gebeurt: een golf die te pletter slaat tegen een pier, regendruppels die vallen, alles wat de drie miljard mensen doen en denken, iedere bloem die ontluikt en verdort, met afmetingen, geografische lengte, geografische breedte, kleur, en gewicht.

– Waarom alleen van onze wereld? Ook de precieze geschiedenis van het heelal zou moeten worden opgetekend. Een dergelijke administratie zou een heelal op zichzelf worden, een duplicaat van ons heelal.

Ik:

– Twee heelallen, maar dat zou nog niet voldoende wezen. Ook de geschiedenis van de administratie zou weer moeten worden geadministreerd: een derde heelal. En zo verder. Oneindig vele heelallen en niets zou ermee gewonnen worden, geen enkel raadsel opgelost.

– Ja. Wittgenstein heeft gezegd: de feiten horen alle alleen maar tot de opgave, niet tot de oplossing. Het mystieke is niet hoe de wereld is, maar dat zij is.

– Ah! Heb jij Wittgenstein ook gelezen?

– Die zal steeds meer gelezen worden. Weet je dat hij jarenlang in Noorwegen heeft gewoond?

Hij neemt zijn dagboek op zijn knie en begint te tekenen. Ik kijk over zijn schouder. Hij tekent zoals een ander schrijft. Hij schrijft op, wat hij ziet, zonder woorden. Hoe jaloers ben ik op hem!

Ik zal op den duur wel kunnen leren een rots te beklimmen of een rivier over te steken, maar tekenen niet. Ik heb er sinds mijn prilste jeugd mijn best op gedaan en het is nooit wat geworden. Groot is mijn verachting voor de theorieën van sommige psychologen over de naïeve scheppingsdrift van het kleine kind, dat volgens hen een auto met vierkante wielen tekent omdat het in *een eigen wereld* zou leven!

Ik heb altijd geleefd in de wereld die er al was voordat ik bestond en ik herinner mij niet dat de auto's voor mijn gevoel ooit vierkante wielen hebben gehad, ook al was ik vijf jaar oud en tekende ik ze zo.

Vijf jaar oud wist ik dat de tekeningen die ik maakte het niet konden halen bij de foto's in de krant en als ik uren achter elkaar had zitten knoeien, verscheurde ik het papier en barstte in huilen uit.

Werkelijk, goed beschouwd ben ik niet rijk gezegend met eigenschappen die mij te pas kunnen komen in de geologie. Vergeetachtig. In staat zelfs de weg kwijt te raken die ik goed ken. Onsportief, slecht geoefend. Onleesbaar schrijvend, houterig tekenend.

Wat een ellende! Ik doe deze dingen alleen maar omdat ik zo graag wil en niet omdat ze mij vanzelf afgaan. Ik heb alleen mijn uithoudingsvermogen. Ook bezit ik de gave gauw te begrijpen wat er in een boek staat, waardoor ik al mijn examens vlug en heel goed heb afgelegd.

Arne is beter toegerust om succes te hebben dan ik en zelfs hij gunt zichzelf niets, uit angst dat het hem niet zal lukken een belangrijke wetenschappelijke prestatie te verrichten. Ik moet oppassen dat zijn defaitisme niet aanstekelijk op mij werkt. Ik heb een beter kompas dan hij en ik zal tonen dat ik in staat ben het te gebruiken.

Om ook iets te doen, knoop ik de koorden van mijn rugzak los. Nog altijd is water bezig uit het canvas te druipen, voor zover het niet optrekt in mijn slaapzak, waarvan de gele kleur overgaat in zwartbruin.

Mijn notitieboek is doorweekt. Het boek opengeslagen, voorzichtig met de bladeren wapperend in de hoop dat ze dan vlugger drogen, tik ik met mijn potlood dat ik in de rechterhand houd, tegen mijn tanden.

Van schrijven kan geen sprake zijn. Het potlood laat geen enkel spoor achter op het natte papier. Zou ik er harder op drukken, het zou alleen het papier maar openscheuren.

Deze kloof is verreweg het indrukwekkendste fenomeen dat ik tot dusverre gezien heb, maar ik kan er niets over opschrijven. Wat te doen? Een paar foto's maken is het enige dat er op overschiet.

Ik open het tasje van mijn fototoestel, breng het toestel aan mijn oog, druk af. Een enkele foto is natuurlijk niet voldoende. Ik wil de film transporteren en draai aan de knop. Zit muurvast! Er moet water in het toestel gekomen zijn, de gelatine van de film is kleverig geworden en plakt. Ik ben machteloos. Het toestel openmaken kan ik niet, want dan verlies ik de hele film. Een donker plekje is hier vierentwintig uur per dag nergens te vinden en als ik het toestel niet open, wordt het nooit meer droog.

Arne is klaar met zijn tekening, sluit zijn cahier, neemt op zijn beurt een foto, schudt het hoofd.

–Perhaps...

Met een gevoel of ik het zo onopvallend mogelijk doen moet, berg ik mijn toestel weer op.

Daarna haal ik mijn kaarten uit de kaartentas, ook doorweekt. Ik spreid ze uit op de warme grond en bestudeer de route die wij zullen moeten nemen.

Het gebied waar wij nu gekomen zijn, is op een eigenaardige manier heuvelachtig, hobbelig zou eigenlijk een beter woord zijn. Een duinlandschap dat nagemaakt is in karig begroeide hopen zand, leem en stenen. Tien kilometer naar het zuidwesten ligt het meer dat wij uitgekozen hebben om ons kamp op te slaan. Op de kaart lijkt het of je er, niet door belangrijke obstakels gehinderd, bijna in een rechte lijn naartoe kunt lopen.

Ik pak mijn kompas en bepaal vast in welke richting het zuidwesten ligt.

Arne kijkt op zijn eigen kaart en staat op.

–Daarheen!

Hij wijst in een richting loodrecht op de richting die ik zojuist bepaald heb.

–Ach kom nou! Daar!

Ik wijs op mijn beurt. Op de linkerhand houd ik mijn kompas horizontaal. Geen twijfel mogelijk, ik wijs de goede richting aan.

Arne zet een gezicht alsof hij zijn lachen niet bedwingen kan en trekt aan het rafelige touwtje zijn padvinderskompasje van plastic uit zijn borstzakje. Hij steekt het naar mij uit of hij een chocoladereep presenteerde, maar ik weiger erop te kijken. Ik buk, laad mijn rugzak op en begin te lopen, het kompas nog steeds opengeslagen op mijn linkerhand. Ik kan mij niet vergissen! Arne zal mij wel achternakomen als het tot hem doordringt dat hij het bij het verkeerde eind heeft.

De grond is droog, glad en bijna niet begroeid. De hellingen zijn niet steil, ik kan grote stappen maken. Met een paar uur zullen tenminste mijn kleren aan mijn lijf gedroogd zijn. Als de zon nu maar schijnen blijft zal het mij ook nog wel lukken mijn kaarten weer te drogen. Het dagboek zal ik, op de eerste plaats waar ik rust neem, rechtop neerzetten, de kaft opengevouwen tot een hoek van negentig graden, de bladen voorzichtig losgemaakt, zodat de lucht ertussen zal komen. Dan wordt het wel weer droog.

Zonder nog iets van de omgeving te zien, concentreer ik mijn simpele gedachten op mogelijkheden ook het fototoestel weer droog te krijgen. Werd het hier maar eens een keer nacht! Dan zou ik, hoofd naar voren, in de slaapzak kunnen kruipen met het toestel, het open kunnen maken zonder dat er licht bij kwam, het inwendig afdrogen met een schone zakdoek. Heb ik die nog?

Maar het wordt hier geen nacht. Gedwongen zijn te leven zonder duisternis! Maar ik kan proberen of het mogelijk toch nog donker genoeg wordt in de slaapzak als Arne er *zijn* slaapzak ook nog overheen gooit. Waar blijft hij?

Ik kijk achterom, maar zie hem nergens. Zou hij nu nog niet weten welke kant hij op moet?

Zelfs in mijn eigen ogen lijkt het bijzonder kinderachtig, maar dat Arne het nu eens bij het verkeerde eind heeft, geeft mij meer moed dan waar ik in lange tijd over heb beschikt.

–Arne! Hierheen! roep ik. *In het Nederlands!*

Voor het eerst sinds weken is er een Nederlands woord over mijn lippen gekomen.

Ik bestijg een heuvel, maar ik zie Arne nergens. Ik ga de heuvel aan de andere kant weer af.

Over een heuvel heen lopen kan er gemakkelijk toe leiden dat je de richting kwijtraakt. Aan alle kanten door heuvels omringd, verander ik in het vooruitgaan onophoudelijk de omtrekken van mijn horizon. Vaste punten waarnaar ik mij kan richten zijn er niet. Alleen grote stenen. Maar te veel om niet in de war te raken. Dus blijf ik even stilstaan en kijk opnieuw op mijn kompas.

Er gebeurt nu iets vreemds. De hoek die de naald van het kompas maakt met de richting die ik op de kaart heb vastgesteld, is precies negentig graden minder dan zoëven. Met andere woorden: als de hoek die ik nu op het kompas aflees de juiste is, had Arne toch gelijk en ben ik het die de verkeerde kant is uitgelopen.

Dat is natuurlijk niet mogelijk. Waarschijnlijk is er water in het kompas gekomen en wil de naald daardoor niet goed meer draaien. Ik laat het hefboompje waarmee de naald van de spil opgelicht kan worden een paar keer vlug op en neer gaan. Ik houd het kompas in de zon, maar zie geen spoor van vocht onder het glas. Ik schud het heen en weer voor alle veiligheid. Daarna leg ik het weer op mijn vlakke linkerhand en probeer de libel te laten inspelen.

De naald weigert iets anders aan te wijzen dan een hoek die negentig graden verschilt van de richting die ik ben uitgelopen. Stommeling die ik ben. Ik moet me vergist hebben. Het kompas verkeerd afgelezen, toen ik zo parmantig tegen Arne zei, welke kant we uit moesten! Jezus Christus! Ik staar op het glas en van verbijstering glijden mijn ogen naar het spiegeltje. Mijn gezicht is volmaakt in overeenstemming met wat ik voel: half open mond, een spleet die opkomende angst uitademt. Wangen ingevallen onder de dunne baard van de zojuist aangeroepen godenzoon, ogen wijd opengesperd, linkerooglid opgezwollen van de muggebeten, voorhoofd rechts bedekt met een brokkelige bloedkorst.

Midden in een ronde laagte sta ik tussen de heuvels. Een heuvel beklimmen is het minste dat ik moet doen. Waar is de hoogste? Ik ren er in looppas tegenop.
 Boven zie ik niets anders dan andere heuvels aan alle kanten. Ik heb al geen idee meer waar ik vandaan gekomen ben.

– Arne! roep ik.

Ik roep 'Arne' naar alle windstreken, maar krijg zelfs geen antwoord van de echo.

Hier te staan schreeuwen leidt tot niets. Hij kan elk ogenblik achter een van de heuvels opduiken en zal mij dan zien staan. Voor alle zekerheid zal ik mij nog een keer grondig oriënteren.
 Ik haal mijn natte kaart weer te voorschijn. Gelukkig liggen hier drie stenen, groot als piano-

kisten. Hoekige brokken, wit als suiker, pleksgewijze melaats van zwarte korstmossen. Het lijkt of de drie eenmaal een enkel brok geweest zijn, nu gebarsten. Ze zijn zo groot dat ze mij tot schouderhoogte reiken. De bovenkant ervan is tamelijk vlak.

Ik kan niet zeggen dat ik de kaart erop leg, eerder is het of ik hem erop plak. Nu proberen of het kompas het doet. Ik neem het weer uit het etui, leg het naast de kaart, buk, zoek twee kleine steentjes, leg ze onder het kompas tot de libel inspeelt.

De steen is zo hoog, dat ik het kompas moet aflezen in het rechtop gezette spiegeltje.

Dezelfde hoek als zoëven: negentig graden verschil met de richting die ik uit had moeten gaan. Mijn kompas is uitstekend en ik ben een uilskuiken. Ik kan het nog niet geloven. Voor ik een besluit neem, zal ik eerst de kaart precies noord-zuid leggen. Voorzichtig trek ik het natte papier los aan een hoek – het is toch al aardig versleten door het gebruik en nu het nat is, kan het elk ogenblik inscheuren. De kaart laat los zonder ongelukken. Ik leg hem opnieuw neer, maar hij slaat dubbel aan een hoek. Ik sla hem terug en daarbij raak ik met mijn mouw het kompas.

Het kompas is verdwenen.

Met de nagel van mijn linkerduim tussen mijn tanden word ik wakker uit een verdoving, alsof ik een slag op mijn hoofd gekregen had. Ik begin om de stenen heen te lopen en probeer vast te stellen waar de ruimte ertussen het grootst is. Ik buk bij elke spleet om te kijken waar het kompas is gevallen, maar zie het nergens.

Wanhopig probeer ik boven op de stenen te klimmen – mijn knie! mijn knie! Nergens vind ik houvast. Een andere, kleinere steen aanslepen om als trapje te gebruiken? Maar iedere steen die daarvoor groot genoeg is, is te groot dan dat een mens hem kan optillen. Ik neem een aanloop, werp mij tegen de laagste van de drie stenen aan. Mijn armen eroverheen. Kan met mijn vingers de achterkant bereiken, trek. Voor mijn part rolt de steen om als ik er zo aan hang. O! Ik word net zo lief verpletterd! Belachelijke hoop natuurlijk, hij weegt minstens drie ton. Voortdurend trek ik mijn linkerbeen op, tastend naar houvast voor de neus van mijn schoen, maar die glijdt telkens weer naar beneden. Ik lig te rollen en te gillen, zwaaiend met het been. Door een onbegrijpelijk toeval komt het boven op de steen terecht. Nu kan ik mij gemakkelijk erop hijsen. Ik ga rechtop staan. Eerst kijk ik naar alle kanten of ik Arne ergens zie. Ik roep hem twee, drie keer. Dan ga ik zitten en loer in de spleten tussen de gesteentebrokken. Niets dan duisternis te zien. Een lucifer erin gooien dan. Mijn lucifers zijn doornat. Arne heeft het reservepak lucifers in zijn rugzak, ik heb niets bij me dan dit ene doosje.

Hopend het kompas misschien op de tast te kunnen bereiken, steek ik mijn arm naar binnen. De spleten zijn zo nauw, dat ik mijn arm ontbloten moet om erin te komen en dan nog met veel pijn. Alle drie de spleten betast ik nauwkeurig, hopend, nee, uit alle macht *willend* dat het kompas niet tot op de grond is gevallen, dat het halverwege is blijven steken.

Ik vind het niet.

Had ik een lange stok, of een tak, dan zou ik nog kunnen proberen... Ach, muggen, laten jullie mij nu eens voor één keer met rust!

Mijlen in de omtrek is geen tak langer dan vijftig centimeter te vinden. Bliksemsnel bedenk ik dat ik een kleine expeditie kan ondernemen om een tak te zoeken, in een dal, beschut genoeg gelegen dat er echte berken groeien of sparren. Maar ten eerste weet ik niet waar ik het dichtstbijzijnde dal van dien aard vinden kan en ten tweede kan ik de plaats waar ik ben, niet aantekenen op de kaart, omdat ik die niet precies weet.

Het kompas dat ik verloren heb, zal ik nooit kunnen terugvinden zonder kompas.

Maar wat dan?

Ik laat mij van de blokken af glijden, kijk in mijn rugzak, al weet ik dat er niets in te vinden is, waar ik iets aan zou kunnen hebben. Toch neem ik het visnet eruit. Aan beide uiteinden daarvan zitten lange touwen. Ik bind een vuistgrote steen aan een van de touwen en werp de steen in de spleten als een dreg.

Zo dreg ik alle drie de spleten af, maar breng niets anders te voorschijn dan wat zwarte humus.

Een tak zou ik moeten hebben, maar ik heb geen tak. Hoe laat is het nu? Tien over half zes. Als Arne zo goed wist welke richting wij uit moesten, dan zal hij toch ook weten dat ik verkeerd gelopen ben. Hij moest begrijpen dat ik mij volkomen te goeder trouw heb vergist. Waarom zoekt hij mij niet?

–Arne! roep ik. Nog driemaal achter elkaar roep ik Arne.

Waarom heeft hij mij niet al lang gevonden?

Ik probeer met mijn vergrootglas een sigaret

aan te steken, maar de lucht is te nevelig geworden en de zon heeft geen kracht genoeg. Bovendien zijn de sigaretten vochtig.

De sigaretten in mijn linkerborstzak stekend, herinner ik mij dat ik in het andere borstzakje het meetlint moet hebben.

Ik rol het af. Het is twee meter lang. Mooi stalen meetlint. Als je het loslaat, schiet het vanzelf terug in zijn doosje. Soepel. Ik probeer ermee te poken in de spleten. Telkens wordt het tegengehouden en voel ik dat het dubbelklapt. Ik probeer het te strekken door ermee te zwiepen als een zweep, het een golvende beweging te geven, maar het is zo slap, dat het bij de minste tegenstand die het ontmoet weer dubbelslaat. Natuurlijk is de steen niet volgens rechte vlakken gekloofd. Hoe voorzichtig ik ook probeer, aldoor raakt het lint klem en klapt het dubbel. Ik krijg er een gevoel in mijn maag van of ik moet overgeven. Verdomme! Verdomme! Met mijn vuist bons ik op de stenen, mijn neus vlak op de grond. Alle drie de spleten tast ik af op deze manier: opstaan, naar de volgende spleet lopen, op een knie gaan liggen, het rechterbeen gestrekt, au, au, op de buik gaan liggen, neus vlak bij de spleet waar een stank van rottende paddestoelen uit komt. Meetlint erin. Ik probeer zelfs of het helpt als ik met geweld de volledige twee meter staal erin duw, onverschillig hoe het zich kronkelt. Misschien duwt het toevallig tegen het kompas, dat verschuift, in zicht komt...

Niets helpt.

Ik draai mij om op mijn achterkant, zo ver dat ik met mijn rug tegen een van de stenen leunen kan. Ik trek het meetlint beurtelings uit zijn doosje en laat het er met gierend gefluit vanzelf weer in schieten. Hoe laat is het nu? Ik kijk op mijn horloge. Het staat op tien over half zes. Stond het, toen ik er de vorige keer op keek, ook al op. Staat het dus stil. Water in gekomen. Waarom niet? Zou een wonder wezen als het anders was. Toen ik zeven jaar geleden ging studeren, heb ik het cadeau gekregen van mijn moeder. Voor iemand als ik, heb ik toen gezegd, is een waterdicht horloge veel praktischer.

– Toe nu, Alfred! Hoe kun je zo onaardig wezen! Ik heb nog wel zo mijn best gedaan! Ik dacht dat het mooi was. Waterdichte horloges zijn van die dikke knollen. Vind je dit niet veel eleganter? Het is het dunste herenhorloge dat er op de hele wereld wordt gemaakt: twee millimeter. Is het geen wonder?

Het is een wonder, maar het loopt niet meer.

Met mijn zakmes maak ik het open. Niets te zien, geen water. Ik blaas erin, dat zal er wel niet goed voor zijn, maar wat moet ik anders. Ten slotte wind ik het zo ver mogelijk op, schud het en houd het aan mijn oor. Het tikt. Ik zet het, op de gis, op zeven uur.

Als het op kwart over zeven staat, tikt het al niet meer.

Kwart over zeven. Als het tenminste kwart over zeven is. Het kan in werkelijkheid al veel later zijn. Hoe dan ook zit ik hier minstens anderhalf uur en Arne heeft mij nog altijd niet gevonden.

De kaart is aardig opgedroogd, als ik eindelijk besluit toch maar hier niet te blijven zitten wachten of Arne mij nog vinden zal. Ik vouw de kaart op en schuif hem in de kaartentas. Daarna loop ik om de stenen heen, om nauwkeurig na te kijken of ik nergens iets vergeten heb en ook, of ik misschien niet goed heb gekeken, of er werkelijk nergens een spoor van mijn kompas is te zien.

Niets. Adieu. Het leren etui aan mijn riem, het etui dat er nog altijd te nieuw uitziet, staat open. Mijn linkerhand sluit en opent het onophoudelijk.

Het is, alles goed beschouwd, het waarschijnlijkste dat Arne naar het kloofdal teruggelopen is toen hij mij niet kon vinden en dat hij daar op mij wacht.

Maar hoe kom ik terug bij het kloofdal? Ik loop nog eenmaal om de drie stenen heen, met de bedoeling de richting waaruit ik ben gekomen te herkennen. Of heb ik mijn aandacht veel meer bij de spleten, hoop ik dat ik onverwachts toch nog het kompas ergens zal zien?

Beurtelings kijk ik naar de stenen en naar de horizon. Golvende horizon aan alle kanten, geen boom of struik, dus ook geen boom of struik die ik zou kunnen herkennen. Alleen heel in de verte zie ik boven de rand van het landschap nog de piramide van de berg Vuorje. Daar zijn wij in elk geval geweest, al is het lang geleden. Daar komen we vandaan. Als ik die richting uit ga, kom ik misschien vanzelf weer in het ravijn. In elk geval, ik kan de berg *zien*, bij de berg kan ik altijd komen zonder kompas. Het zou zelfs kunnen zonder kaart.

35

Mijn horloge wijst half negen aan en het staat stil. Geen idee hoeveel het achter is. Een uur? Uren? Eigenlijk hoef ik het niet te weten. Als ik te moe word zal ik wel gaan liggen.

Van het kloofdal nog altijd geen spoor. Als ik dat ravijn maar vond, dan zou ik tenminste op de kaart kunnen nagaan waar ik zo ongeveer ben.

De zon staat wel erg laag en het is koud. Staat hij op zijn laagst? Dan is hij de middernachtszon. Dan is het middernacht. Dan is dus daar waar de zon staat, het noorden.

Ik ga zitten, vouw de kaart open en leg hem met de bovenkant in de richting waar de zon staat. Het noorden misschien. Rondkijkend probeer ik het kaartbeeld in het landschap te herkennen. Op de kaart kijkend, probeer ik de heuvels terug te vinden op de kaart. Natuurlijk lukt dit niet. Is onmogelijk op een kaart die op zo kleine schaal getekend is: 1 op 100 000. Bovendien staat de zon misschien nog wel niet precies in het noorden. Als mijn horloge was blijven lopen en goed liep, zou ik het kompas kunnen missen, tenminste zo lang de zon schijnt, tenminste als ik wist hoeveel de zomertijd... Als...

Wat zeur ik? Zolang ik de berg Vuorje niet uit het oog verlies, ben ik nog niet helemaal verdwaald. Liever dan Vuorje zou ik het kloofdal terugvinden, waar Arne op mij wacht. Ik zal duizend excuses maken voor het oponthoud dat ik door mijn eigenwijsheid heb veroorzaakt. Dat begrijp je toch wel Arne? Daar kun je op rekenen.

Kan hij dat werkelijk?

Nu ik helemaal alleen ben, voel ik mij, als ik de waarheid zeggen mag, aanmerkelijk opgewekter. Het is of ik voortdurend onder toezicht heb gestaan. Het is of ik al die tijd misprijzende blikken op mij heb voelen rusten, blikken van breinen die mijn ambitieuze plannen hadden geraden en ertegen waren. Er niet in geloofden. Het is of hun aanwezigheid mij verhinderd heeft mij volledig te concentreren op mijn doel: het vinden van meteoorkraters, het oprapen van meteorieten.

Nu ik alleen ben, kan ik zonder schaamte mijzelf opnieuw voorhouden dat mijn gezwoeg door een verbluffende ontdekking zal worden gerechtvaardigd. Alle andere waarnemingen die ik gedaan heb, zijn maar routinewerk, hadden ook door onverschillig wie kunnen worden gedaan. Alles wat er op de wereld is zal wel eenmaal worden onderzocht, als we maar lang genoeg wachten. Als *ik* mij daarmee inlaat, is het alleen om iets verbazingwekkends te vinden.

Iets verbazingwekkends?

Mij gaat een licht op. Heb ik de luchtfoto's van Mikkelsen eigenlijk wel grondig genoeg bekeken?

Er was misschien iets op te zien dat zijn aandacht getrokken heeft en niet de mijne. Dat is de reden waarom zij zich afgescheiden hebben! Daarom zijn ze zonder mij te groeten een andere richting uit gegaan dan Arne en ik! Het is zelfs mogelijk dat Mikkelsen mij niet eens alle foto's heeft laten bekijken. De belangrijkste had hij achtergehouden.

Waar zijn ze naartoe? Terug, de richting uit van de berg Vuorje!

Is het geen gelukkig toeval dat ik nu toevallig ook die kant uit ga?

Nog verder reikt mijn helderziendheid. Niemand zal kunnen beweren dat ik mij bij het aflezen van het kompas opzettelijk vergist heb, dat ik Arne met voorbedachten rade van mij af geschud heb, maar ondertussen is mijn wanprestatie eigenlijk een meevaller. Het komt me heel goed uit! Want ik heb er groot belang bij, naar de berg Vuorje te gaan. Want ik wil naar de berg Vuorje om te kijken wat Mikkelsen daar uitvoert. Ik heb Mikkelsen aldoor al achterna gewild. Als Mikkelsen vindt wat ik zoek, zou dat niet het verschrikkelijkste zijn dat mij zou kunnen overkomen?

Een groene moerassige vlakte, waar een in drieën gesplitste rivier langzaam doorheen sijpelt, strekt zich uit aan de voet van de helling, die ik nu afdaal. Ik weet zeker dat ik hier niet eerder geweest ben. Ik begrijp er niets van dat ik nog niet op het kloofdal ben gestoten. Toch loop ik in de goede richting: de berg Vuorje ligt recht voor mij.

De studeerkamer van Nummedal. Aanwezig: Nummedal en student Mikkelsen.
  Nummedal: –Denk eraan Mikkelsen dat je

een pottekijker meekrijgt. Hier heb je de luchtfoto's. Pas op dat hij niet in de gaten krijgt dat jij ze in je bezit hebt. Mocht dat onverhoopt toch gebeuren, zorg dan dat je hem van je af schudt. Leid hem in elk geval om de tuin. Hier, bij de berg Vuorje (Nummedal buigt zich diep over de luchtfoto met zijn kolossale vergrootglas en wijst iets aan met de punt van een potlood) hier is een eigenaardig gat. Er zou op die plaats wel eens iets hoogst opmerkelijks kunnen zijn gebeurd. Van het meest opzienbarende wetenschappelijke belang, Mikkelsen! Neem een goede raad van mij aan, Mikkelsen!

–Natuurlijk, professor.

–Zorg dat je niet op verdachte wijze blijft rondhangen in de buurt van de berg Vuorje. Trek nog een of twee dagen verder op met Arne en die Nederlander en daarna maak je rechtsomkeert.

Die goede Mikkelsen! Ervandoor gegaan toen ik ontdekt had dat hij de luchtfoto's bezat waar ik vruchteloos achteraan gesjouwd heb!

Maar dat zal hem toch niet glad zitten!

Ik ga zitten bij het water en kijk op mijn kaart. Al weet ik niet precies waar ik ben, verder dan vier kilometer is de berg niet. Vier kilometer, hemelsbreed gemeten. Dat kan in het terrein nog gemakkelijk neerkomen op vijf uur lopen, rustpozen meegerekend.

De zon schijnt nog steeds, maar warmte geeft hij haast niet meer. Mijn tanden klapperen en ik heb voortdurend kippevel, alsof mijn huid zich tot het uiterste inspant om mij de doorweekte kleren van het lijf te houden.

Ik zie lage struiken waaraan dikke zachte vruchten groeien die op frambozen lijken, maar dan iets groter en eigeel van kleur. Ik pluk er een af en steek hem in mijn mond. Zit vol pitjes, heeft een flauwe smaak, zurig als karnemelk. Zijn ze onrijp of hebben ze die smaak altijd?

Veel eetbaars is hier in elk geval niet te vinden. Trouwens, ben ik ooit alleen in een Nederlands bos geweest, zonder eten? Nee. Hoe zou ik daar aan de kost komen? Beukenootjes zijn oneetbaar, eikels ook. Bosbessen, bramen, paddestoelen, anders zou ik niet weten.

Ik neem een van de twee doorweekte pakken knäckebröd uit mijn rugzak. Het papier is gedeeltelijk opengebarsten. De oergezonde crackers, zo geurig en knapperig, aanbevolen door H.H. doktoren, ook bij bloedarmoede, zijn veranderd in een bruine brij die door de scheur naar buiten puilt.

Eten wordt op den duur de grootste moeilijkheid, denk ik opnieuw, terwijl ik de knäckebrödpap naar binnen werk met mijn vingers, als een kok die een pan leeglikt. De helft van de smurrie doe ik in een plastic zakje en berg ik weer op. Had ik er maar eerder een plastic zakje omheen gedaan! Alles had ik in plastic zakjes moeten verpakken, om op iedere watersnood voorbereid te wezen, maar ik heb het nagelaten, omdat Arne, Qvigstad en Mikkelsen het ook niet deden.

Vervolgens neem ik een tube honing, die ik leegknijp in mijn mond. Zo eten ruimtevaarders ook uit tubes: moeten het naar binnen spuiten omdat het vanzelf niet vallen wil. Ruimtevaarder! Wat een beroep! Ik heb de ruimte! Ik! Zij niet!

Ik kan doen wat ik wil. Pissen waar ik wil. Poepen waar ik wil. Schreeuwen zo hard als ik wil. Geen sterveling zal er ooit achter komen, als ik het aan niemand vertel.

Een grutto strijkt neer op twee meter afstand van mij en paradeert tussen het wollegras, zijn dunne kromme snaveltje omhoog gebogen.

Een golvende wollen deken van roze wordt door onzichtbare handen over de hemel getrokken. Ik word er niet door toegedekt, eerder krijg ik het nog kouder en daarom sta ik maar weer op.

Zonder moeite steek ik de drie stromen over, beklim opnieuw een helling, zoek, als ik bijna boven ben, een enigermate vlak stuk en ga zitten.

Al mijn bezittingen spreid ik om mij heen: slaapzak, waar ik het water bij stromen uit zou kunnen wringen, maar van angst dat het dons dan helemaal een harde klont zal worden, laat ik dat na. Het doorweekte knäckebröd; zes tubes honing; sigaretten, nat. Lucifers, ook nat. Aantekenboek, nat. Pak zout, nat; keihard. Het visnet.

Of ik een vuilnisemmer vul, doe ik alles weer in mijn rugzak. Ten slotte wikkel ik mij in mijn plastic regenjas en ga liggen met de natte rugzak onder mijn hoofd, mijn rug naar de zon. Ik ben nu werkelijk wel moe en word voortdurend kouder. Waar haalt mijn lichaam de warmte vandaan om al dat water te verdampen? Uit het halve pak knäckebröd en de tube honing die ik heb ingenomen?

Ik moet proberen met het net een vis te vangen. Misschien twee vissen vangen. Hoeveel zou ik er, als ik geluk heb, niet tegelijk kunnen vangen met dat net? Honderd? Ik ben zo moe dat ik nu misschien wel echt in slaap val. Maar de muggen hebben nog lang niet genoeg van mijn gezicht. Nu is Arne er niet meer, die mij uit de slaap hield met zijn gesnurk en kan ik dan nog niet slapen? Mij nog eenmaal oprichten, gezicht en handen insmeren met muggenolie, weer gaan liggen. Vallen.

In slaap gevallen?

De zon staat nu heel ergens anders, schuin op mijn voorhoofd. Mijn benen zijn zo stijf, dat ik de grootste moeite heb mij los te wikkelen uit de regenjas. Dan leg ik alles wat nat is om mij heen, in de zon. De lucifers netjes naast elkaar op een platte steen die al warm is. Het doosje, kapotgegaan doordat het plaksel heeft losgelaten, leg ik toch ook zorgvuldig te drogen, want de strijkvlakken zijn onmisbaar.

Nu wachten. Liefst weer slapen. Maar ik heb zo'n honger dat ik de andere helft van het pak knäckebröd toch ook maar opeet. Na alles met water te hebben weggespoeld, ga ik weer liggen. Doe mijn ogen dicht. Wandel in een licht zomerpak op een smalle kade, aan weerskanten water. Kennelijk ben ik ergens waar niemand anders komen mag. Langs de kade liggen grote zeeschepen, totaal verroest, omdat ze nooit geverfd zijn geweest. Het lijkt of ik door een steeg loop met aan weerszijden schepen in plaats van huizen. Aan het einde van de kade is een trap naar beneden. Ik loop tussen de verroeste schepen door en ga de trap af, beneden zal wel een urinoir zijn. Twee klapdeuren doe ik open. Geen urinoir. Een concertzaal. Het orkest maakt aanstalten te gaan spelen. De zaal is tot de nok gevuld met mensen die luid klappen. Nergens een plaats vrij. Ja, toch een: de mijne, midden op een rij, midden in de zaal. Voortdurend over voeten struikelend, aldoor verontschuldigingen mompelend, loop ik tussen de rijen stoelen ernaartoe. Ik merk nu op dat het publiek alleen uit oudere mensen bestaat, vijftig, zestig jaar oud. De mannen hebben smokings aan en de vrouwen avondtoiletten, dat wil zeggen ze zijn praktisch naakt. Wit vlees, dikke armen met blauwe aders. Alle vrouwen dragen dezelfde jurken, zonder rug, van voren tot de navel uitgesneden en ook opzij zitten er grote, vreemdgevormde gaten in, waar je niets doorheen ziet, behalve wit vel. Dezelfde jurken? Dat niet alleen. Dezelfde vrouwen. Ze lijken op niemand die ik ken.

Ik ga zitten en het zaallicht dooft. De dirigent heft zijn stokje en het orkest, dat geheel uit blazers bestaat, speelt onmiddellijk oorverdovend. Tussen al die muzikanten zit een meisje. Ik zie haar zo duidelijk, als zag ik het orkest op een groepsfoto en bekeek ik haar met een loep. Zij bespeelt de bekkens, hoewel zij naast de fluitist zit. Aan elke hand heeft zij een kolossaal koperen bekken, klaar om ze tegen elkaar te klappen. Lang, blond haar, in het midden gescheiden, hangt af langs haar wangen. Telkens als zij de bekkens op elkaar slaat, waait het haar, ter weerszijden van haar hoofd, omhoog op de lucht die tussen de koperen schijven wordt weggeperst.

Het lijkt of haar hoofd gevleugeld is. Haar ogen zijn voortdurend star op de mijne gericht. Plotseling houden de blazers op. Alleen de fluitist speelt nog verder. Ik weet dat het meisje het eigendom is van de fluitist. Zij bekrachtigt dit met een oorverdovende bekkenslag, die mij wakker maakt.

Mijn ogen gaan gemakkelijk open, maar ze zijn het enige aan mij dat nog niet verstijfd is.

Het kost mij de grootste moeite te gaan zitten. Mijn horloge tikt niet, ook niet als ik het schud. Kapot. In mijn verbeelding zie ik hoe roest het raderwerk aantast als een kanker en het staal tot bruin stof verkruimelt.

Een bliksemstraal maakt een haarscheur in de hemel die zo grijs is als stoepsteen. Vier tellen later hoor ik een donderslag. In de buurt van de berg Vuorje moet het al regenen, er staat een regenboog om de berg heen, alsof op zijn top iets zeer heiligs plaatsgrijpt. Ik heb nog nooit een regenboog in zulke felle kleuren gezien. Of ik niet meer op aarde ben, maar in het vlies van een zeepbel leef. Mijn doel omgeven door een stralenkrans. Met verschrikkelijke krachtsinspanning sta ik op, maak mijn broek open en richt een straal urine precies op het midden van de boog. Een nieuwe donderslag weerklinkt.

Aan mijn voeten liggen mijn bezittingen. Kilometers en kilometers in de omtrek geen menselijk oog dat er op vallen kan: de zeventien lucifers die ik te drogen gelegd heb op de platte steen, ze zijn nu droog. De afgewikkelde huls van het lucifersdoosje, vier rechthoeken: blauw, zwart, geel met rood, zwart. Droog. Zeventien sigaretten. Bruine drab is opgetrokken in hun witte doktersjasjes, maar ze zijn droog. Kaarten (droog). Aantekenboek, droog. Slaapzak?...

Ik schud hem uit, ik schud hem op, ik probeer de klonten die het zwanedons gevormd heeft uit elkaar te trekken. Nog te nat. Ook probeer ik of misschien dank zij een mirakel de film niet meer vastgeplakt zit in het fototoestel: nee.

Ik knijp een halve tube honing leeg in mijn mond, drink water en rook een sigaret. Korte rukwinden steken op en de muggen zoemen luider, maar het regent nog niet, al wordt de lucht helemaal zwart, op een blauwe plek na boven mijn hoofd. Kon ik maar op de kaart de plaats aanwijzen waar ik ben, dan kon ik daarmee en met de berg de kaart oriënteren, dan kon ik met behulp van de zon bepalen hoe laat het is. Wat heb ik tenslotte aan al mijn knapheid? Maar waarom moet ik ook weten hoe laat het is?

Aandachtig en nauwkeurig zoek ik mijn hebben en houden bij elkaar en breng het onder op zo veilig mogelijke plaatsen (de lucifers, gewikkeld in een stukje plastic, in een borstzakje; dan worden zij 't laatst nat, als ik weer eens in een moeras mocht zakken).

Als ik de rugzak gepakt heb en opgeladen, kijk ik nog eens zorgvuldig rond. Nee, geen sporen achtergelaten. Geen mens zou kunnen zien dat ik hier ooit geweest ben. Maar is dat wel verstandig? Ik scheur een blaadje uit mijn aantekenboek en schrijf erop:

I am on my way to Vuorje. Alfred.

Het papier vouw ik in vieren en leg het op een grote steen. En op het papier leg ik een kleinere steen.

36

Vuorje heeft drie hellingen: één gericht naar het zuiden, één naar het noordwesten en één naar het noordoosten.

Ik nader de berg uit het zuiden, maar zal hem niet over de zuidelijke helling kunnen beklimmen, want dat is de steilste.

Als ik de gegevens naga, die de kaart verschaft, zal een beklimming van het noordwesten uit de minste moeilijkheden opleveren.

Het terrein waar ik nu loop, helt al voortdurend naar boven. De regen heeft mij bereikt of ik ben de regen tegemoet gelopen. Grote druppels, te weten hagelstenen op het laatste nippertje nog gesmolten, vallen op het plastic van mijn regenjas en verenigen zich tot stromen die langs mijn broekspijpen in mijn schoenen lopen. Nu ligt het papiertje dat ik op de grote steen achtergelaten heb te verregenen, op te lossen, in het niets te verdwijnen.

Mijn gedachten worden even eentonig als de regen en als de pijn die ik overal voel. Angst dat Mikkelsen op het spoor van een belangrijke ontdekking zou kunnen zijn, plaagt mij voortdurend als een zweer.

En toch, ondanks die angst, zijn er ogenblikken dat ik met schrik vaststel: Ezel! Nu heb je, je weet niet hoeveel minuten, vergeten nauwkeurig naar de steentjes voor je voeten te kijken of er geen meteoriet bij ligt!

Ronde gaten waarin niets dan water staat, zijn er op deze hoogte niet meer, ook geen meren.

Ik kan de zuidelijke helling van de berg nu helemaal zien. Hij is loodrecht, blauwzwart en hier en daar aangevreten door langgerekte strepen van eeuwige sneeuw. Stromen helder steengruis reiken van de steile wand naar beneden als tentakels die zich tot enorme zuignappen verbreden. Ik blijf buiten hun bereik. Ik vorder langzaam, maar ik vorder. Zelfs de wolken bezwijken onder mijn ijver en trekken weg. De zon kleurt het landschap roestrood.

Ik volg, maak ik mij wijs, de 720-meter hoogtelijn. In elk geval loop ik linksom om de berg heen. Mijn horizon verandert voortdurend en snel. Eindelijk zie ik het meer Lievnasjaurre! Ik zie de kronkels van de Obbarda-elv die erin uitmondt! Nog twee kilometer lopen en dan zal ik het meer in zijn geheel kunnen overzien. Hier ergens moeten Qvigstad en Mikkelsen zijn. Waar staat hun groene tent? Bij elke stap – en hoe klein zijn mijn stappen – wordt het stuk dat ik van het meer kan zien, groter. Het ligt driehonderd meter lager dan waar ik ben.

Eindelijk hoef ik mijn vermoeide hoofd niet langer extra op te heffen om rond te kunnen kijken.

Maar de groene dubbeldakstent zie ik nergens.

Ik ga zitten, kijk naar de berg, kijk op de kaart. Misschien kan ik mij tijd besparen door niet helemaal naar de voet van de noordwestelijke helling te lopen. Het is immers zaak zo vlug mogelijk boven te komen. Daar zal ik uitzicht naar alle kanten hebben, daar zal ik Qvigstad en Mikkelsen zien, als ze nog hier in de buurt zijn.

Schuinsweg in de richting van de top lopend, verplaats ik mij nu al naar hoger niveau.

De noordwestelijke helling is werkelijk gemakkelijk te beklimmen. Geen naakte rots. Een glooiend dek van stenen en zand, dat er eenmaal als modder af gestroomd moet zijn, maar door begroeiing samenhang gekregen heeft en gerimpeld is als een vlies op gekookte melk.

Raadselachtige geulen verdelen de helling in horizontale terrassen. Eenmaal heeft het ijs tot die hoogte gereikt en de geulen uitgeschuurd. Zo is een amfitheater ontstaan voor reuzen met onderbenen van vijftig meter lang. Maar als ik de hoogste galerij bereikt heb, ben ik nog een heel eind van de top vandaan. Bergen worden altijd hoger, zodra je ze gaat beklimmen.

De begroeiing vermindert, verdwijnt geheel. Ik kom nu op een eindeloos veld van afgeronde stenen, groot als kanonskogels. De voeten moeten precies boven op een steen geplaatst worden om er niet af te glijden. Elke stap vereist berekening, geen enkele beweging kan gemaakt worden zonder de gedachte: straks schiet je been tussen twee, drie stenen in, raakt klem, je valt. Het been knapt doormidden als een bezemsteel.

Om de twintig stappen sta ik stil en kijk rond in wankel evenwicht. Gaan zitten kan ik niet eens, bang bij het opstaan uit te glijden om dan, alsof de berg mij uitbraakt, in duizelingwekkende vaart naar beneden te storten, verbrijzeld te worden tot een vormeloze klomp vlees en beensplinters.

Zo nu en dan verrolt toch een steen, onopzettelijk door mij losgemaakt, springt op, komt bolderend neer, springt opnieuw op, steeds hoger, steeds verder omlaag de andere stenen weer rakend. Ademen kan ik alleen nog door mijn mond. Mijn lichaam is omhuld door gordijnen die druipen van zweet. Nooit heb ik precies beschreven gezien hoe een dergelijke berg beklommen wordt. Hoe je maar tien of twintig meter terrein voor je voeten ziet, schuin oplopend en eindigend in een scherpe rand waarachter de hemel begint. Maar bij elke stap wordt het stuk dat je nog moet beklimmen ook weer een voetstap langer. Het is of je op een tredmolen loopt, een gigantische cilinder die onder je voeten wegdraait. Komt er dan nooit een eind aan? Denk ik voortdurend te vroeg dat ik al boven ben? Misschien zijn zij die vóór mij zo'n berg beklommen hebben, zo bang geweest, dat zij na afloop het hebben willen doen voorkomen of het ze nauwelijks moeite had gekost. Mogelijk waren ze zelfs vergeten wat zij ondergingen. Niemand onthoudt precies wat hij voelt als de tandarts in zijn kies boort. Die pijn is zo afgrijselijk, je machteloosheid ertegen zo groot, dat je, zo gauw het voorbij is, onmiddellijk vergeet dat hij er ooit is geweest. Laat staan hem beschrijven!

Weer stilstaan. Hijgen. Een wolk komt aangevaren. Daar heeft hij het recht toe. Ik ben opgestegen tot het land van de wolken, ik ben een indringer in hun domein. De wolk schuift naar de berg toe, zoals lang geleden, toen er nog luchtschepen waren, zeppelins aanlegden aan hoge torens. De wolk begint mij te omhullen. Hij is veel minder compact dan hij leek. Geen wolk, eerder een hoeveelheid losse witte flarden. Ik haal diep adem en verzet mijn voeten weer. Een dun wit aanslag heeft de kruinen van de stenen bedekt. IJzel. Maar de helling wordt eindelijk minder steil, is dan ineens geen helling meer. Ik ben boven.

Op de grond voor mij zie ik iets bewegen. Beweegt, beweegt dan niet meer. Een dier. Het is een poolvos. Zijn vacht is wit met een bruine vlek op de rug. Wijdbeens staat hij voor mij, zijn kop tussen de schouders getrokken als een bokser, zijn wollige spitse oren omhoog. Wat wil hij? Heeft hij nooit eerder een mens gezien? Kon ik hem maar lokken als een hond! Maar ineens draait hij zich om en loopt weg. Hij loopt op een drafje, maar toch niet erg vlug, alsof hij geen zin heeft te laten blijken dat hij bang is. Zijn staart hangt tamelijk laag achter hem aan. Hij verdwijnt in de mist.

Boven.

Wat zie ik? Niets. Aan alle kanten omgeven door witte nevel. Ik kan alleen het vlakke stukje waar ik op sta, zien. Wanhopig loop ik heen en weer: overal afgronden om mij heen die eindigen in damp. Waar zijn Mikkelsen en Qvigstad? Misschien vlakbij, maar zien kan ik ze niet. De wolk verglijdt alsof ik in een vliegtuig zat, is soms dichter en soms minder dicht, maar hij moet eindeloos uitgebreid zijn en aan de belemmering van mijn uitzicht komt geen eind.

Ik knijp mijn ogen dicht van teleurstelling en het lijkt of mijn geest al niet meer op de berg aanwezig is. Waar dan wel? Ergens in die grote ruimte waar de sterren zijn – hier en daar dan. Grotendeels zijn er in de ruimte zelfs geen sterren, grotendeels is er helemaal niets. Ergens in dat niets ben ik en ik kijk naar de aarde die niet groter dan een voetbal schijnt. Ik zie de witte schimmel van het ijs, aan de polen en op de toppen van de gebergten.

De volstrekte nietigheid van de atmosferische laag waarin de mens kan leven, heb ik nog nooit zo diep beseft als nu. Overal waar de aardbewoner komt, heeft hij het al moeilijk en hij hoeft maar naar het uiterste noorden, het uiterste zuiden te gaan, hij hoeft maar op een berg te klimmen en hij bereikt het einde van zijn mogelijkheden. Met list, geweld, samenzwering, arbeid in ploegen, eeuwen van wetenschappelijk onderzoek en gigantische inspanning van miljoenen arbeiders, kan de ruimtevaarder nog een klein beetje verder komen. Ik weet dat ik niets anders ben dan een bepaalde chemische evenwichtstoestand, strikt beperkt tot nauw omschreven, onomstotelijke limieten. In mijn verbeelding zie ik de wereld voor mij als een globe. De bol is omhuld door een dunne schil, waarbinnen ik bestaan kan, verder nergens. De schil wordt naar de polen toe voortdurend dunner...

Jezus had gemakkelijk praten. Die wist niet beter of de hele wereld was met vijgebomen begroeid.

Op andere planeten, een beetje verder van de zon af, of een beetje dichterbij... wat blijft er over? Hoogstens een stofstorm op Venus. Of een korst van bevroren ammoniak op Jupiter. Wat zou er trouwens veranderen als er op de andere planeten ook mensen woonden? Ik heb nooit gehoord dat de Europeanen zich minder eenzaam voelden, toen Columbus ontdekte dat Amerika bestond en dat er daar ook mensen waren.

Een bol, die er op een afstand uitziet of hij eigenlijk geheel met ijs bedekt hoort te zijn. Warme winden hebben het er hier en daar af geblazen, maar aan de polen en op hoge uitsteeksels houdt het stand. Voorgoed verslagen is het niet. Het zet zich ondergronds voort. En misschien zal het in een volgende IJstijd doordringen tot de tropen. Wereldeinde. Ragnarok. Er hoeft maar iets tussen de zon en ons te komen, dat de warmte tegenhoudt. Een wolk kosmisch stof, een dichte zwerm meteorieten.

Ik sta met mijn linkervoet voor de rechter, beide voeten op verschillende stenen, mijn linkerhand houdt mijn linkerknie omvat, de linkerarm is gestrekt om m'n bovenlijf te steunen, dat naar voren hangt met gebogen hoofd. Ik heb de grootste moeite om mijn ogen nog eens te laten gaan over alles dat niet veel is: stenen, mist. Ik ben niet treurig. Ik heb alleen groot medelijden met de andere mensen die zo ver bij mij vandaan zijn en al had ik een radiozender tot mijn beschikking, het zou geen nut hebben hun te zeggen wat ik denk. Ik kan hen niet begrijpen en zij mij evenmin. De gekste sprookjes zijn niet uit hun hersens weg te branden, varianten op domme grootheidswanen, uitgebroed toen hun voorouders nog in holen woonden en niet beter wisten of de hele kosmos was niet groter dan hun hol. En als ze er niet aan geloven, dan hopen ze toch wel spirituele openbaringen te kunnen putten uit materiële nonsens. Want, zeggen ze, wij kunnen zo alleen niet verder leven, wij hebben behoefte aan troost. (Leef ik soms niet verder? Wie troost *mij*?)

Daarvoor laten ze de pausen in paleizen wonen en de Aga Khan diamanten eten. Aan de miljoenen die uit naam van hun troostende leugens mishandeld worden, aan de absurde wetten die er zelfs in de beschaafdste landen op zijn gebaseerd, denken zij nooit, want zij willen in slaap gesust worden met sprookjes en hoe meer bloed ervoor vergoten wordt, hoe beter zij erin kunnen geloven. Want bloed is het enige waarover ze beschikken en het enige onomstotelijke existentiële feit is hun onverzadelijke bloeddorst.

Ik zal liever omkomen als slachtoffer van de elementen dan van de mensen. Zou mij hier een bliksemstraal treffen, of een meteoriet op het hoofd vallen, of stort ik straks naar beneden van vermoeienis, wat een geluk eigenlijk dat het weken duren zal, voor iemand erachter komt en misschien vinden ze mij wel nooit. Groot gevoel van voldoening zal dit mij geven, maar ik moet dan wel als geest nog een poosje verder bestaan om te constateren dat ze me niet kunnen vinden. Of ik op die manier nog vollediger verdwijn, alsof dan tenminste *mijn dood* in overeenstemming is met wat ik weet. *Omdat mijn leven het nooit zal kunnen zijn.*

Nooit... Ik kan hier niet blijven. Ik begin te lopen, ik daal af in de mist.

Eva zou vertellen dat ik ten hemel gevaren ben.

Maar ik val niet. Ik kom beneden de wolk en even later ook beneden de met stenen bedekte top. Ik loop over mos, ik loop over kleine heidestruikjes. De helling die ik afdaal, is rijk begroeid in allerlei kleuren: zwarte, blauwe, lichtgroene mossen, zelfs oranjerode. Een troep wilde ganzen vliegt laag over mij heen.

Ik kijk naar de overkant van het meer en herken de plaats waar wij hebben gekampeerd. Maar nergens is een spoor van Mikkelsen en Qvigstad.

Hier, waar ik nu ben, graasde toen, grommend, die kudde rendieren. Hier in de buurt moet ook hun herder zijn geweest. Maar nu is er geen dier en geen herder.

Geen twijfel mogelijk: berooid als ik ben, doe ik het verstandigste terug te gaan waar de huizen zijn. Wat komt er van mijn wetenschappelijke onderzoek nog terecht? Luchtfoto's had ik aldoor al niet. Die had Mikkelsen. Hij ziet wat ik niet zie. Kwam ik hem tegen, ik zou hem doodslaan. Maar ik zie hem niet.

Kompas verloren, camera kapot, overal bloedend en gekneusd, koortsig van gebrek aan slaap, geen eten. Ik weet niets meer, niet eens precies hoe laat het is.

Ik zou het beste terug kunnen keren naar Skoganvarre, vijfentwintig kilometer lopen. Maar wegens Arne kan ik dat natuurlijk niet doen. Stel je voor dat hij nog weken naar mij zou blijven zoeken. Ik weet welhaast zeker dat hij nog bij het kloofdal op mij zit te wachten.

Fantaserend over middelen Arne de boodschap te sturen dat ik naar Skoganvarre terugga (walkie-talkie, een postduif, een Lap die ik zou kunnen tegenkomen en kunnen vragen Arne de boodschap over te brengen, een watervliegtuig of een helikopter die ik tot dalen zou kunnen bewegen, maar er is er nog nooit een overgevlogen), loop ik verder naar de oever van het meer Lievnasjaurre. Ik ga zitten en bekijk mijn kaart nauwkeurig met mijn vergrootglas. Ik weet nu tenminste precies waar ik ben. Hier, vlak bij mij, stroomt het water uit het meer af door de Lievnasjokka. Dit is de stroom die wij op sokken overgestoken zijn. Als ik die maar volg, langs de rechteroever, dan is de vierde zijrivier de Rivo-elv. Als ik dan verder het dal van de Rivo-elv volg, moet ik vanzelf in het kloofdal terechtkomen. Het is op deze manier wel een heel eind om, maar als ik elk risico van opnieuw verdwalen wil vermijden, is het de beste oplossing. Hoe ver? Twaalf kilometer schat ik. Ik kan er gemakkelijk morgenavond zijn.

Ondertussen heb ik het laatste halve pak knäckebröd opgegeten. Ik rook een sigaret en doe twintig minuten niets anders dan naar het kabbelen van het water kijken. Daarna haal ik het visnet te voorschijn, ontwar het en loop ermee naar de waterkant. Wie weet heb ik geluk. Nu moet ik het net ontrollen en tegelijkertijd langs de oever lopen, zo ver, dat ik met het net een bocht kan afsluiten. Maar het blijft haken in de struiken, telkens moet ik terug om bladeren en takken uit de mazen te trekken. Op die manier krijg ik het nooit voor elkaar. Dan het water in. Ik trek mijn schoenen uit en mijn broek. Maar zover gekomen, kan ik ineens de verleiding niet weerstaan mij geheel uit te kleden, al nestelen de muggen zich op ieder stuk huid dat bloot komt. Mijn goed stinkt verschrikkelijk als ik het over mijn hoofd trek. Zwarte strepen van opgedroogd zweet zitten op mijn bovenlichaam en de gaten die de vliegen hebben gebeten, zijn door opgedroogd bloed bedekt. Mijn rechterbeen is gezwollen en heeft een blauwpaarse kleur tot boven de knie. Maar ik kan niet verdragen zo vervallen te zijn en uit het holst van mijn rugzak breng ik een totaal onverwacht voorwerp aan het middernachtelijk zonlicht. O, ik weet wel dat alles wat ik ben en heb, in dit landschap niet schijnt thuis te horen. Toch ontleent het stuk zeep dat op mijn hand ligt zijn uitzonderlijkheid juist aan de gelijkenis die het bezit met de stenen op de grond. Een afgeronde groene steen, een bezoarsteen, een amulet. Of ik van plan ben het water ermee te betoveren, strompel ik naar de oever over duizend kwellingen, die mijn verscheurde voetzolen worden aangedaan. Dan buk ik mij, bedek mijn hele huid met schuim, loop het water in tot kniehoogte, laat mij naar voren vallen en zwem. Vuil en schuim verdwijnen zonder een spoor achter te laten. In dit water dat nooit eerder vuil bevat heeft, worden zij miljoenenvoudig verdund.

Overal door liefderijk water omhuld te zijn, nergens pijn of weerstand meer ontmoeten, is nog heerlijker dan slapen. Het is of ik het voor het eerst beleef, na wekenlang door het aardoppervlak alleen maar afwisselend woest te zijn aangetrokken en met stenen vuisten te zijn teruggestompt: door de rotsen waarop ik gelegen heb, de afgronden waaraan ik heb gewankeld en de keien waarover ik ben gestruikeld. In kabbelend koper zwem ik de zon tegemoet onder een hemel waardoorheen vogels hun vleugels reppen alsof zij mijn verwanten zijn. Niets hoor ik dan de lucht die zij opzwiepen en het water dat om mijn armen kolkt.

37

De muggen hebben er goede nota van genomen dat ik mij heb gereinigd en vinden mij nog veel smakelijker dan eerst. In dichte nevels hangen zij voor het netje dat ik, toen ik ben gaan liggen, onder mijn kin heb dichtgeknoopt.

Inmiddels is het uren later geworden, want de zon staat in het zuiden. Ik moet werkelijk hebben geslapen. Ik zou wel blijven slapen als ik geen honger had. Mijn hand kruipt onder mijn hemd en verplettert vliegen op mijn blote vel. De hand komt terug met vers bloed aan de vingertoppen.

Ik sta op, neem mijn vergrootglas en probeer er een sigaret mee aan te steken. Grijze rook bloeit op uit de tabak, daarna zie ik ook vuur. De zon schijnt zo helder als in geen weken en ik heb het gevoel of alles mij vandaag zal lukken. Ik zal Arne vinden bij het kloofdal en misschien vind ik, nog voor ik bij hem ben, een meteoorkrater. Teruggaan? Wat zou ik moeten beginnen in Skoganvarre? In Amsterdam? Wat zou ik moeten zeggen tegen Sibbelee? En wat tegen mijzelf als ik mij de vraag zou stellen: Wat nu? Teruggaan zou betekenen alles vergooien wat ik tot dusver heb meegemaakt.

Ik rijg mijn schoenen dicht en loop naar het meer. Een eend is met vijf bruine jongen op het water neergestreken. Zou er een vis in het net gekomen zijn? Ik loop naar de struik waar ik een van de touwen heb vastgemaakt en mijn ogen volgen de rij van kurken die op het water drijft. Het lijkt of er een nieuwe kurk bij gekomen is, maar als ik aan het touw trek, hoor ik geklapper van vleugels. Een jong eendje dat met zijn poten in het net verward zit. Ik maak het touw los en loop langs de oever naar de plaats waar ik het andere touw verankerd heb. Voorzichtig begin ik het net in te halen. Een eend gevangen! Zo langzaam mogelijk trek ik het net naar mij toe, de stukken die uit het water komen zigzag opvouwend. Straks breekt het beest zijn poten met zijn krankzinnig gefladder. Maar uitgehongerde Alfred, amateur-poelier, draait hem de nek om. Voor het eerst van zijn leven doodt hij een zo hoogstaand beest als een eend. Twee-, driemaal draait hij de kop in de rondte, als de sleutel van een uurwerk. Plukt de veren van het lichaampje, snijdt het open. Vuilgele, leverbruine en rode ingewanden puilen naar buiten. Bijna niets in de natuur is rood, behalve bloed en ingewanden.

Maar nog voor het eendje binnen mijn bereik gekomen is, trek ik een heftig geklepper boven water. Een forel! Ik maak zijn kieuwen los van het nylondraad, verpletter zijn kop onder mijn hak en haal het net verder in tot ik het eendje pakken kan. Zo ventje, ben je daar! Ik moet ervoor gaan zitten om zijn met weerhaakjes bedekte poten los te wikkelen. Ongeveer een meter bij de waterkant vandaan zet ik hem op een kussentje van mos, waar hij zitten blijft zonder zich te bewegen.

Als ik het net bijna helemaal op het droge heb getrokken, komt het water opnieuw in woeste beroering: weer een forel.

Het eendje blijft stil zitten op zijn kussentje van mos, de vleugels niet helemaal tegen zijn lijfje aan gedrukt, hijgend. Toch mankeert hem niets, voor zover ik zien kan.

Niet ver bij hem vandaan breng ik een hoop takken bij elkaar.

Ik maak de forellen schoon, snijd ze aan stukken, wurm deze door de opening van het koffieketeltje, vul dit met water, peuter met mijn zakmes zout van het tot een klomp verharde pak, steek de takken in brand.

De eend ziet alles wat ik doe, alleen omdat hij toevallig met een oog naar mij toe zit. Nee, ik kan niet zeggen dat hij mij gezelschap houdt, al praat ik zo nu en dan vriendelijk tegen hem. Ik wou dat ik een stukje brood voor je had, maar ik mag al blij wezen dat ik vis gevangen heb. Zijn snavel is bij de hoeken nog dommer naar buiten gekruld dan de snavel van een volwassen eend. Hij heeft ogen waarmee alleen kan worden gezien, niet gekeken. Hij vrolijkt mij op met zijn gezelschap, maar dat kan hij echt niet helpen.

Ah! Ik eet uitstekend! Voortdurend graten tussen mijn lippen vandaan plukkend, vul ik mijn maag met de zachtste, edelste vis ooit gevangen! Zelfs het water waarin ik hem gekookt heb en waar oogjes van hoogwaardig aromatisch vet bovenop drijven, drink ik op.

Het eendje heeft zijn snavel nu gesloten. Het schudt zijn kop, pikt zich in de rug, strijkt zijn veren glad en scharrelt naar het water. Zonder zichtbare beweging, of het voortgeblazen wordt als een kinderscheepje, vaart het rechtuit naar zijn moeder en zijn broertjes terug.

38

Op een zo afwisselende ondergrond als deze, valt het nog niet mee te bepalen hoeveel centimeters een voetstap is. Kuilen, bulten, tamelijk vlakke stukjes, helling omhoog, helling omlaag. Geen twee voetstappen zijn waarschijnlijk even groot.

Ik heb het meetlint afgerold en op de grond gelegd tussen zware stenen. Zonder mijn best te doen zo groot mogelijke stappen te maken, probeer ik met hoeveel voetstappen twee meter overeenkomt. Drie en een halve. Ik raap het meetlint op, laat het in zijn huis schieten en stop het in mijn broekzak. Met de kaart in mijn handen sta ik op de plaats waar het water van het meer uitstroomt in de Lievnasjokka. Hiervandaan is het ongeveer vijf kilometer tot de Rivoelv, die volgens de kaart de vierde zijrivier rechts is. Vijf kilometer, dat is vijfentwintighonderdmaal twee meter, dat is... dat is zevenentachtighonderdvijftig voetstappen. Nagenoeg. Mogelijk vijfhonderd of duizend minder of meer.

Maar hoe onnauwkeurig mijn raming ook mag zijn, het tellen van mijn stappen zal mij toch kunnen helpen om uit te maken of ik bij de Rivo-elv ben of niet. Het is mij onbekend volgens welke criteria de maker van de kaart te werk is gegaan, maar de kans dat hij er hier of daar een zijriviertje niet op heeft getekend, is groot. Groot dus de mogelijkheid dat de vierde zijrivier die ik straks zal tegenkomen, niet de Rivo-elv zal zijn. Verbeeld je dat ik het verkeerde dal zou volgen! Als ik denk aan die mogelijkheid, kan ik wel gillen van angst. Hoe zal ik Arne dan nog ooit terugvinden? Letterlijk al mijn tijd zal ik moeten besteden aan radeloos gezoek, in plaats van aan wetenschappelijk werk en ten slotte zal ik, door de honger genoodzaakt, blij moeten zijn de bewoonde wereld weer te bereiken. En ik zal alleen het vege lijf hebben gered en niets van betekenis gepresteerd.

Ik scheur een blaadje uit mijn dagboek, vouw het in vieren, klem het in de linkerhand, neem een potlood in de andere en begin stappen te maken.

Hardop tellend loop ik door het dal van de Lievnasjokka. Het is deze oever waarover die kudde rendieren langzaam naar het water afzakte. Hier en daar vind ik nog hun keutels. Zien er van buiten uit als sommige meteorieten.

Meteorieten! Zo dicht bij het water, waar de bodem moerassig is en dichtbegroeid, zal ik er nooit een vinden.

Om geen enkele gelegenheid te missen, beweeg ik mij schuinsweg naar de dalwand toe. Daar is het hoger, daar is de bodem droger en kaler. Daar liggen stenen, maar alleen puin dat van boven naar beneden is komen rollen.

Zeventig. Zevenentachtig, achtentachtig. Als ik over een thufur struikel, als ik twee of drie ongeregelde paniekstappen maak, voor hoeveel moet ik die dan meetellen?

Ik doe er maar een gooi naar om tenminste iets te doen.

Bij honderd zet ik een streepje op het papier in mijn linkerhand. En begin opnieuw te tellen bij één. Mijn mond wordt droog van het praten – kun je hardop cijfers zeggen praten noemen? Het papiertje in mijn hand wordt zacht van zweet. Al tellend kijk ik naar elke steen en tegelijkertijd hoop ik nog steeds dat ik Qvigstad en Mikkelsen zal ontmoeten. Tegen beter weten in blijf ik het hopen. Arne heeft mij immers gezegd dat zij via Vuorje naar Skoganvarre zouden gaan en ik loop nu naar het zuidoosten. Bijna diametraal de andere kant op!

Zeventienhonderdvijftig. De eerste zijrivier ben ik zojuist overgestoken. Klopt vrij aardig. Zeventienhonderdvijftig stappen, dat moet een kilometer zijn. Volgens de kaart ligt de monding van dit zijriviertje bijna een kilometer van het meer Lievnasjaurre. Nee maar! Dat komt werkelijk heel behoorlijk uit! Zou ik het op den duur dan toch leren? Zou ik in dit land mijn weg kunnen vinden zelfs zonder kompas? Om de overwinning te vieren, ga ik zitten en haal een sigaret te voorschijn. Ik heb er nu nog acht. De lucht is weer nevelig geworden en de zon bleek als de maan. Ik steek de sigaret aan met de vijfde lucifer die ik nog bezit. Straks is ook die zorg weer voorbij. Arne heeft voorraad genoeg. Nog negen, nou, zeg tien kilometer. Vier tot de Rivo-elv en vijf of zes tot het kloofdal. Op de kaart is het wel erg schematisch weergegeven. Waar het kloofdal precies begint kun je niet zien. Maar waar Arne zit, weet ik tenslotte ook niet precies. Tien kilometer, dat is een uur en drie kwartier lopen op een Nederlands wandelpad. Hoeveel hier? Vijf uur? Nou, misschien maar vier uur, ik hoef immers niet over bergen. Arne zal niet verbaasd wezen. Hij doet al twee dagen niets anders dan naar mij uitkijken. Ook zal hij geen kwaad humeur tonen of kankeren, daar is hij geen type voor. Evenmin zal hij mij beschaamd maken. Beschaamd ben ik uit eigen beweging al genoeg.

Te bedenken dat Nansen ongeveer even oud was als ik, toen hij dwars door Groenland liep, van de oostkust naar de westkust, drieduizend kilometer over ijs, bij vijftig graden vorst. In zijn eentje. Zonder sherpa's die alles voor hun sahib overhebben!

Ik vraag mij af hoe ik mijn leven had moeten inrichten om ooit tot een vergelijkbare prestatie in staat te zullen zijn. Allereerst had mijn vader niet moeten verongelukken toen ik zeven jaar oud was. Maar als dat niet gebeurd was, zou ik misschien wel helemaal dit vak niet zijn gaan studeren, was ik mogelijk helemaal niet gaan studeren en fluitist geworden. Een groot fluitist? Dat is de vraag. Spijt? Nee. Spijt heb ik al lang niet meer. Als fluitist zou ik mijn vader nooit hebben kunnen wreken, zou ik nooit goed hebben kunnen doen wat hij verkeerd gedaan heeft.

Ik sta op, ik moet nu haast maken. Nog altijd kan ik lopen, nog altijd ben ik op de been. Al verdwaal ik, al maak ik mij belachelijk, al doe ik alles even krukkig, ondertussen doe ik het toch maar en dat is het belangrijkste.

Dat is het belangrijkste. Tot dusverre ben ik nog voor niets definitief teruggedeinsd. Daarom zal alles mij lukken, daarom zal ik ook eindelijk een meteoorkrater ontdekken en misschien wel met meteorieten terugkomen. Ik laat ze kijken aan Sibbelee.–Nou ja, zegt Sibbelee met zijn meest minachtende lachje, zo'n man als Nummedal heeft natuurlijk zijn verdienste gehad in zijn tijd. Maar op den duur wordt zo iemand oud en dan is hij voor geen enkele nieuwe gedachte meer toegankelijk. Eigenlijk zou hij het beste veertig jaar geleden zijn ontslag hebben kunnen nemen, toen hij op het toppunt van zijn roem stond. Wij barsten in lachen uit. Ik leg de kostbare meteorieten een voor een op zijn schrijfbureau. Even later sta ik voor een groene tafel waarachter vijf professoren in toga zitten. Ik heb mijn rokkostuum aan en buig het hoofd, niet uit nederigheid, maar om de doctorsbul te lezen die op de tafel ligt, van mij uit gezien omgekeerd.

Een schitterend gekalligrafeerd stuk papier, wel een meter lang, met een rood lakzegel erop zo groot als een spiegelei. *Cum Laude*.

Er staan drie rijtjes van vijf maal vijf turfjes op het papiertje in mijn linkerhand en daaronder nog een rijtje van vier. Vijfennegentig streepjes! Vijfennegentighonderd voetstappen. Vermenigvuldigen met twee en delen door drie en een half geeft het aantal meters: ongeveer vijfduizend. Het komt uit! Ik kan nu wel ophouden met tellen. Ik ben drie zijrivieren overgestoken en hier kom ik aan de vierde. Dit diepe dal kan niet anders dan het dal van de Rivo-elv zijn. Waarom nog vlak langs het water blijven lopen? Verdwalen is nu uitgesloten, ik kan beter een hoek afsnijden.

Zestig meter boven het niveau van de rivieren sta ik op de dalhelling en kan ze alle twee overzien: de Lievnasjokka en de Rivo-elv. Schuimend water, onophoudelijk door stroomversnellingen gedwarsboomd.

Ik probeer alvast te raden hoe het dal van de Rivo-elv er verderop zal uitzien. Daar immers moet het zich versmallen tot het kloofdal waar ik Arne terug zal vinden. Hoe vind ik hem terug? Nu moet ik een kardinale beslissing nemen: beneden langs het water lopen, of boven, langs de rand van de linkerdalhelling. Wat is het beste? Als ik boven langs de dalhelling loop, bestaat de kans dat ik Arne niet zie, mocht hij beneden in het dal zijn, of op de andere oever. Omgekeerd, als ik beneden loop, kan ik wel voortdurend de hellingen afspeuren, al zou de kans bestaan dat hij zijn tent heeft opgeslagen op een punt dat van beneden af niet goed is te zien. Maar zo stom zal hij niet zijn. Hij, van zijn kant, doet natuurlijk zijn uiterste best dat ik hem zo gemakkelijk mogelijk kan vinden. Zoveel mag ik hem wel toevertrouwen. En omdat het veel gemakkelijker voor mij is beneden langs de rivier te lopen, omdat Arne dit ook wel zal begrijpen, besluit ik beneden langs de rivier te gaan.

Het dal wordt dieper en nauwer, de wanden steiler, zo steil dat planten er geen houvast meer op vinden. Sommige gesteentelagen steken eruit als boekenplanken waarop sneeuw ligt die de hele zomer niet smelten zal. Sneeuw. Zwart bestofte sneeuw. Maar ook rode sneeuw. Ik neem er wat van in mijn hand en bekijk het met mijn loep, maar het smelt voordat ik de microben die de rode kleur veroorzaken, heb gezien. Zijn, best mogelijk, met een loep helemaal niet te zien.

Geen tijd hieraan verspillen. Als ik doorloop, kan ik misschien over twee uur Arne al ontmoeten. Twee uur, onzinnige tijdsmaat in het brein van iemand zonder horloge. Voor de avond valt; even onzinnige tijdsbepaling in een land zonder nacht. – In ieder geval zo vlug mogelijk.

Wat zal ik zeggen als ik hem zie? Natuurlijk: –Doctor Livingstone, I presume?

Doctor Livingstone, I presume! Met een holle maag lach je veel gemakkelijker dan anders. En er valt echt niets te lachen, want het is een grapje van Qvigstad geweest en Qvigstad heb ik niet terug kunnen vinden.

Onder het lopen knijp ik een tube honing die ik in mijn broekzak gestoken had, leeg in mijn mond. De laatste twijfel of ik wel in het goede dal terechtgekomen ben verdwijnt, al kan er eigenlijk van herkennen geen sprake zijn, want vanhieruit gezien lijkt het in niets op mijn herinnering. Alleen de dalbodem die groen en moerassig is, die herinner ik mij en eindelijk zie ik ook de gletsjer op de linkeroever! Dezelfde gletsjer. Het gemurmel van de rivier wordt luider, doordat het van de gletsjer stromende water er zijn geluid aan toevoegt. Nu mag het werkelijk niet lang meer duren tot ik Arne zie. Doctor Livingstone, I presume.

– Mijn kompas wees een andere richting aan dan het jouwe. Het spijt me. Jij had gelijk.
– Waar is het?
– Verloren.
– Dat mooie kompas? Jammer!
– Wees blij dat ik het kwijt ben!
– Je moet je hebben vergist bij het aflezen.
– Wees gerust. Nu kan ik alleen nog op jouw kompas vertrouwen. Ik had het gekregen van mijn zusje dat aan God gelooft. Karakteristiek cadeau voor haar! Ik vraag me af waar ze die krankzinnigheid vandaan gehaald heeft. Mijn vader geloofde niets, mijn moeder gelooft niets, ik niet. Maar zij zal de wereld de weg wel wijzen!
– Waarnaartoe?
– Weet ik veel! Naar de Noordpool, net als een kompas. Bij wijze van compensatie is ze gek op negro-spirituals.
– Ha, ha, ha.

Goed uitkijkend waar ik mijn voeten zet, loop ik verder, zo dicht mogelijk langs de dalwand, om het moeras te vermijden. Drie wanstaltig dikke negerinnen, ieder minstens tweehonderd kilo, klappen in de handen, springen, stampen op de grond op hoge hakken, gillen halleluja! Ik word bevangen door medelijden met de negers, die zelfs als het goed bedoeld is, toch altijd liefst in domme, belachelijke of platvloerse omstandigheden worden betrapt: gillend, krijsend, hossend, met hun ogen rollend, de boel in brand stekend, druipend van zweet op een trompet blazend, elkaar kapotrammend in een boksring, gelijke rechten vragend onder leiding van een dominee, vertegenwoordiger van de godsdienst die ze in de verdrukking houdt. Nooit zie je op de TV of in de krant een zwarte chemicus in een laboratorium, een zwarte kosmonaut, of een neger die rustig gedichten voorleest, en die bestaan toch ook?

Zie ik Arne's tent nog niet? Nee, dat door mensenhand gemaakte voorwerp daar, is niet zijn tent. Maar wel iets anders. Ik blijf staan met een mengsel van blijdschap en ontnuchtering.

Daar staat de driepoot van de theodoliet met de theodoliet erbovenop geschroefd. Arne is hier in de buurt, geen twijfel meer mogelijk. Vanzelfsprekend is hij hier. Dagenlang heb ik mij voor niets bezorgd gemaakt. Met mijn handen boven mijn ogen zoek ik de hele omgeving van de plaats waar de theodoliet staat af, of ik Arne niet zie lopen. Nee, geen spoor van Arne. Ook de tent zie ik niet. Maar waar maak ik me druk over? Hij is natuurlijk bezig opmetingen te doen, straks komt hij te voorschijn.

Naar de driepoot toe lopen is nu zoiets als schieten op een dier dat ligt te slapen.

Verdomme, ik ben moe, maar het is niet voor niets geweest. Alles bij elkaar heb ik het er heel aardig af gebracht. Hem teruggevonden zonder kompas. Heel simpel. Net zo simpel zal ik morgen of overmorgen met mijn neus op een meteoorkrater staan.

Steeds mijn voeten op de wortelstoelen van poolwilgen zettend, waag ik mij in het veen en loop naar de waterstromen toe. De driepoot staat onder aan de andere dalhelling. Nu niet op het laatste ogenblik nog eens languit in het water vallen, of tot je heupen in de modder verdwijnen. *Doctor Livingstone, I presume* – en grote plassen water vormden zich rond zijn voeten.

Ik krijg maagpijn van het lachen.

Ik steek de waterstromen over zonder de minste moeite en zonder dat ik mijn schoenen hoef uit te trekken. Bij de driepoot gekomen kijk ik rond naar alle richtingen, maar zie niemand.

Zonder reden houd ik vervolgens mijn rechteroog voor de kijker van het meetinstrument. Precies voor de kruisdraden zit een sneeuwhoen tegen de helling waar de kijker op gericht is, klapt met z'n vleugels zonder weg te vliegen, pikt iets op van de grond, verdwijnt dan uit het gezichtsveld.

Aarzelend loop ik de richting uit waarheen de kijker was georiënteerd.

–Hé! Arne!

Hij ligt op de grond, vlak bij mij.

–Hé, hé, stamel ik.

Hij ligt achterover, één been gekromd, het andere gestrekt. Duidelijk zie ik de gladafgesleten zool van zijn laars, die bovendien is opengescheurd. Zijn achterhoofd ligt tegen een steen. Iets dat op gele pudding lijkt, besmeurt de steen. Het zit vol vliegen van een soort dat ik hier nog niet eerder heb gezien, grote, blauwe. Blauw als de wijzers van een pendule.

Zijn mond is op een vreemde manier gesloten, de slechte tanden van zijn bovenkaak rusten op zijn onderlip, of hij op het allerlaatste ogenblik nog pijn heeft moeten verbijten. Verder is zijn gezicht precies zo als ik het gezien heb in zijn slaap: onbegrijpelijk oud en moe, gerimpeld als de schors van een eik. Maar dit is geen slapen. Dit is nooit meer slapen.

Mijn hand voor mijn mond schijnt mij het verder ademhalen te willen beletten.

Er lopen ook vliegen over zijn baard, over zijn voorhoofd, over zijn half gesloten ogen. Maar geen enkele mug.

39

Hoeveel keer ben ik de helling waar Arne af gevallen is, op en neer gedraafd?

Eerst naar boven, waar ik zijn tent heb zien staan. Als ik boven ben, zie ik dat Arne's aantekenboek vlak bij hem ligt. Hij moet het in zijn hand hebben gehouden toen hij uitgleed. Naar beneden om het aantekenboek op te rapen en bij mij te steken. Weer naar boven, naar de tent. Ik ruk de pennen en de stok uit de grond. Naar beneden met het doek, dat ik over Arne uitspreid. Weer naar boven, van plan ook iets met zijn andere bezittingen te doen, die daar nog liggen. Weet niet wat te bedenken, wikkel ten slotte maar zijn rugzak en zijn slaapzak in een grondzeil. Vind het etui van de theodoliet. Dit instrument daar in weer en wind op z'n driepoot laten staan, kan ik niet verdragen. Dus weer naar beneden, theodoliet losgeschroefd en in de doos gedaan, driepoot opgevouwen. Deze voorwerpen naast Arne neergelegd. Opnieuw naar boven. Waarvoor weet ik niet. Ik kan beter door het dal blijven lopen, als ik het voetspoor naar Ravnastua vinden wil. Dus ga ik weer naar beneden. Ik spring van steen tot steen, mijn schouder schuurt zo nu en dan tegen de steile rotswand maar het is of een onzichtbare parachute mij voor vallen behoedt. Aan vallen denk ik zelfs helemaal niet meer.

Zo nu en dan kijk ik om. Ik loop door het dal en kan al niets meer zien van de plaats waar Arne ligt. Loop verder. Sta opnieuw stil, hurk, broek naar beneden. Afschuwelijke buikpijn. Diarree. Het dieet van vis en honing.

Ben ik een stommeling dat ik het voedsel van Arne niet heb meegenomen? Kan mij eigenlijk niet schelen. Ik heb geen honger. Het begint te regenen. Ik blijf lopen. Het kloofdal vernauwt zich nog meer, houdt dan op als een doodlopende straat. Ik klim eruit, loop rechtdoor. Het gaat nog harder regenen en ik sla mijn plastic regenjas om mij heen. Loop verder, daal af in een volgend dal, terwijl de regen in dikke stralen naar beneden gutst, mijn gezicht afspoelt. Ik glijd uit, door regen half verblind, weet mijn evenwicht te herstellen, maar trap op een pand van de regenjas. Er ontstaat een scheur van minstens een meter lang. Ik scheur het pand volledig af en gooi het weg.

40

Het spoor naar Ravnastua is zo smal dat zelfs een schoen er niet in past en er liggen bijna evenveel stenen op als ernaast.

Ik weet niet hoe lang ik al tot op de laatste vezel doorweekt ben. Minstens twee dagen heeft het ononderbroken geregend. Mijn ogen tranen, mijn keel is zo dik dat ik bijna geen adem halen kan, ik hoest bij elke stap en mijn hoofd bonst. Toch leg ik zo nu en dan een klein steentje op een grote kei waar het spoor langsvoert. Dan kan wie na mij nog eens hier langs mocht komen, het spoor des te gemakkelijker herkennen.

Arne niet. Als ik zit te rusten, blader ik op ogenblikken waarop de regen enigszins vermindert, in zijn aantekenboek. Al die mooie tekeningen die hij voor niets gemaakt heeft. Al die duidelijk geschreven notities die ik niet kan lezen omdat ik geen Noors ken. Zo nu en dan spel ik hardop een woord. Op de laatste pagina die hij beschreven heeft, kom ik twee keer mijn eigen naam tegen. Wat heeft Arne daar over mij gezegd?

Bij een klein rond meer gooi ik mijn rugzak af. Ik neem het net eruit en hang het in het water, dat door hoge struiken omringd is. Niet ver bij het meer vandaan ga ik op mijn zij liggen en knijp mijn ogen dicht. Ik wil slapen.

Terwijl ik de deur van de zitkamer opendoe, hoor ik een opgewonden filmdialoog in een taal die ik niet versta. Klaarblijkelijk hebben ze vergeten de televisie af te zetten, want in de kamer is niemand en er brandt geen licht. Ook ik draai het grote licht niet op, van plan naar de televisie te gaan kijken. Maar niet alleen dat er geen licht in de kamer brandt, iemand moet ook het beeld van de televisie hebben afgezet. Op het geluid afgaand, loop ik naar de hoek waar het televisietoestel staat, hurk en draai aan de knoppen die het beeld te voorschijn kunnen roepen. Maar er komt geen beeld. Een aanvaller die mij achternagelopen is, valt mij in de rug en legt zijn hand op mijn mond. Vader! roep ik en word wakker van angst.

Het is afschuwelijk uit een droom in daglicht te ontwaken. Hoe is het mogelijk dat ik om mijn vader geroepen heb, ik die al achttien jaar geen vader meer bezit, een vader die al zo lang dood is, dat ik mij zelfs niet *herinneren* kan ooit om hem geroepen te hebben?

Het was mijn eigen hand op mijn eigen mond.

Het regent niet meer, maar het waait en de lucht is betrokken. Lang blijf ik nog liggen op mijn rug, ogen open, recht naar boven kijkend. Na alles overdacht te hebben wat ik al eens eerder overdacht heb, sta ik op, loop naar het meer, maak het net los en begin het op het droge te trekken. Een forel. Nog een forel. Als ik het net ongeveer voor de helft heb opgehaald, begint het verschrikkelijk zwaar te worden. De sterke wind neemt het stuk dat ik al uit het water getrokken heb op en blaast het in de struiken. Ik kan de andere helft bijna niet naar boven krijgen en er ontstaat een heftige beroering in het water, of het in de buurt van het net kookt. Nog een vis. Ik loop achteruit en trek uit alle macht. Het net zit vol vissen, in elke maas zit een vis, het net is een tapijt van glimmende spartelende vissen, honderden. Wat moet ik beginnen? Het is ondoenlijk ze allemaal los te maken. Daar ben ik veel te moe voor. Eerst eten.

Hoeveel lucifers bezit ik nog? Vier. Alle struiken zijn drijfnat omdat het zo lang geregend heeft. Voorzichtig maak ik een brandstapeltje, bij elk takje dat ik erop leg overwegend of het wel droog genoeg is. Ik strijk de eerste lucifer af. Hij waait uit. De tweede en de derde waaien ook uit. De vierde slaagt erin een dun takje aan te steken, maar de vlam dooft bijna onmiddellijk weer. Het takje blijft gloeien. Blazen. Helpt niet. Zelfs het gloeien houdt op. Radeloos zie ik het aan, bijt op mijn dubbelgevouwen rechterduim, snijd dan een forel aan stukken, rol de stukken door het zout en eet ze op. Smaakt bijna als groene haring.

Als ik vind dat ik genoeg gegeten heb, ga ik naar het meer terug en doe voorzichtige pogingen het net los te maken uit de struiken. Maar telkens wanneer ik met veel moeite een paar mazen van takken ontdaan heb, drukt de wind er weer andere takken doorheen. De vissen houden zich roerloos, maar soms spartelt er een op onverwachte ogenblikken. Razend probeer ik het net met geweld los te trekken. Hier en daar scheurt het, maar los krijg ik het niet. Ik laat het dan maar achter in de struiken. Het lijkt of een vloedgolf de struiken vol spartelend zilver heeft gehangen. Het lijkt op het web van een gigantische spin.

41

Ik houd nu op elke heuvel stil en kijk op mijn kaart. Het is weer begonnen te regenen en ik zie bijna niets meer. Toch weet ik dat ik niet ver van Ravnastua ben. Het is middag of avond, in elk geval de tweede helft van een etmaal.

Elke honderd stappen moet ik rusten en mijn stappen worden voortdurend kleiner. Ik ben te moe om ze nog na te meten. Zestig centimeter zijn ze vast niet meer. De zool van mijn linkerschoen is losgeraakt, ik heb al geprobeerd op blote voeten te lopen, doet veel te veel pijn, ik heb om de linkerschoen een stuk plastic van mijn regenjas gewikkeld, maar het gaat voortdurend kapot. Hoe meer ik in tijdnood kom – want ik heb toch echt mijn best gedaan zo gauw mogelijk naar Ravnastua te komen – hoe minder de tijd een rol speelt. Niemand weet dat ik hier ben. Waar zijn de Lappen? Die laatste wilden van Europa? Nooit ben ik er een tegengekomen. Ik zou eigenlijk net zo goed kunnen doodgaan als Arne. Ah! Dat hem overkomen is wat ik aldoor gevreesd heb dat mij overkomen zou. Bijna voel ik mij te kort gedaan.

Eergisteren heb ik voor het laatst een aantekening gemaakt. Toen was ik vijf dagen onderweg, sinds ik Arne teruggevonden had. Ook toen al verminderde mijn haast, alsof ik vond dat hij daar eigenlijk maar moest blijven liggen zoals hij ligt. Een maand uit de bewoonde wereld weg – en de maatstaven van de bewoonde wereld worden al vervangen door die van de eenzaamheid. Zoals ook de rendieren die hier verongelukken open en bloot in een skelet veranderen, tot je er alleen nog maar een gewei, een rib of een ruggewervel van terugvindt, zo maakt het ook feitelijk voor Arne niets uit. Begraven, rouwkransen en toespraken zijn bekommernissen van mensen die aan geplaveide straten wonen, met zijn tienen in een kamer zitten, in tien woonlagen boven elkaar, een komedie strikt aan tijd, plaats en gemeenschap gebonden.

Zelfs de gedachte dat ik straks eten krijgen zal, kan mij niet geestdriftiger maken, zelfs de gedachte aan een echt bed niet. Wat ik voortdurend, met hysterische angst alsof ik het noodlot wilde bezweren, niet gewild heb: verongelukken zoals mijn vader, het laat me nu eigenlijk onverschillig.

Want waarmee kom ik thuis? Niet met een ontdekking. Alleen maar met het bericht dat er iemand doodgevallen is.

Of ik nog niet moe genoeg ben, kan ik mijn gedachten tot niets anders bepalen dan de zwaarte van die loodzware boodschap. Heer in de hemel! Dat alleen al zou je angstig maken ooit weer in de bewoonde wereld terug te komen, bij de mensen die mijn boodschap zullen aanhoren.

Maar het moet, omdat ik ook niet blijven kan, waar ik ben. En ik trek mijn benen in, zet mijn rechterhand op de grond en duw mij omhoog. Wankelend sta ik daar, op twee voeten, zoals het de bekroning van de schepping betaamt. Langzaam begin ik aan de beklimming van de volgende heuvel.

Het is me al een tijdje opgevallen, dat het terugvinden van het smalle spoor veel gemakkelijker geworden is. 't Kost niet de minste moeite meer het van de omgeving te onderscheiden. Haast lijkt het of het geregeld opengehouden wordt. Dit moet toch wel een teken zijn; Ravnastua is niet ver meer.

't Hoogste punt van de heuvel is ook niet ver

meer. En wat zie ik, nog voor ik er helemaal overheen ben? Daar staat het grootste beest dat mij sinds dagen onder ogen gekomen is. Een paard.

Het is een izabelkleurig paard met zwarte manen recht omhoog als het haar op de rug van een hyena. Het graast en heft z'n hoofd naar mij op, als het mij hoort. Het doet brrr met z'n lippen en verzet een voorbeen. Het zit aan een lang touw dat is vastgemaakt met een pen in de grond. Wat kan het grazen? Het knabbelt op een mager struikje. Gras groeit hier niet. Een beest dat zonder menselijke hulp hier niet kan leven. Dus zijn er mensen in de buurt.

Ik ga de volgende heuvel over en zie nu een huis, nee, ik zie drie gebouwtjes van roestbruineverfde planken. Op het dak van het grootste huisje staat een kolossale FM-antenne die tientallen meters hoog moet zijn. Bij de huisjes in de buurt zie ik ook voor het eerst weer echte bomen, berken, al zijn ze niet groot.

Heel langzaam kom ik dichterbij. Ik moet nu voortdurend gaan zitten. Het kan mij al lang niet meer schelen waar ik zit. Op een veenbult als het zo uitkomt, maar soms ben ik te moe om een droge plek te zoeken. Ach, waarom zou ik mij zo haasten? Nu ben ik zo dicht bij het grootste huis, dat ik kan zien dat ik een trapje op moet naar de deur. Ik zal dat trapje gerust wel op gaan, maar het kost veel hoofdbrekens, alsof ik dronken ben. Ik kan nu zelfs niet meer mijn hand rechtstreeks op de deurknop leggen, ik moet ernaar tasten als een blinde.

De deur gaat open. Erachter is niemand, een soort houten vestibule, met tegen de wand een grote zwartmetalen kast en een telefoontoestel. Daarnaast een andere deur.

In de kamer. Houten kamer. Een oude vrouw, twee korte zwarte vlechtjes, geel gerimpeld gezicht, zit hoogzwanger bij een raam. Ik stoot een paar woorden uit in het Engels. Zij lacht, staat op en loopt de kamer uit. Hoe kan zij, zo oud, nog zwanger zijn? Het plafond hangt vol met van die stroken gelijmd papier, waar vliegen op gaan zitten om nooit meer los te kunnen komen.

Aan de wand hangt niets, behalve drie grote kalenders. Drie. Op de vloer, tegen de wanden aan, zijn allerlei bezittingen neergezet: pannen van roestvrij staal, kistjes, een naaimachine, stapels kleren. Er komen nu een heleboel naakte bruine kinderen binnen. Ze houden zich doodstil, proberen zich achter elkaar te verstoppen, zuigen op hun duimen. Een deur naar een andere kamer staat half open. Daarachter zie ik bedden. De kinderen stellen zich op in de deuropening, klaar om de deur voor mijn gezicht in het slot te gooien, mocht ik iets doen dat zij gevaarlijk vinden. Ik wankel, maar verroer geen vin. Een, twee, drie, veel naakte kinderen.

De vrouw komt terug met een blonde man die duidelijk verstaanbaar Engels spreekt. Ik daarentegen kan bijna geen woord uitbrengen. Stamelend wijs ik hem op de kaart de plaats waar Arne ligt. Hij neemt de kaart van mij over en loopt weg met een gebaar dat ik met hem mee moet komen. Hij gaat de kamer uit, naar de zwarte metalen kast die ik gezien heb toen ik binnenkwam. Het is een kleine zender. Hij stelt hem in werking en telefoneert.

Als hij klaar is, geeft hij mij de kaart terug.

–Ze zullen hem zoeken met een helikopter, zegt hij.

Samen brengen de vrouw en de man mij naar buiten, naar een van de andere huisjes, waarop een bord STATENS FJELLSTUE hangt.

Ik zit op een krukje aan een withouten tafel. Langs de muren zijn vier houten bedden, in stellen van twee boven elkaar.

Op de tafel heb ik een bord, een mes, een roestvrij stalen koekepan met rendiergehakt in jus, een stalen pan met in de schil gekookte aardappelen, een brood van een meter lang en een kan melk.

Rendiergehakt, smaakt bijna net zo als reebout.

Mijn hand gaat langzaam op en neer van het voedsel naar mijn mond, die langzaam kauwt.

Wat zijn er opeens veel dingen die ik lang niet gezien heb of gehoord. Bij voorbeeld het geluid van een vliegtuigmotor. Het wordt luider en luider, hoe is het mogelijk dat het luider worden zo lang duurt. Moet een langzaam vliegtuig zijn. Als het lawaai op zijn luidst is, kijk ik uit het raam en zie een helikopter laag overvliegen.

Mijn ogen vallen dicht. Strompelend kan ik nog juist een bed bereiken.

Als ik mijn ogen weer open, is het in dezelfde mate avond als toen ik ze dichtdeed. Ik lig op rendierhuiden en heb er ook een over mij heen.

Maar het is vierentwintig uur later.

Ik kruip van de brits en was mij in een emmer koud water. Met zeep!

42

Ik heb zijn naam natuurlijk niet verstaan, en denk er steeds over nog eens te vragen hoe hij heet, maar doe het niet. Hij is bioloog, paddestoelenkenner, verbonden aan het Natuurhistorisch Museum van Tromsø. Over Arne vraagt hij mij niets meer.

Terwijl ik de vrouw voor het eten en het logies betaal, zegt hij:

–Ze is pas negenendertig, en in verwachting van haar vijftiende kind. Veel kinderen, daar zijn Lappen gek op. En ziet u hoe het huis is ingericht? Alsof ze nog in een tent wonen: alles op de grond neergezet.

Hij drukt mij een buisje aspirine in de hand en leent mij een paar rubberlaarzen. Had ik die van het begin af maar bezeten!

Per telefoon heeft hij georganiseerd dat ik door een Lap in een motorkano over de Karasjokka naar Karasjok zal worden gebracht.

Het is twaalf kilometer lopen tot de rivier. De weg is niet moeilijk te vinden. Ik neem afscheid van de vrouw en van hem en ga op weg.

Als ik een paar stappen heb gedaan, roept hij en komt achter mij aan gehold:

– Weet u zeker, dat het niet te veel is om naar de rivier te lopen?

– Nee, nee, dat gaat wel.

– Passen de laarzen goed?

– Ja uitstekend.

– Ik hoop het. Want hoort u eens, u kunt natuurlijk ook hier blijven, dan zal ik vragen of ze uit Karasjok een weasel sturen om u af te halen.

– Nee, dank u. Ik ben prima in orde. Dank u!

Het vinden van de weg naar de rivier levert geen enkel probleem op. Het is een echte weg, wel zwart van modder en met kniediepe plassen, maar toch zo breed dat een weasel op rupsbanden er wel overheen kan komen. Hier en daar zie je er de sporen van.

Alles is nu plotseling veel normaler: de weg, de omgeving die met bomen is begroeid, want ik loop hier honderd meter lager en beneden de boomgrens. Hoger zal ik niet meer komen, want ik daal voortdurend af naar het dal van de Karasjokka. Op de plaats waar de kano zal liggen te wachten, is de rivier maar honderdzesendertig meter boven zeeniveau.

Dit is geen expeditie meer. Dit is een wandeling door een bos.

Plotseling zie ik een gele weerschijn oplaaien in de grijze lucht aan mijn linkerhand en ik hoor een slag alsof een straaljager door de geluidsmuur breekt. Het lichtschijnsel verdwijnt en de lucht wordt weer grauw als tevoren, maar de slag gaat over in een gerommel dat lang aanhoudt, of vlak bij een goederentrein over een viaduct rijdt.

Ik ben blijven staan, ik sta nog stil als er niets meer te horen of te zien valt, behalve grote groepen vogels die overal krijsend opvliegen.

Als ze weer zijn neergestreken, onzichtbaar, verlaat ik de weg en beklim een hoogte. Maar ook daar belemmeren de bomen mij het uitzicht en nergens kan ik iets van brand zien of rook.

Op de plaats waar ik de rivier bereik, staat een klein huis. Verder is de omgeving leeg, met groene moerasplanten begroeid. Vlak bij het huisje ligt een motorkorjaal, zijn voorsteven op het droge. De Lap komt naar mij toe, als hij mij ziet. Hij spreekt een paar woorden Duits en wil mijn rugzak naar het scheepje dragen. Ik vraag hem of hij die geweldige slag ook gehoord heeft.

Die heeft hij gehoord en ook het lichtschijnsel heeft hij gezien.

Wat denkt hij dat het is? Misschien is ergens een vliegtuig neergestort. Heeft hij dan het geronk van motoren gehoord, voor het gebeurde? Ik niet.

Nee, hij ook niet.

Hoe breed is de Karasjokka. Is dit een rivier? Eerder een eindeloos uitgerekte plas water, nauwelijks diep genoeg dat de boot erover varen kan. Herhaaldelijk vertakt het water zich bij droogliggende grintbanken, die te laag zijn om eilanden te kunnen worden genoemd.

Ik zit voor in de boot met mijn rug naar de richting waarheen wij varen. Nu zijn er nergens huizen meer en er vaart geen enkele andere boot.

De rivier slingert en wij op onze beurt moeten slingeren door die slingers. Het hout van de scheepsbodem schuurt over de rivierbodem met een hol, grommend geluid. Soms zelfs slaagt de motor er niet in ons verder vooruit te duwen. Dan wijst de Lap mij dat ik even moet opstaan, verzitten, of schommelen om weer vlot te komen.

Karasjok. Houten huizen tegen de oevers. De Lap laat de boot op het droge lopen vlak bij een stalen boogbrug. Wij stappen allebei aan land.

Aarzelend en chaotisch komt een kudde bruine koeien over de stalen brug. Niet ver bij de brug vandaan staat een roestkleurig houten huis, voor hier tamelijk hoog, wel drie verdiepingen, met een hoog puntdak. Ernaast staat een hoge vlaggemast met de Noorse vlag in top. Dit is het door de staat beheerde hotel.

De Lap begeleidt mij naar een winkeltje waar ik een nieuw hemd koop en een paar rubberlaarzen. De laarzen van de bioloog trek ik uit en geef ik aan de Lap die ze te gelegener tijd zal terugbrengen en de nieuwe laarzen trek ik aan.

In het hotel neem ik een warm bad, scheer mijn baard af en ga in een bed met schone lakens liggen.

De volgende ochtend word ik opgezocht door iemand van de politie, die mij vraagt hoelang ik Arne niet gezien had, toen ik hem vond. Ik vertel hem precies wat er gebeurd is en laat hem Arne's aantekenboek zien. Hij leest met aandacht de pagina waar mijn naam op voorkomt, knikt, geeft mij het aantekenboek terug en vraagt of ik Arne nog wil zien.

Samen lopen wij naar de kliniek waar hij naartoe gebracht is.

Een dokter neemt mij in ontvangst en de politieman gaat weg.

–Bent u familie van hem? vraagt de dokter.
–Nee, een vriend.
–Kent u zijn verwanten?
–Nee, nooit ontmoet.
–Wilt u hem nog zien?
–Ik weet het niet.
–Ik raad het u niet aan meneer, ik raad het u echt niet aan.
–Dan ga ik maar.
–Nee, blijft u nog even. Waarom loopt u zo ongelukkig?

De dokter bekijkt mijn benen, belt om een verpleger die mijn wonden uitwast, de knie keurig verbindt en op de andere gaten pleisters plakt.

Een half uur later zit ik in de bus die eerst noordwaarts rijdt tot Russenes en dan naar het westen afzwaait, de kustweg langs naar Alta en nog verder zuidelijk.

In Russenes stopt de bus wel een half uur, omdat hier de boten naar en van Noordkaap aanleggen.

Bij de halte zie ik een meisje staan. Zij draagt een lange broek, een doekje om haar hoofd en naast haar, bij haar voeten, staat een kartonnen koffertje. Ik strompel om haar heen. In de rechterpijp van haar broek zit een stop op de knie en haar wenkbrauwen zijn onhandig geplukt. Zij kijkt ook naar mij, maar misschien alleen omdat ik zo zielig loop te hinken.

Tegen dat de bus weer zal doorrijden, zorg ik dat ik vlak achter haar instap en dat ik naast haar kom te zitten.
 –Ga jij ook naar Alta? vraag ik.
 –Nee, verder.
 –Ben je naar Noordkaap geweest?
 –Nee.
 –Hoe kom je hier dan verzeild?
 –Ik woon in Honningsvåg.
 –Waar is Honningsvåg?
 –Op hetzelfde eiland als Noordkaap.
 –Dat is ver naar het noorden.
 –Ja.
 –Dan zit je 's winters lang in het donker.
 –De hele winter.
 –Wat doe je dan? Naar feestjes gaan?
 –Nee. Ik leer mijn lessen.

Dat wil ik graag geloven, want ze spreekt uitstekend Engels, maar toch vraag ik:
—Ben je dan nog op school?
—Natuurlijk.
—Hoe oud ben je dan?
—Vijftien.
—Vijftien? Je maakt een grapje. Negentien.
—Nee, vijftien, en ze kijkt mij niet meer aan.

Had ik het maar niet gevraagd! Nu is ze zeker bang dat ik haar een klein kind zal vinden. Ze vertelt toch al niets uit zichzelf. Het duurt lang voor ik weer iets durf te zeggen. Eindelijk:
—Ik kom uit Holland.
—O.
—Ik ben een hele tijd in Finnmark geweest.
—Wat deed je daar? Vissen?
—Nee. De bodem bestuderen.
—Ben je student?
—Ja.
—Heb je interessante onderzoekingen gedaan?
—Het gaat nogal.

Ze steekt haar hand uit naar mijn broekriem en wijst naar het etui waarin mijn kompas gezeten heeft.
—Wat heb je daarin? Een revolver?
—Nee, niets.

Ik maak het etui open, laat haar zien dat het leeg is en zeg:

–Er heeft een kompas in gezeten, maar ik heb het in een spleet laten vallen. Stom hè?

–Jammer. Wat een prachtig leer. Het ziet eruit of het nog nieuw is.

–Wil je het hebben?

–Wat denk je wel!

–Ik heb er niets meer aan.

–Je kunt een nieuw kompas kopen.

–Je mag het hebben als souvenir.

–Wat zou ik ermee moeten doen?

Nee, dat weet ik eerlijk gezegd ook niet, wat zij ermee zou moeten doen. Souvenir! Aan iemand wiens naam ze niet eens kent.

Ik weet nu werkelijk niet meer waar ik met haar over praten zal en een paar uur lang zit ik naast haar te suffen, zonder een woord te zeggen, alsof we helemaal geen kennis met elkaar hebben gemaakt.

Skaidi. Rustpauze op de hoogvlakte, bij het houten stalletje. Ik stap uit en strompel wat heen en weer. Zij is ook uitgestapt en blijft, een beetje tot mijn verwondering, steeds naast mij lopen, aan de kant van mijn kapotte been. Ze schijnt toch wel te vinden dat ze bij mij hoort. Het is of zij zich bedwingen moet mij niet te ondersteunen.

De toeristen-Lap komt uit zijn tent, pijp met koperen dop in de mond, rendiergeweien in zijn handen. Zo kwam hij ook te voorschijn toen ik hier met Arne stond te huiveren, onder een hemel zo grijs of het winter was. Toen moest alles nog mislukken, *toen was Arne nog niet dood.*

Ik blijf stokstijf staan en pak de arm van het meisje. Zij lacht.

—Waarom lach je?

—Waarom lach jij niet?

Bij het stalletje koop ik met vaderlijke gevoelens een chocolareep voor haar.

Als de autobus weer rijdt, pijnig ik mij voortdurend het hoofd om iets te bedenken waarover wij kunnen praten, weet ten slotte niets anders te verzinnen dan:

—Je hebt me nog aldoor niet verteld hoe je heet.

—Ik heet Inger-Marie.

Hierop kan ik antwoorden hoe ik zelf heet: één woord. Dan is ook dat onderwerp weer afgehandeld.

Daarom haal ik Arne's aantekenboek te voorschijn, zoek de pagina waar mijn naam op voorkomt en geef het boek aan haar.

– Hier, zeg ik en wijs mijn naam aan. Kun jij dat lezen? Kun jij dat voor mij vertalen?

Zij neemt het door met prevelende lippen. Woord voor woord wijst zij aan met haar wijsvinger die uitloopt in een afgebeten nagel. Als zij beneden aan de pagina is, gaat haar vinger weer naar mijn naam terug en zij leest voor:

– Alfred is de verkeerde richting ingeslagen. Ik dacht eerst dat hij een grapje maakte. Na een kwartier was hij nog niet terug. Ik heb hem de hele middag lopen zoeken. Ten slotte teruggegaan naar kloofdal. Zal hier op hem blijven wachten.

Zekere gabbro's breken spoedig tot losse puinmassa's. 33.P.234.

Inger-Marie begint te hakkelen.

– O, sla dat maar over.

Een paar regels verder begint zij opnieuw:

– Alfred nog steeds niet terug. Zal toch hier blijven, desnoods een week. Ik heb wel gemerkt dat het terrein, waaraan hij niet gewend is, hem moeilijkheden verschaft. Bewonder zijn doorzettingsvermogen. Klaagt nooit, hoewel een paar keer lelijk gevallen. En dan houd ik hem 's nachts nog uit zijn slaap door dat afschuwelijke snurken van mij. Een ander zou al lang gezegd hebben ik heb er genoeg van.

Helling...

Ik knik, pak het boek weer uit haar handen, sla het dicht, kan geen woord uitbrengen.

De bus rijdt verder door wolken stof.

– Alfred, zegt ze, ben jij dat?

– Ja.

– Doet je been veel pijn?

– Al lang niet meer, lieg ik.

– Ik hoop dat ik het goed vertaald heb. Ik wil later ook studeren, maar mijn vader zegt dat ik gek ben. Zeg, weet jij dat ook, gisteren hebben de mensen in de buurt van Karasjok een geweldige klap gehoord. Het werd vanmorgen door de radio verteld. Er werd gedacht dat er een vliegtuig was neergestort, maar ze hebben niets gevonden. Waar kan die knal dan van afkomstig zijn geweest?

– Ik heb geen flauw idee.

– Aan vliegende schotels geloof ik niet. Jij?

– Ik ook niet.

– Misschien een bolbliksem. Heb jij wel eens een bolbliksem gezien?

–Nee, nooit.

–Ik wel. Een keer. Ik stond niet ver van een huis met een schuin dak, te schuilen voor de regen. Het was of er een bol van vuur van het dak af rolde. Maar het maakte alleen een sissend geluid.

Als de bus in Alta stilhoudt en ik opsta, wil ik haar een hand geven, maar zij negeert mijn hand, slaat haar armen om mijn hals en geeft mij een lange kus. Ik houd mijn hand op haar rug en voel haar magere schouderbladen. Ik kus haar ten slotte nog twee keer op elke wang en loop in een verwarring van gevoelens naar buiten.

De chauffeur is ook uitgestapt en op het dak van de bus geklommen om mijn rugzak eraf te halen.

Inger-Marie staat voor een raampje naar mij te kijken, zonder te lachen, of iets bepaalds uit te drukken met haar gezicht. Ik zwaai mijn hand tegen haar zonder geestdrift, zonder iets te hopen of te willen. De chauffeur stapt weer in.

Als de bus wegrijdt, loopt zij naar het raampje in de achterdeur en blijft mij aankijken zoals zij mij voortdurend al aangekeken heeft. Pas wanneer de afstand tussen ons bijna te groot geworden is om elkaar nog te zien, maakt zij een beweging. Wuiven? Een handkus? Het kan ook zijn dat ze mij, op het raampje waaraan zij stond, als het ware uitgetekend zag als op een schoolbord en dat ze mijn beeld, bij wijze van spreken, heeft uitgeveegd. Dat zou verreweg het beste voor haar zijn.

43

De vrienden van Arne zijn nog met vakantie. Ik vraag de sleutel bij de buren en vind het huis in precies dezelfde toestand als waarin wij het achtergelaten hebben. Mijn koffer onder de bank in de zitkamer, enzovoort. Ik kleed mij uit en trek mijn gewone kleren weer aan: overhemd, das, colbert. Als ik hiermee klaar ben, bel ik de Geologische Dienst in Trondheim op. Direktør Oftedahl is er niet, Direktør Hvalbiff of hoe hij heten mag, evenmin. Maar zijn secretaresse is op de hoogte. Ze vertelt mij dat de luchtfoto's uitgeleend zijn aan de universiteit in Oslo. Dubbele exemplaren hebben ze niet, wel de negatieven. Is het de bedoeling dat er nieuwe afdrukken van worden gemaakt? Dat kan, maar nee, morgen langskomen heeft geen zin. Ik moet er rekening mee houden dat het zeer lang duurt voor de nieuwe afdrukken klaar zijn. Twee, drie maanden minstens en er zijn nogal wat kosten aan verbonden. Zal zij mijn adres noteren?

Daarna bel ik de universiteit in Oslo en vraag professor Nummedal te spreken. O. Professor Nummedal? Die is niet in Oslo, die is momenteel in Hop, een voorstadje van Bergen. Wanneer hij terugkomt? Nog niet bekend, voorlopig niet. Reist u naar Nederland terug? Probeert u het dan in Bergen. Zal ik u het adres geven? Hop. Troldhaugensgate 5, telefoon 3295.

Ten slotte bel ik een taxi en leg twee biljetten van tien kronen naast het telefoontoestel.

Mijn voeten, opgezwollen en met pleisters beplakt, kon ik niet meer in mijn schoenen krijgen, dus heb ik de rubberlaarzen maar aangehouden.

Met koffer en rugzak laat ik mij door een taxi naar de aanlegplaats van het watervliegtuig brengen. In het kantoortje waar ik mijn plaats bespreek, geef ik een telegram op aan mijn moeder, dat ik over drie dagen thuiskom.

44

Blauwe hemel, liefderijke zon. Hier ben ik niet door geluiden omgeven, maar door geuren en er zijn helemaal geen muggen, noch bloeddorstige vliegen. Hoekige rotsen breken telkens door het gras van de tuinen en tussen bloeiende rododendrons te voorschijn.

Troldhaugensgate 5 ligt aan een smalle asfaltweg met een helling zó sterk, dat een auto hem alleen in de eerste versnelling nemen kan. Het pad naar het huis loopt nog steiler omhoog, het is gedeeltelijk een trap, ruw uitgehouwen in de rots.

Alweer moet ik naar boven om Nummedal te spreken en het lijkt me vol betekenis. Wat het betekent, zou ik niet weten te bedenken. Voetje voor voetje strompel ik naar de voordeur en bel aan.

–Professor Nummedal, zeg ik snel tegen het dienstmeisje, hij verwacht mij, ik heb vanochtend met hem getelefoneerd.

Zij lacht, kent waarschijnlijk alleen Noors, brengt mij onmiddellijk naar een serre waar Nummedal in de zon zit. Hij heeft niet meer die mooie bril op, eigenlijk twee brillen, waarvan er een op en neer geklapt kon worden. Nee, een gewone zonnebril.

Nummedal is blijven zitten, maar mompelt iets in het Noors. Het dienstmeisje vormt een lange reeks woorden, waarin ik alleen het woord professor herken, gaat dan weg.

Ik strompel naar hem toe.

– Herr Professor Nummedal...

– Bitte, bitte. Neemt u een stoel. Waarom loopt u zo onregelmatig?

– Ik ben gevallen.

– U ook gevallen? Bent u allebei tegelijk gevallen?

– Nee, ik was er niet bij toen het gebeurde. Ik was de weg kwijtgeraakt en heb Arne pas later gevonden.

De stoel die het dichtst bij Nummedal staat, is nog vrij ver bij hem vandaan, maar wel recht tegenover hem, in de andere hoek van de serre. Ik ga zitten. Rechts naast mij staat een kamerpalm waarvan de bladeren zich tegen het plafond aan drukken.

Nadenkend wat ik zeggen zal, kijk ik naar mijn voeten. Bespottelijk gezicht, die rubberlaarzen onder een lichtgrijze flanellen broek.

Nummedal zegt niets meer. De verticale rimpels op zijn gezicht zijn nu zo diep alsof hij aan plakken was gesneden en zijn vel heeft de gore kleur van een oude krant. Eindelijk zeg ik:

– Ik heb Arne's aantekeningen meegebracht.

– Dat vertelde u al door de telefoon. Wat heeft u verder gedaan in Finnmark?

– Ik ben bang dat het niet veel heeft opgeleverd.

– Hoe zo niet? Of een onderzoek iets heeft opgeleverd, blijkt pas wanneer men de resultaten gaat uitwerken.

– Ik geloof dat mijn punt van uitgang niet juist geweest is. Ik geloof ook dat mijn opleiding niet voldoende is geweest om dat onderwerp te bestuderen. Ik heb geprobeerd een suggestie van professor Sibbelee te volgen, maar ik ben tot de conclusie gekomen dat ik daar niet veel mee opschiet. Ik zou het onderzoek van Arne willen voortzetten. Ik wil Noors leren. Ik wil mijn studie overdoen, voor zover nodig. Ik zou bij u in Oslo willen studeren, twee, drie jaar misschien en dan weer naar Finnmark gaan. Voor een buitenlander als ik, nooit eerder in zo'n soort landschap geweest, is het anders geen vruchtbare onderneming.

—Denkt u? Maar dan ziet u de toestand veel te somber in. Ik kan begrijpen dat u terneergeslagen bent. Maar professor Sibbelee heeft mij, voor u naar Noorwegen kwam, een brief geschreven waarin hij uw capaciteiten de hoogste lof heeft toegezwaaid. Wilt u mij wijsmaken dat het onderwijs van professor Sibbelee niet voldoende geweest zou zijn?

—Misschien heeft professor Sibbelee te veel van mij verwacht.

—Wat u mij daar zit te vertellen is het meest ongelofelijke dat ik in lange tijd heb gehoord. Professor Sibbelee zou u bij mij aanbevolen hebben terwijl u niet voldoende voorbereid was op uw taak? Ik begrijp niet waar u het over heeft, meneer!

—Voor ik wegging, heeft professor Sibbelee mij deelgenoot gemaakt van bepaalde denkbeelden. Veronderstellingen die ik moest verifiëren.

—Dat zullen interessante veronderstellingen zijn geweest!

Stamelend geef ik antwoord.

—Ik heb niets gevonden waaruit blijkt dat die veronderstellingen waarschijnlijk zijn.

– Maar mijn beste meneer! De allergewoonste zaak van de wereld! Waar zou het naartoe moeten als het tegenovergestelde het geval was? U hebt geloof ik geen flauw vermoeden hoeveel veronderstellingen de mensen maken.

Ik doe een beleefde poging te lachen en lach, maar het lukt mij niet het geluid voort te brengen dat erbij hoort.

Ook Nummedal lacht niet.

– Ik zal, zegt hij, na de vakantie niet meer naar de universiteit van Oslo terugkeren. Mijn opvolger is nog niet bekend.

Met het aantekenboek van Arne in mijn hand, loop ik naar hem toe en zeg:

– Hier is het aantekenboek. Misschien bent u nieuwsgierig naar wat Arne gedaan heeft. Mogelijk heeft u een andere leerling die zijn werk kan voortzetten. Ik had het graag bewaard, was het alleen als souvenir, maar ik ken toch geen Noors. Een ander heeft er meer aan.

Nummedal steekt zijn hand uit, maar grijpt naast het boek. Hij is volledig blind! Ik moet zijn hand beetpakken en het boek erin drukken. Daarna zeg ik:

– Het spijt mij verschrikkelijk dat u de universiteit moet verlaten.

—Heeft u die luchtfoto's nog gekregen van Direktør Hvalbiff?

Ja, zo klinkt die naam, ik hoor het goed.

—Ik heb ze niet gekregen en ik ben erachter gekomen dat uw leerling Mikkelsen ze had. Ook dat is een handicap geweest, maar ik neem niemand iets kwalijk. Ik begrijp dat ik een outsider was en dat ik dat moest blijven. Daarom wilde ik in Oslo gaan studeren. Ik wil een nieuw leven beginnen.

—Een nieuw leven beginnen, zegt u?

Hij staat heel moeilijk op uit zijn stoel. Zelfs op het gehoor schijnt hij niet te kunnen bepalen waar ik ben. Meer tegen de palm dan tegen mij gaat hij verder:

—Op mijn instituut waren geen luchtfoto's... Hvalbiff heeft ze, Geologische Dienst, Trondheim, zoals ik u gezegd heb. De Geologische Dienst, dat is waar men moet wezen voor luchtfoto's. Direktør Hvalbiff. Maar die man heeft mij sinds de eerste dag dat hij daar benoemd was, dwarsgezeten! U mag blij wezen dat u in dit land niet woont! Zo'n groot land en nog geen vier miljoen mensen. Maar iets anders dan ruzie maken, doen ze niet!

Een nieuw leven beginnen! Hier in Noorwegen nog wel! Elk nieuw leven dat een mens begint is een voortzetting van het oude leven! Ik daag het hele Leger des Heils uit mij het tegendeel te bewijzen! Denkt u daar maar eens over na, voor u zich hier metterwoon vestigt!

Met het aantekenboek van Arne in z'n hand, gesticuleert hij in de richting van de kamerpalm. Alsof ik daar stond. Alsof ik daar stond krom te groeien tegen zijn plafond!

Waarom ben ik ooit jaloers geweest op Arne? Hij kon zo goed tekenen, hij maakte zijn notities zo nauwgezet, hij kon zonder moeite de steilste hellingen beklimmen en zonder natte voeten over rivieren komen. Nu is zijn werk, onvoltooid, in het bezit van een blinde.

Hvalbiff, zei Nummedal. Geen vergissing mogelijk.

Nummedal haat die man. Met een blinde haat, hallo.

Verdomme! Misschien is het alleen maar een *bijnaam* die Nummedal bedacht heeft voor de directeur van de Geologische Dienst. Wat zullen de anderen mij uitgelachen hebben achter mijn rug... Hvalbiff. Dat betekent walvissenvlees, zei Arne. En gek hè, zei Qvigstad, geen spoortje vet eraan; precies ossevlees.

En als een donderslag treft me de herinnering aan het malse vleeskleurige gezicht van de man in Trondheim, die zich op mijn vraag naar direktør Hvalbiff heeft voorgesteld als de geofysicus direktør Oftedahl.

Zou 'Hvalbiff' misschien niemand anders dan Oftedahl zelf zijn geweest?

Ik zal geen poging doen het uit te zoeken.

45

Het dienstmeisje doet de deur achter mij dicht en ik begin aan de afdaling naar het hek. De weelderig begroeide omgeving, het zachte weer, de villa's hier en daar, doen onredelijke zelfverwijten in mij opkomen dat ik Finnmark verlaten heb. Eigenlijk heb ik niet verlangd naar de begroeide en bewoonde wereld terug te keren, eigenlijk voel ik mij meer thuis bij het ijs, de overvloed aan lagere planten, bij vogels en vissen. Dat ik de barre bergen verlaten heb, onderga ik als een vernedering.

Ondertussen kijk ik naar de overkant van de weg waar, tegen een boom, een richtingaanwijzer is gespijkerd:

< TROLLHAUGEN

Wat is dat toch voor een naam? Hij komt mij bekend voor en ik kan hem op het nippertje niet thuisbrengen, alsof ik nog maar één pagina moet omslaan van het boek waar hij in staat.

Er komt een grote open auto aanrijden op de stille weg. Aan het stuur zit een vrouw, blootshoofds. Haar glanzende, mahoniekleurige kapsel omvat haar hoofd als een muts, haar ogen gaan onder pony schuil. Haar onberispelijk bijgewerkte gezicht lijkt een imitatie in perkament van een gezicht dat ik eerder gezien heb, maar wie is zij dan? Zij kijkt mij aan en stopt voor het hek.

–Hey, zegt zij in het Amerikaans, dacht wel dat ik jou nog eens zou tegenkomen. Hoe gaat het?

Het is de vrouw die ik in Tromsø ontmoet heb, onder het licht van de middernachtszon.

–Heb je plannen? vraagt ze. Ik ben op weg naar Troldhaugen. Je weet wel, het huis van de beroemde componist Grieg. Ga mee.

Grieg!

Ik strompel om de auto heen en ga naast haar zitten.

Zij heeft een zeer laag uitgesneden jurk aan en een paarlencollier van ettelijke rijen, dat nauw aansluit om haar hals.

–Heel wat gebeurd, sinds we elkaar het laatst gesproken hebben. Ik heb een facelifting laten verrichten, weet je. Vorige week uit de kliniek gekomen. Het resultaat is niet onaardig, vind ik.

Ze schakelt in en we rijden weg.

—Jack is al drie dagen onder water, dronken. Maar ik denk, vooruit, waarom zou je zitten kniezen? Je kan de tijd even goed besteden door de bezienswaardigheden te gaan bekijken. En waar ben jij geweest?

—In het Hoge Noorden.

—Wat heb je daar gedaan?

—Meteorieten gezocht, maar ik heb er geen een gevonden.

—Loop je daardoor zo gebrekkig?

—Ik heb mijn knie bezeerd, ik ben gevallen.

—En die rare rubberlaarzen. Je lijkt wel een loodgieter die van z'n werk komt.

—Ik kan niet in mijn gewone schoenen.

—Je ziet er verschrikkelijk uit! Hoe komt je gezicht zo vol gaten?

Zij verdraait met kleine hand het spiegeltje tegen de voorruit om mij aan te kunnen kijken.

—Dat komt van de muggen en de vliegen in het noorden, antwoord ik.

—Ach god, arme jongen.

Zij stopt aan de ingang van Troldhaugen, op het naambord met ll gespeld. Achter de bomen zie ik stukken van een wit huis.

—Blijf jij maar kalm hier zitten. Beter dan dat je je te moe maakt. Ik zal je niet lang laten wachten, ik ben terug in no time.

Zij draait zich naar de achterbank om. Is haar figuur ook gelift? Het is slank en heel mooi.

—Ik zal in vredesnaam maar doen, zegt ze, waar Amerikanen altijd om uitgelachen worden door iedereen, maar anders zit jij hier voor niets tot ik alles gezien heb.

Ze heeft een filmcamera van de achterbank genomen, brengt hem aan haar oog en laat het toestel zwenken alsof zij de hele omgeving neermaaide met een machinegeweer.

Werkelijk, ze is terug in no time!

—Het huis is een banaal wit huis, er staat een grote vleugel in met een heleboel foto's erbovenop. Je kan je niet voorstellen dat er een noot van Grieg's muziek daar geschreven is. Gelukkig vind je verderop in de tuin, je moet naar beneden, een tuinhuisje aan een prachtig meer. Daar staat ook een piano. In dat tuinhuisje heeft hij alles gecomponeerd. Zullen we nog een beetje rondrijden?

Wij rijden rond.

– Grieg, vertelt ze, Grieg moet werkelijk een groot man zijn geweest, dat hij die muziek heeft kunnen schrijven, terwijl hij net als iedereen in een huis moest wonen. Misschien is dat het kenmerk van grote mannen.

De mensen die het eerst op het idee gekomen zijn anders te gaan leven dan de andere dieren, hebben niet vermoed aan wat een verschrikkelijk avontuur ze zijn begonnen in hun afschuwelijke huizen en helemaal voor niets. Hadden ze dat niet gedaan, de mens zou een zeldzaam dier gebleven zijn, zoals de okapi of de paradijsvogel.

Op een parkeerplaats naast een uitpuilende bocht in de weg stopt zij, zodat wij van het uitzicht over de fjord kunnen genieten.

– Zo vreemd, zegt ze, dat wij hier nu samen zijn, onbegrijpelijk. Ik denk dikwijls dat er eigenlijk niet veel verschil is tussen leven en dromen. Het verschil is maar schijnbaar, doordat we, als we wakker zijn, alles veel te bevooroordeeld bekijken om te zien dat het leven ook een droom is.

Heel rustig achteroverleunend, mijn armen over elkaar geslagen laat ik haar praten. Zij vertelt dat zij muziekrecensente is en in belangrijke weekbladen over muziek schrijft.

–De mislukking van de menselijke cultuur, die ondervindt niemand zo erg als een Amerikaan in Europa. Zulke landschappen als dit hier zijn er in Amerika genoeg, maar helemaal verknoeid. Je vraagt je af waar het aan ligt. Hier staan toch ook huizen. Bij ons groeien toch nagenoeg dezelfde bomen als hier en er worden dezelfde planken van gezaagd. Maar het lijkt wel of de mensen bij ons altijd alle verhoudingen net twee duim verkeerd uitrekenen. Je hebt geen idee hoe het mij ergert dat de Verenigde Staten een grote natie is die over de hele wereld op de belachelijkste manier geïmiteerd wordt. Al die sigarettenmerken met Amerikaanse namen, in landen waar geen Engels wordt gesproken. Waarom? South State Cigarettes. Nou vraag ik je. Wat betekent het? De banaalste naam die je kunt bedenken. Maar als dat in Europa op een pakje sigaretten staat, schijnt het lekkerder te smaken. En dan al die zielige jongens en meisjes die zich verenigen in jazzbandjes met de meest krankzinnige Engelse namen en dan Amerikaanse liedjes zingen met de meest krankzinnige accenten. Hipsters, beatniks, real gone guys. Ik vind het zo onuitsprekelijk treurig als ik die kinderen zich in het zweet zie werken alleen maar om iets te imiteren. Even zielig als een olie-miljonair in Texas die een namaak-Picasso in zijn salon heeft hangen, nee, zieliger, want die is nog miljonair, die verdient niet beter. Maar zulke kinderen vergooien hun enthousiasme aan een soort geestelijke slavernij, want ze proberen Miles Davis of John Coltrane te worden op een manier waarop het nooit lukken zal.

Het schijnt dat er ook steeds meer gedichten en zelfs romans worden geschreven in afschuwelijk gebroken Engels. Ik kan heel goed begrijpen dat een Europeaan een typisch accent heeft, als hij Engels spreekt. Ik heb de grootste eerbied voor iemand die een vreemde taal kent. Maar zodra ze merken dat ik een Amerikaanse ben, gaan ze hun Engels spreken met de dolste keelverdraaiingen, in de mening dat het een Amerikaans accent is. En dat is in alle Europese landen zo. Laatst zat ik te eten en aan het tafeltje naast mij waren twee Duitsers. Ik kan bijna geen Duits verstaan, maar wat ik wel verstond was dat de ene zijn Duits voortdurend doorspekte met 'So what!'

Dat vond hij zeker bijzonder mooi. So what!

Wij zijn helemaal niet langs de kortste weg naar de stad teruggereden. Ik heb Wilma de confidentie gedaan dat ik als jongetje aanvankelijk een groot geleerde wilde worden, net als mijn vader, dat ik op mijn zesde jaar al om een meteoriet zeurde. Maar dat ik na de dood van mijn vader geen geleerde meer wilde worden, maar fluitist. Tot ik, op mijn veertiende jaar, ontdekte dat ik het fluiten op een verkeerde fluit had geleerd.

Zij heeft mij getroost. Ik kan nog altijd fluitist worden als ik wil, vindt ze. Noemt grote musici – Amerikanen van wie ik nooit gehoord heb – die pas op latere leeftijd zich volledig aan de muziek hebben gegeven.

–Het is een slecht begin dat ik niet eens ben uitgestapt om het huis van Grieg te bekijken, zeg ik, maar zij antwoordt dat wij nog wel eens terug zullen gaan als mijn been beter is.

Waar rekent ze op? En is dit niet in strijd met haar theorie over leven en droom? Ik kan mij tenminste niet voorstellen dat toevallige ontmoetingen zich tot drie keer toe zullen herhalen in een *droom*.

In haar hotel heeft zij een mooie suite met een breed balkon, op de hoogste etage. Een kelner komt binnen en brengt een zilveren schotel waarover een servet ligt en een wijnkoeler waaruit een fles champagne steekt.

Wij staan op het balkon en kijken uit over de stad. Hier in Bergen wordt het al werkelijk een beetje avond. Geen zwarte avond. Een blauwe avond. Onmogelijk die kleur te beschrijven: een blauw dat licht geeft alsof het luminesceert.

Tegen een zwarte bergwand gaat een verlichte kabelbaan omhoog.

Beneden, op het trottoir, voor de ingang van het hotel, hebben zich drie heilsoldaten opgesteld die op een tamboerijn, een gitaar en een banjo beginnen te spelen.

– Ik heb het warm, zegt Wilma, wacht even.

Zij loopt de kamer in. Ik vraag mij af hoe die heilsoldaten daar gekomen zijn. Verbeelden zij zich misschien dat ik op het punt sta een nieuw leven te beginnen? Zijn ze door Nummedal achter mij aan gestuurd?

Ik ga ook naar binnen, doe een schemerlampje aan en leg mij neer op de divan. Auto's brommen, de heilsoldaten zingen, vlakbij loopt een douche.

Wilma komt te voorschijn uit de badkamer. Zij heeft een soort pyjama aan van theerooskleurig satijn. Een kort hemd en een strakgespannen lange broek die laag op haar heupen zit. De broek is van voren gesloten met een opzichtige treksluiting.

Wilma lacht tegen mij, loopt naar de deur, draait de sleutel om en gaat dan naar het tafeltje. Zij ontkurkt de champagne en vult twee glazen.

Met in elke hand een glas zegt ze:

—Die treksluiting is een aardige vondst, hè. De meeste mannen vinden dat erg sexy.

Zij geeft mij een glas aan en vraagt:

—Weet je waarom ze dat vinden?

—Omdat hij niet... mompel ik.

Zij gaat zitten aan het voeteneinde van de divan.

—Skål, zegt ze en drinkt.

Ik vind haar mooi, zoals je een uitheemse pop mooi zou vinden.

Ze zegt:

—Ik weet precies wat je wou zeggen. Omdat een treksluiting op de broek van een vrouw een nutteloos ornament is, want hij kan niet bestemd zijn voor het gebruik dat mannen ervan maken.

Ik lach en stel bij mijzelf vast dat ze me werkelijk amuseert en, zonder het te weten, troost.

Wilma zegt:

– Maar de verklaring moet ergens anders gezocht worden. Ik geloof vast en zeker dat de ontwerper van deze soort broeken advies gehad heeft van een dieptepsycholoog. Weet je waarom?

– Ik weet niets van dieptepsychologie.

Mijn ogen doen zich te goed aan haar dijen, waar de pijpen van de broek omheen spannen, glad als een huid aan de bovenkant en opzij met bijna onzichtbare rimpeltjes die uit de zijnaad voortkomen. Deze rimpeltjes vind ik in nog hogere mate sexy dan haar gulp, maar hoe zou dit dieptepsychologisch moeten worden verklaard?

Haar dit vragen is veel te gecompliceerd.

Wilma zegt:

– Een simplistische denker zei mij eens: het komt doordat een treksluiting op de broek van een vrouw de indruk geeft een afbeelding te zijn van wat eronder zit. Grof, vind je niet? En het is natuurlijk helemaal geen dieptepsychologische verklaring. Toch is het wel die treksluiting waar het op aankomt. We moeten uitgaan van de verdrongen homoseksuele componenten in de psyche van de normale, heteroseksuele man.

—Moet dat?

—Ik zal het je uitleggen. De heteroseksuele man wordt vervuld van een panische angst als alleen maar het denkbeeld in hem opkomt dat hij de gulp van een ander zou openmaken. Daardoor juist is hij heteroseksueel. Door die angst. Als hij dus die treksluiting ziet, wordt zijn angst, al is het onderbewust, onmiddellijk opgewekt, maar zijn bewustzijn stelt hem meteen weer gerust, want het is immers maar een vrouw die de broek aanheeft.

In een broek zoals deze, zal een vrouw dus de psyche van een heteroseksuele man volediger aanspreken, dan wanneer zij een rok draagt, zelfs meer dan als ze helemaal naakt is. Want niet alleen op de heteroseksuele component in zijn psyche wordt een aanval gedaan, ook op zijn verdrongen homoseksualiteit. De prikkel is dus veel totaler.

—Het is wel een ingewikkelde uiteenzetting.

—Helemaal niet. Hoe denkt de normale man? Andermans gulp is taboe. Taboes nodigen uit om overtreden te worden. Wat overkomt de man die het taboe overtreedt als het een vrouw is die de broek aanheeft? Niet de gevreesde verboden vrucht vindt hij, maar de tuin van het paradijs. Heel simpel.

Zij pakt mijn hand en streelt de binnenkant van mijn pols met de toppen van haar vingers. Zij kruipt helemaal op de divan en gaat zitten met haar rug tegen de muur, haar ene been onder haar gevouwen. Het andere steekt nu dwars over de divan, schuin afhangend tot in haar gelakte teennagels.

–Zo zie je. Iets dat op het eerste gezicht een nutteloos ornament lijkt voor een vrouw, blijkt een functie te hebben die redelijk verklaarbaar is.

Ik wil haar ergens aanraken, maar denk in tegenstrijdige termen. Ik vind haar mooi als een kostbare mummie.

–Ineens moet ik weer aan Grieg denken, zegt ze, dit heb ik je nog niet verteld. Hij is begraven in zijn eigen tuin. In een verticale rotswand, hoog boven het pad dat eronderlangs loopt. Daar is hij ingemetseld, een heel eenvoudige platte steen met zijn naam zit ervoor.

Zij springt overeind, loopt naar het tafeltje en pakt de metalen schaal.

–Ken je dit?

Zij slaat het servet terug en steekt de schotel naar mij uit.

–Het lijkt wel gerookte zalm.

-Ja daar lijkt het op, maar dat is het toch niet. Het is gravlaks.

Gravlaks! De lekkernij waar Nummedal het toen in Oslo ook al over had en die nergens te krijgen was!

-Weet je wat gravlaks is? Het is een heel bijzondere specialiteit. Rauwe zalm, die eerst een tijdlang ergens begraven wordt en dan, ik weet niet hoeveel tijd later, weer opgegraven. Het heeft een heel geraffineerde smaak. Wil je het niet eens proberen?

Juist op dat ogenblik klinkt een verschrikkelijke slag tegen de deur en een lage schorre stem schreeuwt:

-Wilma! Wilma! Open this door!

Hij bonst met voeten en vuisten op de deur, laat er dan opnieuw zijn lichaam tegenaan vallen.

Fred Flintstone!

Het gebeurt ook precies als in de tekenfilm: de deur buigt door in het midden, er komen grote kieren langs, daarna springt hij met een klap weer terug in de deurpost.

-Yes Jack, I'm coming!

Haar stem klinkt zonder schrik, kwijnend alsof zij wakker werd. Hij blijft op de deur bonzen.

Zij heeft de schaal teruggezet op het tafeltje. Zij neemt het servet, haalt de fles uit de koeler en zet hem ernaast. Keert dan de koeler om in het servet. Het ijs blijft erop liggen, het water druipt erdoorheen op de grond. De brokken ijs in het toegevouwen servet dragend, loopt ze naar de deur en draait de sleutel om.

Ik ben gaan staan.

Flintstone waggelt kermend naar binnen. Zijn mondhoeken hangen zo laag, alsof hij urenlang met het bot van een dinosaurus in zijn mond gelopen had. Zijn ogen staan hulpeloos en kwaadaardig tegelijk. Hij rochelt en proest. Hij blaast gasvormige aquavit in de rondte.

Onhoorbaar op mijn zachte rubberlaarzen weet ik langs hem heen te glippen, de deur uit die hij opengelaten heeft. In de gang kijk ik om.

Het laatste wat ik van haar zie:

Flintstone zit op de divan, kreunend. Het licht van een ganglamp valt over haar. Zij drukt het servet met ijs op zijn hoofd alsof zij een in brand geraakte prullenmand moest blussen. Haar andere hand is naar mij opgeheven. Zij opent en sluit hem, zij lacht verontschuldigend en roept:

– Bye! Bye!

46

De stewardess komt langs met de mand waarin de accijnsvrije flessen gin en whisky liggen. Ik koop een halve fles whisky. Een krant waarin ik een klein berichtje gelezen heb, glijdt van mijn knieën. Het ging over een lichtschijnsel en een klap, waargenomen in de buurt van Karasjok. Een vliegtuig van de geofysische dienst, dat voorzien was van apparatuur om de sterkte van het aardmagnetisch veld te meten, is opgestegen en heeft de omgeving van Karasjok verkend. Op een bepaalde plaats heeft men inderdaad een sterke magnetische afwijking kunnen constateren. Men acht de mogelijkheid niet uitgesloten dat er een meteoriet is ingeslagen. Een groep geologen is onderweg naar de plaats in kwestie.

Ik heb de fles whisky onmiddellijk opengemaakt en al een paar flinke slokken genomen.

Meteorieten, brokken van uit elkaar gespatte planeten. Zo zal de aarde ook eens uit elkaar spatten en dat kan me niets schelen. Het lijkt me toe dat het al bijna zover is, als ik naar buiten kijk en een paar eilanden zie, in een gerimpelde zee, zo ver bij me vandaan dat ik de rimpels niet eens meer zie bewegen. Zo ziet God de aarde, zo ziet ook mijn vader de aarde als Eva gelijk heeft. Het zal ze dus ook wel niets kunnen schelen. God kijkt uit de hemel en ziet de wereld als een luchtfoto. Nummedal, Heer der luchtfoto's, maar hij was blind.

Ik heb geen luchtfoto's, ik ben per slot van rekening God niet, mij lukt het zelfs niet een stukje van de wereld te overzien, als ik met veel moeite op een hoge berg klim.

De fles is leeg als het vliegtuig in de buurt van Schiphol snelheid mindert en daalt.

De kosmos is een gigantisch brein, bedenk ik nog en de aarde is niets dan een hersentumor in die massa. Jammer dat ik dit niet tegen Qvigstad kan zeggen. No smoking, fasten seatbelts.

De lege fles laat ik in het vliegtuig achter.

Mijn moeder en Eva staan mij op te wachten bij de uitgang van de luchthaven. Ik zie ze al in de verte, terwijl ik nog bezig ben met de douane.

Eva wuift tegen mij, maar mijn moeder staat met haar zakdoek tegen haar mond, terwijl ik naar ze toe strompel, koffer in de ene hand, met de andere de rugzak over de grond slepend. Niet de moeite waard hem nog op mijn rug te hijsen, dat kleine eind tot de uitgang: tweeëndertig stappen schat ik.

Door mijn voetstappen te tellen, doordat ik op voorbeeld van Buys Ballot mijn voetstappen geteld heb sinds mijn jongensjaren, is het me toch gelukt zonder kompas weer thuis te komen. Is dat geen succes? Is dit niet *het* succes waarop mijn hele leven mij heeft voorbereid? De topprestatie! Het lijk van mijn vriend en de weg naar huis. Verder niks. Maar met dat laatste hoef ik bij mijn moeder niet aan te komen. Van wat mijn studie behelst, begrijpt ze toch geen lor. Ze staat te snikken van ontroering over de terugkeer van haar knappe zoon. Ik kan en mag haar niet teleurstellen.

Ik wankel als mijn moeder haar armen om mij heen slaat.

In de taxi zit ik naast haar. Eva zit tegenover ons op het klapbankje.

Mijn moeder begint nu onbedaarlijk te snikken.

—O Alfred, ik ben zo ontzettend geschrokken, neem het me maar niet kwalijk.

—Maar waarvan ben je dan zo geschrokken?

—Toen ik je zo ongelukkig zag lopen.

—Maar dat is met een paar weken weer beter. Mijn knie bezeerd, anders niets.

—Daar gaat het niet om, zegt mijn moeder.

—Weet je hoe het komt, Alfred, zegt Eva, ze heeft drie nachten niet geslapen, toen ze dat gelezen had van Brandel.

—Brandel?

—Ja, Brandel. Weet je dat dan niet? Hij is met een hele expeditie op de Nilgiri geklommen, maar hij is met bevroren voeten weer beneden gekomen. Verschrikkelijk, nietwaar? Vorige week stond zijn foto in de krant. In een invalidenwagentje, naast het vliegtuig.

En toen is mama zich in haar hoofd gaan halen...

47

Mijn moeder en Eva hebben mij liefderijk geïnstalleerd in de grootste leunstoel die wij bezitten en een taboeretje onder mijn gekwetste been gezet.

–Zeg Alfred, heeft Eva gevraagd, waar is mijn kompas gebleven? En ik heb geantwoord: –Weggegooid, want het wees toch maar de verkeerde richting aan.

De lamp boven de ronde tafel waarop de schrijfmachine van mijn moeder staat, brandt. Maar zij zit niet te werken. Ze heeft me alle bijzonderheden over Arne's dood gevraagd, slaakt een diepe zucht en vat in enkele woorden samen waar het voor haar op neerkomt:

–Het is een verschrikkelijk ongeluk, maar hoe dan ook, jij hebt het er tenminste goed af gebracht. Ik ben trots op je.

Buiten is het donker, echt donker. Voor het eerst sinds weken kan ik er weer op rekenen dat de dag wordt afgelost door de nacht, de werkelijk zwarte nacht, waarin je slapen kunt, als je niet wordt voortgejaagd door het besef te moeten inhalen wat je overdag verzuimd hebt, te moeten goedmaken wat je hebt verknoeid.

Ik vraag mij af of Arne nu al begraven is en bedenk dat ik op zijn begrafenis niets te maken zou hebben gehad, omdat ik zijn familie helemaal niet ken. Zijn vader drukt een zakdoek tegen zijn ogen en snikt tegen een tante of oom: –Maar hij wou nooit iets van mij aannemen! Hij gunde zich niets! Al het geld dat ik hem stuurde, heeft hij op de bank laten staan zonder het aan te raken. Ik heb hem honderd keer gezegd dat hij nieuwe laarzen kopen moest. En de tante of oom denkt: –Toen was het al te laat. Toen had hij al minstens zevenmijlslaarzen moeten hebben om jouw succes in te halen.

Ik vraag mij ook af of Qvigstad en Mikkelsen nu nog rondsjouwen in Finnmark, zonder te weten dat Arne dood is en ik met stille trom vertrokken ben. Het is zonderling dat ik hen wel evenmin ooit nog terug zal zien als Arne.

Ik denk ook aan Brandel. Twee jaar geleden hebben wij samen deelgenomen aan een excursie in Zweeds Lapland, naar het meer Rissajaurre. De Zweedse geologen die de excursie leidden, hadden verteld dat het meer Rissajaurre veertig meter diep is en het water zo helder, dat je de bodem kon zien als je erin zwom.

Toen we bij dat meer Rissajaurre kwamen, waren Brandel en ik de enigen van de hele groep die erin sprongen. Het water, afkomstig van de sneeuw op de hellingen eromheen, was maar enkele graden boven nul. Daarom bleven de anderen liever aan de kant staan.

Ik ben heen en weer over het meer gezwommen, Brandel ook. Later, toen we ons al lang weer hadden aangekleed, vroeg Brandel mij:
–En? Heb je onder water gekeken? Heb je de bodem gezien?

Ik was vergeten naar de bodem te kijken.

Als in een nachtmerrie heb ik toen bij mijzelf gezegd: Eigenlijk ben je, geloof ik, niet begaafd voor dit vak. Je probeert het wel, je bent een virtuoos in het afleggen van examens, je bent niet te beroerd om in het koude water te springen, maar het voornaamste vergeet je.

Misschien had ik beter in mijn eerste studiejaar al kunnen mislukken. Nu lijkt het wel of ik het slachtoffer van mijn eigen virtuositeit geworden ben.

Maar wat dan? Wat had ik anders moeten

doen? Toch fluitist worden? Hoe zal ik er ooit achter komen? Niemand kan tweemaal op hetzelfde punt beginnen. Elk experiment dat niet herhaald kan worden, is helemaal geen experiment. Niemand kan met zijn leven experimenteren. Niemand hoeft zich te verwijten dat hij in den blinde leeft.

Op al hun vragen (Hoe de reis verder geweest is? Of ik interessante vondsten heb gedaan?) antwoord ik met: Ja, jaja, of: Het gaat wel.
 – Ach mama, zegt Eva ten slotte, geef het hem nu maar, hij kijkt zo treurig.

Mijn moeder staat op en gaat naar de eikehouten kast waarin zij haar kranteknipsels bewaart en komt terug met een klein pakje.

De liever! Ze heeft zeker alvast een nieuw horloge voor mij gekocht!
 – Had je wel gedacht dat er water in mijn horloge zou komen? vraag ik.
 – Nee, zegt ze, terwijl ik het papier van het pakje losmaak, het is geen horloge.

Er komt een juweliersdoosje te voorschijn dat met blauw fluweel is overtrokken.

Er liggen twee manchetknopen in het doosje. De steeltjes zijn van goud, maar de knopen zelf doen denken aan ruwe stenen.

−Weet je wat het is?

Ik bekijk de knopen nauwkeurig. Zulke sierstenen heb ik nog nooit gezien. Ze zijn opvallend zwaar. Als ik mij niet vergis, moeten de knopen eenmaal een geheel gevormd hebben dat in tweeën is gezaagd.

−Een expert als jij moet het direct kunnen zien! zegt Eva.

−Het lijkt wel een stukje erts, mompel ik, geërgerd dat ik ook dit alweer niet precies weet. Een stukje erts, denk ik, in tweeën gezaagd. Kijk, ze passen op elkaar.

De zaagvlakken zijn hooggepolijst en glanzen als staal. Ik laat kijken dat de twee knopen op elkaar passen.

−Weet je Alfred, begint mijn moeder uit te leggen, weet je nog, toen je klein was? Toen wou je zo graag een meteoriet hebben, een steen die uit de hemel was gevallen. Ik heb het je nooit verteld, maar je vader had er een voor je gekocht, om je te geven op je zevende verjaardag. Ik heb hem al die tijd bewaard, zonder er tegen jou wat over te zeggen. Ik heb hem weggestopt. Ik wou hem je niet geven, omdat het niet mijn cadeau was, maar dat van je vader. En toen kreeg ik het idee er een paar manchetknopen van te laten maken voor je promotie. Ik denk dat je vader het daarmee eens zou zijn geweest. Ik denk dat hij het ook wel goed zou vinden dat je ze nu al krijgt.

– Een geschenk van de hemel is het, Alfred, zegt Eva, echt een geschenk van de hemel.

Ik kijk haar aan, machteloos. Zij kan het niet helpen. Zij is dom. Hemel. Wat bedoelt ze met hemel? Ze zou gaan stotteren als ik haar vroeg wat ze zich daarbij voorstelt.

Ik kijk ook naar mijn moeder. Ik zal haar nooit kunnen uitleggen waarom ik verdrietig ben. Zij is trots op mij. En, trouwens, er is geen enkele instantie in mijn omgeving die iets anders van mij wil, dan wat ik zelf ook altijd heb gewild. Hier zit ik, in elke hand een manchetknoop, aan elke manchetknoop een halve meteoriet. Samen een hele. Maar geen enkel bewijs voor de hypothese die ik bewijzen moest.

Groningen, sept. '62 – sept. '65

Aangehaalde literatuur
'In het Himalaya-gebied van Nepal. De Nederlandse expeditie steunt op sherpa-beroemdheden.'
Algemeen Handelsblad, 3 okt. '62.

Aantekening
p. 88 'Jane Mansfeld'. De glasschilder zal Jayne Mansfield bedoeld hebben, een Amerikaanse filmactrice met zeer grote en destijds zeer beroemde boezem.

(BIJ DE VIJFTIENDE DRUK)

Het wordt, geloof ik, meer en meer gebruikelijk een roman, vele jaren nadat hij voor het eerst gepubliceerd is, te herschrijven of ingrijpend te herzien. Ik vind dit uitstekend.

Sommige critici hebben er bezwaar tegen. Ze vrezen natuurlijk dat op het veranderde boek hun kritiek misschien wel niet meer toepasselijk is.

Des te beter, toch?

Alle dingen hebben twee kanten en romans hebben er altijd meer dan twee. Niet voor niets wordt in de Bijbel de geschiedenis van Jezus op vier verschillende manieren verteld.

Het schrijven van een roman kan in sommige opzichten vergeleken worden met schaken. Maar het verschilt van deze sport, doordat het geen wedstrijd is. De slechte zet van de ene schaker is een meevaller voor de andere. Een zwakke passage in een roman doet niemand plezier.

Als een schaker dertien jaar na een partij gespeeld te hebben, op een betere zet komt dan hij indertijd gedaan heeft, is het te laat.

Voor een romanschrijver is het nooit te laat alsnog een punt te vervangen door een vraagteken, een komma door een dubbele punt, het ene woord door het andere en een alinea die te beknopt gebleken is om goed te worden begrepen, uit te breiden tot zij de bedoeling van de schrijver beter uitdrukt.

In deze nieuwe druk van *Nooit meer slapen* komen ongeveer tweehonderdvijftig veranderingen voor. De meeste zullen van ondergeschikt belang lijken. Het boek is trouwens gebleven wat het was, dat wil zeggen: wat het ook toen de eerste druk verscheen, al had moeten zijn.

Parijs, 30 juli 1978